UNION GÉNÉRALE D'ÉDITIONS
8, rue Garancière - Paris VIe

Du même auteur
dans la même série

ROSEANNA, n° 1716
L'HOMME AU BALCON, n° 1717
L'HOMME QUI PARTIT EN FUMÉE, n° 1747
LA VOITURE DE POMPIERS DISPARUE, n° 1746
VINGT-DEUX, V'LÀ DES FRITES, n° 1759
LE POLICIER QUI RIT, n° 1718

L'ABOMINABLE HOMME DE SÄFFLE

Les enquêtes de l'inspecteur Beck

PAR

Maj SJÖWALL et Per WAHLÖÖ

Traduit du suédois
par Philippe BOUQUET

10|18

INÉDIT

Série « Grands Détectives »
dirigée par Jean-Claude Zylberstein

Titre original :
Den Vedervärdige Mannen från Säffle

ISBN 2-264-01019-3

AVANT-PROPOS

Les lecteurs familiers des premières enquêtes de l'inspecteur Beck * doivent s'attendre, pour les quatre dernières, à quelques différences tenant au fait que les éditions 10/18 ont décidé de faire traduire ces volumes à partir de la langue originale, c'est-à-dire le suédois, pratique qui devrait toujours être de rigueur. Nous avons donc rétabli le tutoiement entre policiers, qui n'aurait jamais dû disparaître, et les noms de lieu dans leur forme originale, les accompagnant parfois d'une indication permettant d'en comprendre la nature. De façon générale, nous nous sommes efforcé de restituer à ces textes toutes les qualités *littéraires* qui les mettent relativement à part dans l'histoire du roman policier mondial.

Les lecteurs attentifs des précédents volumes auront remarqué qu'ils constituent en fait une série cohérente (dont le titre original est *le Roman d'un crime*) et que les enquêteurs et policiers, en particulier, ont une histoire et certains même un destin. Nous leur recommandons donc de lire (ou relire) ces enquêtes dans l'ordre suivant (qui n'a pas été respecté lors de leur première parution) : *Roseanna, l'Homme qui partit en fumée, l'Homme au balcon, le Policier qui rit, la Voiture de pompiers disparue, Vingt-deux, v'là des frites, l'Abominable homme de Säffle*. Les trois dernières leur seront naturellement proposées dans l'ordre prévu par les auteurs : *la Chambre close, l'Assassin de l'agent de police* et *les Terroristes*.

* 10/18 nos 1716, 1717, 1718, 1746, 1747 et 1759.

SVEAVAGEN
Svea plan
Vanadislunden
BIRGER JARLSGATAN
VALHALLAVAGEN
Norra Stationsgatan
ST ERIKSGATAN
Vasterasgatan
Vanadisvagen
Norrtulls sjukhus
Vanadisplan
Halsingehöjden
Karlbergsvagen
ODENGATAN
Odenplan
Observatorielunden
Stadsbibliotek
Surbrunnsgatan
Tulegatan
Ingemarsgatan
Jarlaplan
Sankt Eriksplan
TORSGATAN
Atlasgatan
Atlasmuren
Tegnérgatan
Rådmansgatan
Drottninggatan
Kammakargatan
Barnhusgatan
Norra latinläroverket
Barnhusstranden
Barnhusviken
Kungsholms Strand
NORRA BANTORGET
Tunnelgatan
Hötorget
KUNGSGATAN
FLEMINGGATAN
Kungsholmsgatan
Bergsgatan
Klara Sjö
Centralplan
TEGELBACKEN

I

Peu après minuit il cessa de réfléchir.

Auparavant il avait écrit quelques mots mais maintenant son stylo-bille bleu était posé sur le journal, devant lui, le long de la colonne de droite des mots croisés. Il était assis dans cette petite mansarde assez misérable, le dos bien droit, absolument immobile, sur une chaise de cuisine en mauvais état, devant une table basse. Au-dessus de sa tête pendait un abat-jour rond et jaunâtre à longues franges. L'étoffe en était totalement passée, tellement elle était vieille, et la lumière de l'ampoule électrique bien pâle et incertaine.

Le silence régnait dans la maison. Mais ce silence était relatif car trois personnes y respiraient et, de l'extérieur, parvenait une sorte de ronronnement indéfinissable, à peine perceptible, semblable à une pulsation. On aurait dit le bruit de la circulation sur des autoroutes assez éloignées ou bien le bouillonnement lointain de la mer. La trace auditive d'un million d'êtres humains en provenance d'une grande ville plongée dans un repos lourd d'angoisse.

L'homme assis dans cette mansarde était vêtu d'un blouson beige et de pantalons de ski de couleur grise, d'un polo noir tricoté à la machine et de grosses chaussures brunes. Ses moustaches étaient longues mais soignées et légèrement plus blondes que ses cheveux peignés en arrière, un peu en biais. Son visage était mince mais son profil était pur et ses traits bien dessinés et, derrière son masque figé de ressentiment accusateur et de détermination inébranlable, on pouvait discerner quelque chose de presque enfantin, de doux, de désemparé – une sorte d'appel à la pitié – et cependant de légèrement calculateur.

Le regard de ses yeux bleu clair était ferme mais vide de toute expression.

On aurait dit un petit garçon qui serait tout à coup devenu très vieux.

Il resta assis sans bouger les yeux pendant près d'une heure, les paumes posées sur les cuisses et son regard qui ne voyait rien fixé sur le même point d'une tapisserie à fleurs victime des ans.

Puis il se leva, traversa la pièce, ouvrit la porte de la penderie, tendit le bras gauche et prit quelque chose sur .l'étagère. Un objet de forme longue, enveloppé dans un torchon de cuisine bordé de rouge.

Cet objet était une baïonnette. Il la sortit et en essuya soigneusement la graisse avant de la remettre dans son fourreau d'un bleu d'acier.

Bien qu'il fût grand et assez gros ses gestes étaient vifs, prestes et efficaces, et ses mains aussi assurées que son regard.

Il défit sa ceinture et la passa dans la boucle de cuir du fourreau. Puis il remonta la fermeture Éclair de son blouson, enfila une paire de gants, mit une casquette de tweed et quitta la maison.

L'escalier de bois gémit sous son poids mais le bruit de ses pas lui-même resta inaudible.

La maison était vieille et petite et elle était située sur une sorte d'éperon rocheux dominant la route nationale. La nuit était froide et les étoiles brillaient dans le ciel.

L'homme à la casquette fit le tour de la maison et, avec l'assurance d'un somnambule, gagna l'entrée de celle-ci sur la route.

Il ouvrit la porte avant gauche de sa Volkswagen noire, s'installa au volant et déplaça la baïonnette qui le gênait, contre sa hanche droite.

Il mit le moteur en marche, alluma les phares, sortit en marche arrière et prit la direction du nord.

La petite voiture noire avançait dans la nuit avec une détermination inébranlable, semblable à un vaisseau spatial affranchi de toute pesanteur.

Autour d'elle les bâtiments se firent de plus en plus denses et la ville se mit à grandir sous sa cloche de lumière, grande, froide, déserte, dépourvue de tout sauf de surfaces nues et implacables de métal, de verre et de béton.

A cette heure-là, les quartiers du centre eux-mêmes étaient dépourvus d'animation. Tout était mort, à l'exception de quelques taxis, de deux ambulances et d'une patrouille de police. La voiture de celle-ci était noire avec les ailes blanches et elle passa à toute allure sur le tapis de son vrombissement.

Les feux de circulation passaient du rouge à l'orange et au vert, puis à l'orange et au rouge, avec la monotonie absurde d'une machine ne servant à rien.

La voiture noire respecta scrupuleusement le code de la route, ne dépassant jamais les limites de vitesse, ralentissant aux croisements et s'arrêtant à tous les feux rouges.

Elle descendait maintenant Vasagatan, passant devant le Sheraton Hotel tout neuf et la gare centrale, et, une fois arrivée sur la place de Norra Bantorget, elle continua en direction du nord le long de Torsgatan.

Sur cette place se trouvait un arbre illuminé et l'autobus nº 591 qui attendait à son terminus. Au-dessus de la place Saint-Éric, la pleine lune brillait et les aiguilles de néon bleu de l'horloge de l'immeuble Bonnier indiquaient l'heure. Deux heures moins vingt.

A cet instant précis le conducteur de la voiture eut trente-six ans.

Puis il suivit Odengatan en direction de l'est, passa devant le parc Vasa, désert lui aussi, avec ses réverbères à la lumière blanche et froide et le treillis très dense de ses dizaines de milliers de branches dénudées.

La petite voiture noire tourna à nouveau à droite, suivit Dalagatan sur cent vingt-cinq mètres en direction du sud, freina et s'arrêta.

L'homme au blouson et à la casquette fit exprès de mal se garer, avec deux roues sur le trottoir, juste en face du perron de la clinique dentaire appelée Institut Eastman.

Il sortit dans la nuit et referma la porte derrière lui.

C'était le samedi 3 avril 1971.

Il ne s'en était encore écoulé qu'une heure et quarante minutes et il n'avait pas eu le temps de se passer grand-chose.

II

A deux heures moins le quart, la morphine cessa de faire son effet.

La dernière injection lui avait été administrée peu avant dix heures et l'anesthésie avait donc duré moins de quatre heures.

La douleur revint de façon locale, tout d'abord à la taille, sur le côté gauche, puis, quelques minutes plus tard, également sur le côté droit. Ensuite elle gagna le dos et, petit à petit, tout le corps, comme si des vautours affamés lui avaient impitoyablement lacéré les entrailles.

Il était couché sur le dos, dans son lit de métal très haut et très étroit, et il regardait fixement le plafond blanc sur lequel le pâle reflet de la lampe et les lumières de l'extérieur projetaient une ombre immobile en forme de cône que personne ne pouvait interpréter et qui était tout aussi rébarbative et repoussante que le reste de la pièce.

Le plafond n'était pas plat. Il était constitué de deux arcs assez peu profonds et paraissait lointain. En effet la pièce avait à peu près quatre mètres de haut et semblait assez ancienne, de même que tout le reste du bâtiment. Le lit se trouvait au milieu du dallage mais, à part cela, il n'y avait que deux autres meubles : une table de nuit et une chaise de bois au dossier très droit.

Les rideaux n'étaient pas totalement tirés et la fenêtre était entrouverte. Par cet interstice de cinq centimètres environ pénétrait l'air froid et vif de cette nuit de fin d'hiver mais il sentait malgré tout avec déplaisir la puanteur des fleurs fanées qui se trouvaient sur la table et celle de son corps au supplice.

Il n'avait pas dormi, se contentant de rester allongé, éveillé, sans bouger, pensant à une seule chose : l'anesthésie allait bientôt cesser.

Une heure auparavant, environ, il avait entendu l'infirmière franchir dans un bruit de sabots la double porte donnant sur le couloir. Depuis cela il n'avait rien perçu d'autre que le sifflement de sa propre respiration et peut-être son sang, circulant à flots lourds et irréguliers dans son organisme. Mais tout cela ne constituait pas des bruits bien distincts, plutôt des sortes de fantasmes, dignes compagnons de cette peur de la douleur qui allait bientôt revenir et de son incontrôlable frayeur de mourir.

Le patient avait toujours été un homme dur, ayant bien du mal à supporter les erreurs et les faiblesses des autres et répugnant à admettre qu'il puisse craquer lui-même, que ce soit mentalement ou physiquement.

Maintenant il avait peur, il avait mal, il se sentait pris au dépourvu et abandonné. Au cours de ces semaines passées à l'hôpital ses sens s'étaient aiguisés et il avait ressenti, d'une façon qui ne lui était pas naturelle jusque-là, toutes les formes de la douleur physique. Il en était même venu à avoir peur de la piqûre de l'aiguille avec laquelle l'infirmière lui faisait quotidiennement sa prise de sang. En outre il avait peur du noir, il ne supportait pas la solitude et avait appris à distinguer des bruits qu'il n'avait jamais remarqués auparavant.

Les examens (l'enquête, comme disaient fort curieusement les médecins) lui étaient très pénibles. Et, plus il se sentait malade, plus grandissait en lui la peur de la mort, jusqu'à ce qu'elle finisse par envahir son cerveau tout entier et le laisser dans un état de totale nudité morale et d'égoïsme presque obscène.

Il entendit quelque chose bouger sous sa fenêtre. Un animal, sans doute, qui marchait sur le tapis des feuilles de la roseraie. Un campagnol ou bien un hérisson, peut-être un chat. Mais les hérissons n'hivernaient-ils pas?

C'est certainement un animal, pensa-t-il, tout en tendant, sans pouvoir s'en empêcher, la main en direction de la poire électrique placée à portée de sa main, de façon fort pratique, avec son fil entouré autour du cadre du lit.

Mais lorsque ses doigts entrèrent en contact avec le tube de métal glacial sa main fut prise de tremblements, il sursauta malgré lui et s'y prit avec tellement de maladresse que le fil glissa et que la poire tomba sur le plancher avec un petit bruit sec.

Ce bruit lui fit reprendre la maîtrise de lui-même.

S'il avait réussi à attraper la poire et à appuyer sur le bouton blanc, un voyant rouge se serait allumé au-dessus de la porte du couloir et, quelques instants plus tard, l'infirmière de garde serait arrivée, accompagnée de son bruit de sabots.

Etant donné qu'il n'avait pas seulement peur mais qu'il était également vaniteux, il se dit que c'était probablement une bonne chose qu'il n'ait pas réussi à appeler.

L'infirmière serait rentrée dans la pièce, elle aurait allumé le plafonnier et l'aurait regardé avec de grands yeux, étendu là dans toute sa misère.

Il resta immobile un instant et sentit la douleur s'éloigner puis revenir à intervalles très rapprochés, comme un express conduit par un mécanicien dément.

Puis un nouveau besoin se fit sentir. Celui d'uriner.

Il avait un récipient à portée de la main, dans la

corbeille en platique jaune qui se trouvait à l'arrière de la table de nuit. Mais il se refusait à l'utiliser. Il avait le droit de se lever, s'il voulait. L'un des médecins avait même dit que cela lui ferait du bien de bouger un peu.

Il se prépara donc à se lever, à ouvrir la porte double et à aller jusqu'aux toilettes qui se trouvaient juste de l'autre côté du couloir. Cela lui changerait les idées, lui offrant quelque chose de concret à faire, quelque chose qui, l'espace d'un court instant, pourrait entraîner son esprit sur de nouvelles pistes.

Il rejeta le drap et la couverture, se mit péniblement sur son séant et resta assis quelques instants sur le bord du lit, les jambes pendantes, à tirer sur sa chemise de nuit blanche et à entendre le bruit que faisait l'alaise de plastique sur le matelas. Puis il se laissa glisser à bas du lit et sentit la froideur du dallage sous la plante de ses pieds en sueur. Il essaya de se redresser et finit même par y parvenir, malgré les larges bandes de sparadrap qui le bridaient entre les jambes et sur les cuisses. On les lui avait laissées après l'aortographie de la veille.

Ses pantoufles étaient sous la table de nuit; il y glissa les pieds avant de gagner la sortie à petits pas hésitants. Il ouvrit la première porte vers l'intérieur et la seconde vers l'extérieur, traversa le couloir et pénétra dans les toilettes.

Après avoir uriné et s'être rincé les mains à l'eau froide, il rebroussa chemin et resta un instant à prêter l'oreille au milieu du couloir. Il entendait, assez loin, le bruit assourdi de la radio de l'infirmière. Il avait à nouveau mal et commençait à avoir peur. Il lui vint l'idée d'aller la trouver et de lui demander des comprimés contre la douleur. Ils ne risquaient pas de faire beaucoup d'effet mais elle serait au moins obligée d'ouvrir l'armoire à pharmacie, de sortir la boîte et de lui donner un peu à boire; elle serait donc forcée de s'occuper de lui pendant quelques instants.

Le bureau où se trouvait l'infirmière était situé à une vingtaine de mètres de là mais il avait tout son temps. Il avança à pas lents, en traînant les pieds, avec sa chemise de nuit pleine de transpiration qui lui flottait sur les mollets.

Dans le bureau la lumière était allumée mais il n'y avait personne. Le transistor déversait sa musique pour lui seul, entre deux tasses de thé à moitié vides.

L'infirmière et l'aide soignante étaient certainement occupées ailleurs.

Soudain, son regard se voila et il dut s'appuyer au chambranle de la porte. Au bout d'une petite minute il se sentit un peu mieux et regagna lentement sa chambre, le long du couloir plongé dans l'obscurité.

Les portes étaient encore entrouvertes, comme il les avait laissées. Il les referma soigneusement, fit les quelques pas qui le séparaient de son lit, ôta ses pantoufles, s'allongea sur le dos et tira avec un frisson la couverture jusque sous son menton. Puis il resta immobile, les yeux grands ouverts, à sentir les allées et venues de l'express dans son corps.

Quelque chose avait changé. Le dessin au plafond s'était légèrement déplacé.

Il s'en aperçut tout de suite.

Mais pourquoi les ombres et les reflets de lumière avaient-ils bougé?

Il parcourut des yeux la surface nue des murs, tourna la tête vers la droite et regarda la fenêtre.

Lorsqu'il avait quitté la pièce elle était ouverte, il en était sûr.

Maintenant elle était fermée.

La peur s'empara de lui et il tendit la main vers le cordon de la sonnerie. Mais celui-ci n'était plus à sa place. Il avait oublié de ramasser la poire avant de se recoucher.

Il serra très fort le tube de métal à l'endroit où elle aurait dû se trouver et fixa la fenêtre des yeux.

Les rideaux étaient toujours séparés par un interstice d'environ cinq centimètres mais ils ne pendaient plus de la même façon qu'auparavant et la fenêtre était fermée.

L'un ou l'autre des membres du personnel était-il entré dans la pièce?

Cela ne paraissait guère probable.

Il sentit la sueur perler par tous ses pores et le contact froid et collant de sa chemise de nuit sur sa peau.

Irrémédiablement livré à ses propres pensées et incapable de détacher ses yeux de la fenêtre, il commença à se redresser dans son lit.

Les rideaux étaient parfaitement immobiles et pourtant il était sûr que quelqu'un se trouvait derrière.

Qui, se demanda-t-il.

Qui?

Un dernier reste de raison lui souffla : c'est certainement une hallucination.

Le patient était maintenant debout près de son lit, tremblant des pieds à la tête. Il fit deux pas mal assurés en direction de la fenêtre puis s'immobilisa, légèrement voûté, les lèvres frémissantes.

L'homme qui était resté dissimulé derrière les rideaux écarta ceux-ci de la main droite tout en tirant sa baïonnette avec la gauche.

La lumière se refléta, l'espace d'un éclair, sur la longue et large lame.

L'homme au blouson et à la casquette de tweed fit deux pas en avant, très rapidement, et s'arrêta au milieu de la pièce, dressé de toute sa hauteur, les jambes écartées et l'arme brandie à hauteur de l'épaule.

Le patient le reconnut aussitôt et ouvrit la bouche afin de crier.

La lourde garde de la baïonnette l'atteignit à la bouche et il sentit ses lèvres se fendre et son dentier se briser.

Ce fut sa dernière sensation.

Tout le reste se déroula bien trop vite. Le temps le quittait à toute allure.

Le premier coup l'atteignit à la taille, sur le côté droit, juste au-dessous de la côte, et la baïonnette s'enfonça jusqu'à la garde.

Le patient était toujours debout, la tête en arrière, lorsque l'homme au blouson leva son arme pour la troisième fois et lui trancha le cou, de l'oreille gauche à la droite.

On entendit un petit sifflement, légèrement bouillonnant, sortir de la blessure.

Et ce fut tout.

III

C'était un vendredi soir et les restaurants de Stockholm auraient dû être pleins de gens heureux se délassant après une semaine de travail. Ce n'était pourtant pas le cas et il n'était pas difficile de savoir pourquoi. Au cours des cinq dernières années le prix des repas avait pratiquement doublé et les salariés ordinaires n'étaient pas nombreux à pouvoir s'offrir le restaurant, fût-ce une fois par mois. Les propriétaires se plaignaient et parlaient de crise mais ceux qui n'avaient pas transformé leur local en café ou en discothèque afin d'attirer les jeunes à fort pouvoir d'achat survivaient malgré tout grâce au nombre croissant d'hommes d'affaires disposant de frais de réception et de cartes de crédit, qui préféraient traiter leurs contrats autour d'une table bien garnie plutôt que dans leur bureau.

Le restaurant *la Paix dorée*, dans la Vieille ville, ne constituait pas une exception à la règle. Certes, il était assez tard, suffisamment pour que l'on fût déjà samedi, mais au cours des dernières heures on n'avait noté que deux clients à l'étage supérieur. Un homme et une femme; ils avaient mangé de la viande grillée et buvaient maintenant du café et du punch, tout en parlant à voix basse par-dessus la table dans leur coin de la salle.

Deux serveuses étaient en train de plier des serviettes sur une petite table située en face des portes d'entrée. La plus jeune, qui était rousse et paraissait fatiguée, se leva et jeta un coup d'œil à la pendule, au-dessus de la caisse où l'on réglait les consommations. Elle bâilla, prit une serviette et se dirigea vers les deux clients.

– Désirez-vous autre chose, avant que nous arrêtions la vente des boissons, demanda-t-elle en balayant avec sa serviette quelques morceaux de tabac qui traînaient sur la nappe. Voulez-vous encore un peu de café, monsieur le commissaire?

Martin Beck fut surpris de constater qu'il était flatté d'être reconnu. En général cela l'irritait plutôt de s'entendre rappeler qu'en tant que chef de la brigade criminelle du pays il était plus ou moins un personnage public. Mais cela faisait maintenant longtemps qu'il n'avait pas eu sa photo dans les journaux et qu'il n'était pas passé à la télévision et le fait que cette serveuse l'ait reconnu lui parut plutôt le signe qu'il commençait à passer pour un habitué de l'endroit. Rien d'étonnant à cela, d'ailleurs. Depuis deux ans il n'habitait pas loin de là et, lorsqu'il allait dîner en ville, c'était la plupart du temps à *la Paix dorée*. Il était moins habituel qu'il ait de la compagnie, comme c'était le cas ce soir-là.

La jeune femme qui se trouvait en face de lui était sa fille. Elle s'appelait Ingrid, elle avait dix-neuf ans et, mis à part le fait qu'elle était très blonde et lui très brun, ils présentaient une très grande ressemblance.

– Tu veux encore un peu de café? demanda Martin Beck.

Ingrid secoua la tête et la serveuse s'éloigna afin de préparer la note. Martin Beck sortit la bouteille de punch du seau à glace et vida ce qui restait dans leurs deux verres. Ingrid se mit à siroter le sien.

– On devrait faire ça plus souvent, dit-elle.

– Boire du punch?

– Mmm, c'est bon. Non, je veux dire : se voir. La prochaine fois, c'est moi qui t'invite à dîner. Chez moi, Klostervägen. Tu n'es encore jamais venu.

Ingrid avait quitté le foyer trois mois avant la séparation de ses parents. Martin Beck se demandait parfois s'il aurait eu le courage de s'arracher à la routine de sa vie conjugale avec Inga si Ingrid ne lui avait pas montré la voie. Elle ne se plaisait plus à la maison et s'était installée avec une camarade avant même d'avoir terminé ses études au lycée. Maintenant elle étudiait la sociologie à l'université et venait de trouver un studio à Stocksund. Pour l'instant ce n'était encore qu'une sous-location mais elle espérait pouvoir bientôt faire transférer le bail à son nom.

– Maman et Rolf sont venus me voir avant-hier, dit-elle. J'espérais que tu viendrais, toi aussi, mais je n'ai pas pu te toucher.

– Non, j'étais à Örebro pendant deux jours. Comment vont-ils?

– Bien. Maman m'a amené tout un tas de trucs. Des serviettes de toilette, des serviettes de table, le service à café bleu et je ne sais plus quoi. Et puis on a parlé de l'anniversaire de Rolf. Maman a dit qu'elle voulait qu'on aille tous dîner en ville. Si ça t'est possible.

Rolf avait trois ans de moins qu'Ingrid. Ils étaient aussi différents qu'il était possible de l'imaginer mais ils s'étaient toujours bien entendu.

La serveuse rousse revint avec la note. Martin Beck paya et vida son verre. Il regarda sa montre : il était presque une heure du matin.

– On s'en va? demanda Ingrid, en se dépêchant de finir son punch.

Ils marchèrent lentement le long d'Österlånggatan, en direction du nord. Le ciel était dégagé, on voyait les étoiles et il faisait assez froid. Deux jeunes gens pris de boisson sortirent de Drakensgränd en poussant des hurlements qui se répercutaient entre les murs de ses maisons centenaires.

Ingrid glissa la main sous le bras de son père et régla son pas sur le sien. Elle était svelte, presque trop selon Martin Beck, et avait de grandes jambes. Mais elle disait toujours qu'il fallait qu'elle se mette au régime.

– Tu montes un instant? demanda-t-il, dans le raidillon qui mène à la place de Köpmantorget.

– Oui, mais seulement le temps d'appeler un taxi. Il est tard et il faut que tu dormes.

Martin Beck se mit à bâiller.

– Oui, c'est vrai que je suis fatigué, dit-il.

Au pied de la statue de saint Georges terrassant le dragon un homme était accroupi et semblait dormir ainsi, le front appuyé contre les genoux.

Lorsque Martin Beck et sa fille passèrent près de lui il leva la tête et grommela quelque chose d'une voix pâteuse, étendit les jambes devant lui et se rendormit, le menton sur la poitrine.

– Est-ce qu'il ne devrait pas pouvoir cuver son vin au commissariat du quartier? demanda Ingrid. Il fait froid dehors.

– Il finira bien par y atterrir, dit Martin Beck. S'il y a de la place. Mais ça fait longtemps que je ne m'occupe plus de ce genre de choses.

Ils continuèrent à marcher en silence le long de Köpmangatan.

Martin Beck repensa à cet été, vingt-deux ans plus tôt, qu'il avait passé comme simple gardien de la paix dans ce district. Stockholm était bien différente, alors. La Vieille ville était une sorte de petite bourgade de province. Il y avait bien sûr plus de misère, de pauvreté et d'ivrognerie, avant que l'on se mette à restaurer les immeubles un peu partout et à augmenter les loyers de telle façon que les anciens locataires avaient été forcés de partir. Maintenant c'était devenu un quartier chic et il faisait lui-même partie des privilégiés.

Ils montèrent tout en haut de l'immeuble dans

l'ascenseur qui avait été installé lors de la restauration et qui était l'un des rares du quartier. L'appartement était moderne et se composait d'une entrée, d'une petite cuisine, d'une salle de bains et de deux pièces en enfilade, pourvues de fenêtres orientées à l'est et donnant sur une grande cour découverte. Les deux pièces étaient agréables et asymétriques, basses de plafond, et les fenêtres situées au fond de niches très profondes. Dans la seconde, meublée de fauteuils confortables et de tables basses, il y avait une cheminée. Dans la première se trouvait un grand lit entouré de vastes étagères fixées au mur et d'éléments et, près de la fenêtre, un grand bureau muni d'armoires de piètement.

Sans enlever son manteau, Ingrid alla s'asseoir au bureau, décrocha le combiné du téléphone et composa le numéro d'une station de taxis.

– Tu ne restes pas un petit moment? lui cria Martin Beck de la cuisine.

– Non, il faut que je rentre dormir. Je ne tiens plus debout. Toi non plus d'ailleurs.

Martin Beck n'émit aucune objection. Il n'avait soudain plus aucune envie de dormir alors que pendant toute la soirée il n'avait pas arrêté de bâiller et qu'au cinéma – où ils étaient allés voir *les Quatre Cents Coups*, de Truffaut – il avait bien failli s'endormir à plusieurs reprises.

Ingrid finit par obtenir un taxi et alla dans la cuisine embrasser son père.

– Merci pour cette soirée. On se reverra à l'anniversaire de Rolf, au plus tard. Allez, dors bien.

Martin Beck la raccompagna jusqu'à l'ascenseur, lui dit bonne nuit à l'oreille avant de refermer la porte, et rentra chez lui.

Là, il versa dans un grand verre la bière qu'il venait de sortir du réfrigérateur et le posa sur le bureau. Puis il alla jusqu'à son électrophone, près de la cheminée, fouilla parmi ses disques et finit par poser l'un des concertos brandebourgeois sur la platine. La maison était bien isolée et il savait qu'il ne risquait pas de déranger les voisins, même en mettant le son assez fort. Il s'assit au bureau et but sa bière, qui était à la bonne température, afin de débarrasser sa bouche du goût sucré du punch. Puis il sortit une cigarette à bout filtre, la mit entre ses dents et gratta une allumette. Ensuite il posa son menton sur ses mains et se mit à regarder par la fenêtre.

Le ciel dressait sa voûte bleu foncé semée d'étoiles par-dessus le toit éclairé par la lune, de l'autre côté de la cour. Martin Beck écouta la musique et laissa ses pensées errer à leur gré. Il se sentait totalement détendu et satisfait.

Après avoir changé le disque de face il alla prendre sur l'étagère, au-dessus de son lit, un modèle réduit à moitié terminé du clipper *Flying Cloud*. Et, pendant près d'une heure, il travailla à mettre en place mâts et vergues, avant de le reposer sur l'étagère.

Tout en se déshabillant, il contempla non sans fierté les modèles terminés du *Cutty Sark* et du navire-école *Danmark*. Quant au *Flying Cloud*, il ne lui resterait bientôt plus que le gréement, la partie la plus délicate et la plus longue.

Entièrement nu, il alla poser le cendrier et le verre vide dans la cuisine. Puis il éteignit toutes les lampes, sauf celle située au-dessus de son lit, entrouvrit la fenêtre de la chambre et alla se coucher. Il remonta son réveil, qui marquait maintenant deux heures vingt-cinq et s'assura que la sonnerie était bien arrêtée. Il pensait avoir une journée entière de liberté devant lui et pouvoir dormir tout son saoul.

Sur sa table de nuit se trouvait un livre sur les bateaux qui faisaient autrefois le service de l'archipel et il le feuilleta au hasard, regardant ces images qu'il avait plusieurs fois étudiées de très près, lisant quelques lignes çà et là avec un très fort sentiment de nostalgie. Le livre était grand et lourd et ne se prêtait pas particulièrement à la lecture au lit. Il eut bientôt mal aux bras de le tenir. Alors il le posa et étendit la main pour éteindre la lumière.

C'est à ce moment que retentit la sonnerie du téléphone.

IV

Einar Rönn était véritablement épuisé.

Cela faisait plus de dix-sept heures d'affilée qu'il travaillait. Il se trouvait maintenant à l'hôtel de police de Kungsholmsgatan, dans la permanence de la brigade criminelle, en train d'observer un homme en larmes qui venait de porter la main sur l'un de ses semblables.

Il était d'ailleurs un peu exagéré de parler d'homme car, à vrai dire, il s'agissait plutôt d'un enfant. C'était un garçon de dix-huit ans, aux cheveux blonds lui tombant sur les épaules, en jeans rouge vif et veste de daim à franges de couleur brune portant le mot *Love* peint sur le dos. Autour de ces lettres se trouvaient des fleurs joliment dessinées de couleurs rose, bleu clair et violet. Sur la tige de ses bottes il y avait également des fleurs et des lettres mais cette fois on pouvait lire le mot *Peace* et le prénom féminin *Maggan.* De longues franges faites de cheveux humains bien bouclés étaient cousues fort ingénieusement sur ses manches.

C'était à se demander si quelqu'un ne venait pas de se faire scalper.

Pour sa part, Rönn avait plutôt envie de pleurer. En partie de fatigue mais avant tout parce que, au fil des années, il avait tendance à avoir encore plus pitié du criminel que de la victime.

Ce jeune homme aux beaux cheveux avait tenté de tuer un dealer. Il s'y était fort mal pris, mais assez bien malgré tout pour pouvoir être soupçonné de tentative de meurtre.

Rönn était sur ses traces depuis cinq heures de l'après-midi, ce qui signifiait qu'il avait été dans l'obligation de fouiller dix-huit repaires de drogués, pas un de moins, tous plus immondes les uns que les autres et situés dans tous les quartiers de cette belle ville.

Tout cela pour un salaud qui vendait du hasch mêlé d'opium à la sortie des écoles et qui venait de se faire faire une bosse sur le crâne. Certes causée par un tube en métal et motivée par le fait que le coupable n'avait pas le sou. Mais tout de même. Tel était du moins l'avis de Rönn.

Bilan : neuf heures supplémentaires, qui en feraient même dix avant qu'il puisse regagner son appartement de Vällingby.

Mais c'étaient les inconvénients du métier. L'avantage, c'était le salaire assuré.

Rönn était originaire de Laponie. Il était né à Arjeplog et était marié à une Lapone. Il n'aimait pas particulièrement Vällingby mais, par contre, le nom de la rue où il habitait lui rappelait son pays natal : rue de Vittangi.

Il regarda l'un de ses jeunes collègues, de service cette nuit-là, rédiger la fiche de dépôt et confia le jeune drogué à deux agents qui le poussèrent à leur tour dans l'ascenseur, à destination du sinistre local de garde à vue, trois étages plus haut.

Une fiche de dépôt est un papier sans conséquence portant simplement le nom de la personne arrêtée. Au verso, l'officier de service porte généralement des mentions du genre : *Très excité, s'est jeté plusieurs fois contre le mur et s'est blessé*. Ou bien : *Déchaîné, s'est précipité contre le chambranle de la porte et s'est blessé.* Ou bien simplement : *S'est fait mal en tombant.*

Et ainsi de suite.

La porte de la cour s'ouvrit et deux agents descendus d'une voiture-radio entrèrent, traînant un homme assez âgé à l'abondante barbe grise. Sur le seuil, l'un des deux agents lui donna un coup de poing dans le bas-ventre. L'homme se plia en deux avec un petit gémissement, un peu comme un chien. Les deux détectives de service continuèrent à compulser leurs papiers comme si de rien n'était.

Rönn jeta un regard las sur l'homme qui venait de frapper mais ne dit rien.

Puis il bâilla et regarda sa montre.

Deux heures dix-sept.

Le téléphone sonna. L'un des détectives de service répondit.

– Ici la brigade criminelle, Gustavsson à l'appareil.

Rönn mit son bonnet de fourrure et se dirigea vers la porte. Il avait déjà la main sur la poignée lorsque celui qui s'appelait Gustavsson lui dit :

– Dis donc, Rönn, attends un instant, tu veux?

– Pourquoi?

– J'ai un truc pour toi.

– Qu'est-ce que c'est?

– A l'hôpital de Sabbatsberg. Quelqu'un qui s'est fait descendre ou quelque chose comme ça. Le type qui appelle est complètement affolé.

Rönn poussa un soupir et se retourna. Gustavsson ôta sa main du microphone et dit :

– Je vais vous passer un des inspecteurs de la criminelle. Un des gros calibres.

Et, une seconde après :

– Oui, oui, j'ai compris. C'est affreux, d'accord. Où est-ce que ça s'est passé exactement?

Gustavsson était un homme assez maigre, dans la

trentaine, avec l'allure d'un dur assez indifférent. Il écouta, posa à nouveau la main sur le microphone et dit :

– Il se trouve à l'entrée principale du bloc central de l'hôpital de Sabbatsberg. Il a absolument besoin d'aide. Tu y vas?

– Oui, dit Rönn. Bien sûr que j'y vais.

– Tu veux qu'on t'emmène? La voiture qui vient de rentrer a l'air libre.

Rönn regarda d'un air las les deux occupants de la voiture-radio et secoua la tête. C'étaient deux hommes grands et forts, armés de pistolets et de bâtons qui pendaient dans leurs étuis blancs. L'homme qu'ils venaient d'arrêter gisait sur le sol, semblable à un tas de chiffons d'où se seraient échappés de petits cris. Quant à eux, ils regardaient Rönn, l'air innocemment jaloux, avec l'espoir d'une prochaine promotion inscrit sur le visage.

– Non, je prends ma bagnole, dit-il avant de partir.

Einar Rönn n'était pas vraiment un gros calibre et, en cet instant précis, il ne se prenait même pas pour une petite fronde. Certains pensaient que c'était un policier tout à fait capable alors que d'autres disaient que ce n'était qu'un médiocre comme il y en a tant. Quoi qu'il en soit, il avait fini, après bien des années de bons et loyaux services, par accéder au rang de premier assistant à la brigade criminelle. Un de ces « limiers » dont parlent sans arrêt les journaux du soir. Le seul point sur lequel tout le monde était d'accord c'était pour dire que Rönn était un homme tranquille, d'âge mûr, au nez rouge et avec une certaine tendance à l'embonpoint du fait d'activités un peu trop sédentaires.

Il lui fallut quatre minutes et douze secondes pour se rendre à l'endroit indiqué.

L'hôpital de Sabbatsberg s'étend sur un vaste terrain presque triangulaire dont la base longe le parc Vasa et les deux côtés sont constitués par Dalagatan à l'est et Torsgatan à l'ouest. La pointe en est quelque peu écornée par l'entrée de la nouvelle voie qui enjambe Barnhusviken. Du côté de Torsgatan, le grand bâtiment en briques de l'usine à gaz rogne également un peu le triangle.

L'hôpital doit son nom au restaurateur Vallentin Sabbath qui, au début du XVIIIe siècle, possédait les tavernes *Rostock* et *le Lion*, dans la Vieille ville. Il acheta un terrain à cet endroit afin d'y élever des carpes dans des bassins maintenant asséchés et comblés, et eut également le temps d'y faire fonctionner des serres pendant trois ans avant de quitter ce bas monde en 1720.

Environ une décennie plus tard on commença l'exploitation d'une source thermale. L'établissement lui-même, qui servit à la fois d'hôpital et d'asile de pauvres au cours des ans, existe toujours dans un coin du terrain, même s'il est maintenant un peu éclipsé par un foyer pour retraités de huit étages.

L'hôpital originel, construit il y a maintenant plus de cent ans, se trouve en haut des rochers qui surplombent Dalagatan et se compose de plusieurs pavillons reliés par de longues allées couvertes. Certains d'entre eux sont toujours en service mais plusieurs autres ont été abattus récemment et remplacés par de nouveaux; les allées, quant à elles, sont maintenant souterraines.

Tout au bout du parc se dressent plusieurs vieux bâtiments servant d'asile de vieillards. On trouve également tout près de là une chapelle et, au milieu d'un jardin avec pelouses, haies et allées gravillonnées, une sorte de kiosque jaune surmonté d'un clocheton. Une voie bordée d'arbres mène de la chapelle à une ancienne loge de gardien, au bord de la rue. Derrière la chapelle s'étend le parc, qui se termine à pic au-dessus de Torsgatan, rue qui se faufile entre le rocher et l'immeuble Bonnier, en face. Cette partie est la plus calme et la moins fréquentée de tout l'hôpital. Comme il y a cent ans, l'entrée en est située sur Dalagatan, où se trouve également le nouveau bloc central.

V

Rönn avait presque l'impression d'être un fantôme, à la lumière des éclairs bleus des gyrophares de la voiture-radio. Mais il n'était pas au bout de ses peines.

– Qu'est-ce qui s'est passé? demanda-t-il.

– On ne sait pas au juste. Quelque chose de pas bien beau, en tout cas.

L'agent qui lui parlait avait l'air très jeune. Il avait un visage franc et sympathique mais son regard était mal assuré et il semblait ne pas pouvoir tenir en place. Il se tenait à la portière de la voiture de la main gauche et tripotait nerveusement la crosse de son pistolet de la droite. Dix secondes plus tôt il avait laissé entendre un bruit qui devait être un soupir de soulagement.

Il a peur, pensa Rönn. Puis, afin de le rassurer, il dit :

– On va voir ça. Où est-ce?

– C'est un peu compliqué pour y arriver. Je vais aller devant.

Rönn approuva d'un signe de tête et regagna sa voiture. Il mit le moteur en marche et suivit les éclairs bleus. Ils décrivirent ainsi un vaste cercle autour du bloc central et pénétrèrent sur le territoire de l'hôpital. En l'espace d'une demi-minute, la voiture de police eut le temps de tourner trois fois à droite et deux fois à gauche, de freiner et de s'arrêter devant un bâtiment bas et long, aux murs crépis de jaune et au toit mansardé noir, qui avait l'air très vieux. Au-dessus des portes de bois brun aux planches disjointes une unique lampe électrique entourée d'un globe laiteux d'un modèle très ancien luttait avec fort peu de succès contre l'obscurité. L'agent descendit de voiture et se posta comme précédemment, une main sur la portière et l'autre sur son pistolet, en guise de bouclier contre la nuit et ce qu'elle pouvait dissimuler.

– C'est là, dit-il en désignant la porte du regard.

Rönn étouffa un bâillement et fit un signe de tête.

– Est-ce qu'il faut que j'appelle du renfort?

– On va voir ça, répéta Rönn, débonnaire.

Il était déjà sur le perron et poussait le battant droit de la porte, qui grinça pitoyablement sur ses gonds mal graissés. Il monta encore deux marches et poussa une nouvelle porte avant de se trouver dans un couloir assez chichement éclairé. Celui-ci était large et haut de plafond et courait d'un bout à l'autre du bâtiment.

D'un côté se trouvaient chambres individuelles et salles communes, de l'autre réserves de linge, laverie et salles d'examen. Il y avait également un vieux téléphone mural du genre qui ne fonctionne qu'avec des pièces de dix centimes. Rönn observa une plaque en émail blanc de forme ovale sur laquelle était simplement portée la mention LAVEMENT et consacra ensuite toute son attention aux quatre personnes qui se trouvaient à proximité de lui.

Deux d'entre elles étaient des policiers en uniforme. L'un était petit et trapu et se tenait debout, les jambes écartées et les bras ballants, regardant droit devant lui. Il tenait à la main un carnet à couverture noire. Son collègue s'appuyait contre le mur, la tête penchée et le regard braqué sur un lavabo en fonte peint en blanc, fixé au mur et pourvu d'un robinet en cuivre de modèle très ancien. De tous les jeunes gens que Rönn avait vus au cours de ses neuf heures supplémentaires celui-ci paraissait incontestablement le plus jeune et avait presque l'air comique, avec sa veste de cuir et son ceinturon, ainsi que l'arsenal apparemment indispensable. Une femme assez âgée et aux cheveux gris, portant des lunettes, était effondrée sur un siège en osier et regardait ses sabots blancs d'un air apathique. Elle portait une blouse blanche et avait des varices fort laides sur ses mollets blancs. Le quatuor était complété par un homme dans la trentaine aux cheveux bruns bouclés qui se mordait nerveusement les phalanges. Lui aussi portait une blouse blanche et des sabots.

L'atmosphère qui régnait dans ce couloir était fort désagréable et cela sentait le détergent, les vomissures ou les médicaments, peut-être même les trois à la fois. Soudain, Rönn éternua; il essaya de s'en empêcher en se prenant le nez entre le pouce et l'index, mais trop tard.

Le seul à réagir fut le policier qui tenait le carnet de notes. Sans dire un mot il montra de la main une grande porte à la peinture jaunâtre craquelée et sur laquelle se trouvait, dans un cadre en métal, une carte écrite à la machine. Elle n'était pas bien fermée. Rönn l'ouvrit sans même avoir à toucher le bouton. Derrière s'en trouvait une autre. Celle-ci était également entrebâillée, mais ouvrait vers l'intérieur.

Rönn la poussa du bout du pied, jeta un coup d'œil dans la chambre et sursauta. Il lâcha son nez et regarda une nouvelle fois, plus attentivement.

Brk, se dit-il en lui-même.

Puis il fit un pas en arrière, laissa la porte extérieure revenir dans la position où elle était, mit ses vieilles lunettes et lut le nom inscrit sur la porte.

– Bon dieu, lâcha-t-il.

L'agent avait rangé son carnet et sorti sa plaque. Il

la tournait maintenant entre ses doigts comme s'il s'était agi des grains d'un chapelet ou d'une amulette.

Les plaques vont bientôt disparaître, pensa Rönn, de façon fort peu rationnelle. Cela mettrait fin, de façon aussi surprenante que décevante, au long débat sur la question de savoir si ces plaques devaient être portées sur la poitrine – afin d'annoncer clairement la couleur – ou bien dissimulées dans une poche, à l'abri des regards indiscrets. Elles allaient être remplacées par des cartes d'identité ordinaires et les agents pourraient continuer à se dissimuler derrière l'anonymat de l'uniforme.

Il demanda tout haut :

– Comment t'appelles-tu?

– Andersson.

– A quelle heure es-tu arrivé ici?

L'agent regarda sa montre-bracelet.

– A deux heures seize. Il y a neuf minutes. Nous étions tout près. A Odenplan.

Rönn ôta ses lunettes et observa du coin de l'œil le jeune garçon en uniforme qui avait le visage vert et était en train de vomir dans le lavabo. L'aîné des agents suivit son regard et dit d'une voix sans intonation :

– C'est un stagiaire. C'est la première fois pour lui.

– Occupe-toi de lui, dit Rönn. Et appelle cinq ou six gars du cinquième.

– La section d'intervention du cinquième, très bien, dit Andersson, en donnant l'impression qu'il allait faire le salut militaire, se mettre au garde-à-vous ou bien une autre idiotie de ce genre.

– Un instant, ajouta Rönn. Avez-vous vu quelque chose de suspect par ici?

La formule n'était peut-être pas très heureuse et Andersson se contenta de regarder la porte de la chambre, l'air de ne pas trop savoir quoi dire.

– Euh, fit-il, pour dire quelque chose.

– Tu sais qui c'est? Je veux dire : celui qui est dans cette chambre.

– Le commissaire Nyman, hein?

– Oui, c'est ça.

– Mais il n'est pas facile à reconnaître.

– Non, dit Rönn. En effet.

Andersson s'éloigna.

Rönn s'essuya la sueur du front et se demanda ce qu'il allait faire.

Au bout de dix secondes il alla jusqu'au téléphone mural et composa le numéro personnel de Martin Beck.

Il obtint immédiatement une réponse et dit :

– Salut. C'est Rönn à l'appareil. Je suis à Sabbatsberg. Viens.

– Bon, dit Martin Beck.

– Vite.

– Oui.

Rönn raccrocha et alla rejoindre les autres. Puis il se mit à attendre. Il prêta son mouchoir au stagiaire qui s'essuya la bouche, l'air gêné, et dit :

– Excusez-moi.

– Ça peut arriver à n'importe qui.

– Je n'ai pas pu m'en empêcher. C'est toujours comme ça?

– Non, dit Rönn. On ne peut pas dire ça. Ça fait vingt et un ans que je suis dans la police et, très honnêtement, je n'ai encore rien vu de semblable.

Puis il se tourna vers l'homme aux boucles brunes et demanda :

– Vous avez un psychologue, ici?

– *Nix verstehen,* répondit le médecin.

Rönn remit ses lunettes afin de déchiffrer le nom inscrit sur la carte plastifiée accrochée à sa blouse blanche.

En effet, son nom était bien marqué : Docteur ÜZKÜKÖCÖPÜPZE.

Hm, se dit-il en lui-même.

Il rangea ses lunettes et se remit à attendre.

VI

La chambre avait cinq mètres de long, trois et demi de large et quatre de haut. La couleur n'en était pas particulièrement variée : le plafond blanc sale et le crépi des murs vaguement jaunâtre. Le sol, lui, était constitué par des plaques de marbre grisâtre. L'encadrement des fenêtres était gris clair et les portes de même. A la fenêtre étaient accrochées de lourdes draperies de damas d'un blanc jaunâtre et, derrière, de minces rideaux de coton blanc. Le lit de fer était blanc, de même que le drap-housse et la taie d'oreiller, la table de nuit grise et la chaise en bois brun clair. La peinture des meubles était défraîchie et celle des murs était craquelée et cloquée du fait des ans. Celle du plafond s'en allait par lamelles et, en certains endroits, on voyait des taches d'humidité de couleur brun clair. Tout était vieux mais très propre. Sur la table se trouvait un vase en maillechort contenant sept roses rouge pâle. Ainsi qu'une paire de lunettes et leur étui, un gobelet en plastique translucide près duquel étaient posés deux petits comprimés blancs, un petit poste de radio à transistors blanc, une pomme à demi consommée et un verre à eau rempli à moitié d'un liquide jaune clair. Sur la planchette, au-dessous, une pile de magazines, quatre lettres, un carnet de notes à papier rayé, un stylo Waterman quadrichrome flambant neuf à pointe bille et quelques pièces de monnaie – très exactement huit de dix centimes, deux de vingt-cinq et six d'une couronne. La table comportait deux tiroirs. Dans celui du dessus il y avait trois mouchoirs sales, un savon dans une boîte en plastique, une brosse à dents et un tube de pâte dentifrice, un petit flacon d'après-rasage, une boîte de pilules pour la gorge et un étui de cuir contenant une pince à ongles, une lime et une paire de ciseaux. Le second tiroir renfermait un portefeuille, un rasoir électrique, un carnet de timbres, deux pipes, une blague à tabac et une carte postale non écrite représentant le Palais de Justice de Stockholm. Sur le dossier de la chaise étaient posés des vêtements : une veste de coton grise, un pantalon de la même couleur et du même tissu ainsi qu'une chemise blanche aux pans très longs. Chaussettes et sous-vêtements se trouvaient sur le siège et les pantoufles étaient glissées sous le lit. Près de la porte, une robe de chambre de couleur beige était accrochée au portemanteau.

Il n'y avait qu'une seule tache de couleur qui détonnait dans toute cette pièce. Et elle était d'un rouge agressif.

Le mort était couché à moitié sur le dos entre le lit et la fenêtre. Sa gorge avait été tranchée d'un coup si violent que sa tête s'était trouvée rejetée en arrière à quatre-vingt-dix degrés, la joue gauche reposant sur le sol. La langue dépassait de cette ouverture béante et le dentier endommagé de la victime était visible entre ses lèvres déchiquetées.

Lorsque l'homme était tombé en arrière, un gros flot de sang avait été projeté par sa carotide. Cela expliquait cette traînée pourpre en travers du lit et les taches de sang sur le vase et la table de nuit.

Si la chemise de nuit était trempée de sang, cela était dû, par contre, à la blessure à la taille, de même que la grande mare de sang autour du cadavre. Un examen sommaire de cette plaie révélait qu'un seul coup avait suffi pour transpercer le foie, les conduits biliaires, l'estomac, la rate et le pancréas. Ainsi que l'aorte.

Le cadavre s'était pratiquement vidé de tout son sang en l'espace de quelques minutes. Sa peau était bleuâtre et presque transparente, du moins aux endroits où elle était visible, par exemple au front, sur certaines parties des tibias et sur les pieds.

La plaie à la taille avait environ vingt-cinq centimètres de long et était béante; les organes atteints avaient été repoussés vers l'extérieur par le péritoine déchiré.

L'homme était pratiquement coupé en deux.

Même pour des personnes amenées de temps en temps par leur métier à se trouver sur des lieux macabres et sanguinolents où un crime venait d'être commis, cela dépassait la mesure.

Pourtant. Martin Beck n'avait pas bronché en entrant dans la pièce. Un observateur extérieur aurait pu croire que tout cela faisait partie de la routine. Aller au restaurant avec sa fille, manger, boire, se déshabiller, passer quelques minutes sur un modèle réduit et se coucher avec un livre. Et puis sortir tout à coup de son lit pour aller inspecter le corps d'un commissaire de police réduit en bouillie. Le pire était qu'il en avait lui-même l'impression. Il ne se laissait jamais démonter, sauf par sa propre froideur affective apparente.

Il était maintenant trois heures moins dix du matin et il était accroupi près du lit, en train d'examiner le cadavre, d'une façon froide et objective.

– Oui, c'est bien Nyman, dit-il.

– Oh, oui, pas de doute.

Rönn était en train de toucher aux objets qui se trouvaient sur la table de nuit. Soudain il se mit à bâiller et porta sa main à sa bouche, l'air de celui qui est pris en faute.

Martin Beck lui jeta un rapide coup d'œil et dit :

– As-tu établi la chronologie des événements?

– Euh oui, dit Rönn.

Il sortit un carnet sur lequel il avait noté un certain nombre de choses d'une petite écriture serrée. Il mit ses lunettes et commença à débiter d'une voix monocorde :

– Une employée a ouvert ces portes à deux heures dix. Elle n'avait rien entendu ni observé d'inhabituel. Il s'agissait d'une ronde de routine auprès de tous les patients. A ce moment, Nyman était déjà mort. Elle a appelé police secours à deux heures onze. Les agents de la voiture-radio ont reçu le message à deux heures douze. Ils se trouvaient à Odenplan et ont mis entre trois et quatre minutes pour arriver. Ils sont entrés en rapport avec la brigade criminelle à deux heures dix-sept. Pour ma part, je suis arrivé à vingt-deux et je t'ai appelé à vingt-neuf. Tu es arrivé à quarante-quatre.

Rönne regarda sa montre-bracelet.

– Maintenant il est deux heures cinquante-deux. Lorsque je suis arrivé il était mort depuis une demi-heure au plus.

– C'est le médecin qui l'a dit?

– Non, c'est moi. C'est la conclusion que j'ai tirée, pour ainsi dire. La température du corps, le degré de coagulation du sang...

Puis il se tut, comme s'il avait le sentiment de sortir de ses prérogatives.

Martin Beck se frotta la base du nez avec le pouce et l'index de la main droite, l'air pensif.

– Tout s'est donc passé extrêmement vite, dit-il.

Rönn ne répondit pas à cela. Il avait l'air de penser à autre chose et, au bout d'un moment, il dit :

– Oui, tu comprends pourquoi je t'ai appelé. Ce n'est pas parce que...

Il s'interrompit, l'air distrait en quelque sorte.

– Pas parce que quoi?

– Pas parce que Nyman était commissaire mais à cause... à cause de ça...

Il esquissa un geste en direction du cadavre :

– De cette boucherie.

Il observa un bref instant de silence avant de suggérer une nouvelle hypothèse :

– Je veux dire que celui qui a fait cela doit être fou à lier.

Martin Beck opina du chef.

– Oui, dit-il. C'est l'impression que ça donne.

VII

Martin Beck commençait à se sentir mal à l'aise. C'était un sentiment encore mal défini, ressemblant un peu à cette lassitude qui s'empare parfois de vous quand on est en train de s'endormir sur un livre et que l'on continue à lire sans tourner les pages.

Il lui fallut faire un effort sur lui-même pour se reprendre et retrouver la maîtrise de ses sensations.

Intimement lié à ce sentiment latent d'impuissance se trouvait quelque chose d'autre dont il ne put se débarrasser immédiatement.

Un sentiment de danger.

L'impression que quelque chose était en train de se passer. Quelque chose qu'il fallait éviter à tout prix. Mais il ne savait pas quoi et encore moins comment.

Il avait déjà ressenti cette impression auparavant, même si cela s'était produit à intervalles assez éloignés. Ses collègues se moquaient généralement de ce phénomène en parlant d'intuition.

Le travail de la police est fondé sur le réalisme, la routine, la méthode et l'obstination. Il est exact que bien des cas difficiles ne sont élucidés que grâce au hasard mais il est tout aussi vrai que le hasard est un concept bien extensible qu'il ne faut pas confondre avec la chance ou bien d'heureuses coïncidences. Dans les enquêtes criminelles, il s'agit de faire en sorte que les mailles du filet du hasard soient aussi petites et serrées que possible. Et, sur ce point, l'expérience et l'application jouent un plus grand rôle que les inspirations géniales. Une bonne mémoire et un gros bon sens sont des qualités beaucoup plus précieuses que le brillant intellectuel.

L'intuition n'a pas sa place dans le travail quotidien de la police.

L'intuition n'est même pas une qualité, pas plus que l'astrologie ou la phrénologie ne peuvent être qualifiées de sciences.

Et pourtant elle existait, aussi peu enclin qu'il fût à le reconnaître, et il y avait eu des cas où il avait l'impression qu'elle l'avait mené sur la bonne piste.

Mais cette ambivalence psychologique pouvait également dépendre de raisons plus simples, plus immédiates et plus concrètes.

De Rönn, par exemple.

Martin Beck était très exigeant vis-à-vis de ceux avec qui il travaillait. C'était la faute de Lennart Kollberg, son principal collaborateur depuis bien des années, tout d'abord comme détective municipal de Stockholm, puis à l'ancienne brigade criminelle de Västberga. Kollberg avait toujours été son indispensable complément, de même que celui qui jouait les meilleurs balles, qui posait les bonnes questions et qui prononçait les paroles qu'il fallait.

Mais Kollberg n'était pas disponible. Il était sans doute chez lui, en train de dormir, et Martin Beck ne disposait d'aucune raison valable de le réveiller. Ce serait contraire au règlement et, en outre, offensant pour Rönn.

Il s'attendait donc à ce que celui-ci fasse ou au moins dise quelque chose prouvant que, lui aussi, il ressentait ce danger. Qu'il lance une affirmation ou une supposition que Martin Beck pourrait réfuter ou bien sur laquelle il pourrait continuer à travailler.

Mais Rönn ne disait mot.

Au lieu de cela il faisait son travail, calmement et méthodiquement, en professionnel. Pour l'instant c'était lui qui était chargé de l'enquête et il faisait tout ce que l'on pouvait décemment attendre de lui.

La portion de terrain se trouvant devant la fenêtre était maintenant délimitée au moyen de tréteaux et de cordes et interdite, il avait fait approcher des voitures et allumer les phares. Des projecteurs étaient en train de balayer le terrain et les taches ovales et blanches des lampes de poche des policiers bondissaient de-ci de-là sur le sol, comme des limandes effrayées fuyant l'approche de visiteurs indésirables, au bord de l'eau, un jour de vacances.

Rönn avait examiné tout ce qui se trouvait sur et dans la table de nuit sans y trouver quoi que ce soit d'autre que des objets personnels banals et quelques lettres triviales du genre de celles que des personnes en très bonne santé peuvent écrire à des gens dont ils ont tout lieu de penser qu'ils sont gravement malades. Le personnel civil du cinquième district avait fouillé les chambres avoisinantes et les salles communes sans y trouver quoi que ce soit d'intéressant.

Si Martin Beck voulait savoir quelque chose de particulier il lui faudrait le demander et, en outre, formuler sa question clairement, de façon à ne pas laisser subsister la moindre ambiguïté.

La vérité était tout simplement qu'ils avaient du mal à collaborer, Rönn et lui. Chacun d'eux le savait depuis longtemps et c'est pourquoi ils s'efforçaient d'éviter de se trouver dans des situations où ils étaient totalement livrés l'un à l'autre.

Martin Beck ne se faisait pas une très haute idée des capacités de Rönn, celui-ci en était bien conscient et cela lui inspirait un certain complexe d'infériorité. De son côté, Beck ressentait cette difficulté à établir le contact comme une preuve de ses propres insuffisances et cela l'inhibait à son tour.

Rönn avait sorti la bonne vieille mallette et réussi à relever quelques empreintes. Il avait fait poser des caches en plastique sur certaines traces au sol, dans la chambre et à l'extérieur, s'assurant ainsi qu'un certain nombre d'indices pouvant se révéler utiles par la suite n'étaient pas détruits par des phénomènes naturels ou par manque de précautions. Cela valait en tout premier lieu pour les empreintes de pieds.

Martin Beck était enrhumé, comme très souvent à cette époque de l'année. Il se moucha, renifla et toussa comme s'il allait rendre l'âme mais Rönn ne réagit pas. Il ne lui dit même pas « A tes souhaits » lorsqu'il éternua. Cette petite politesse ne faisait apparemment pas partie de son éducation et l'expression ne figurait sans doute pas dans son vocabulaire. Peut-être eut-il une pensée – mais dans ce cas il la garda pour lui.

Aucune communication muette ne s'établit entre les deux hommes, non plus, et à un moment Martin Beck se vit dans l'obligation de demander :

– Ce service a quand même l'air d'être un peu vieux?

– Oui, dit Rönn. En fait il doit déménager après-demain, pour être modernisé ou utilisé à autre chose. Les malades vont être transférés dans de nouveaux locaux situés dans le bloc central.

Les pensées de Martin Beck prirent alors très rapidement une autre direction et, quelques instants plus tard, il dit tout haut, mais surtout à l'intention de lui-même :

– Je me demande de quoi il s'est servi; peut-être d'une machette ou bien d'un sabre de samouraï.

– Ni l'un ni l'autre, dit Rönn qui rentrait dans la pièce à cet instant. Nous avons retrouvé l'arme du crime. Elle est par terre, à quatre ou cinq mètres devant la fenêtre.

Ils allèrent voir.

Dans la lumière blanche et froide d'un projecteur gisait un instrument tranchant à large lame.

– Une baïonnette, dit Martin Beck.

– Exactement. Du modèle qui va sur les mausers.

La carabine de six millimètres était une arme typiquement militaire. Jadis, elle avait principalement été en usage dans l'artillerie et dans la cavalerie. Mais elle ne l'était sans doute plus et était même probablement rayée des inventaires de matériel.

La lame était totalement recouverte de sang coagulé.

– Est-ce qu'il est possible de relever des empreintes sur la garde, avec toutes ces rayures?

Rönn haussa les épaules.

Il fallait lui arracher chacune de ses paroles, si ce n'est avec des pincettes du moins au moyen de pressions verbales.

– Tu la laisses là jusqu'à ce qu'il fasse jour?

– Oui, dit Rönn. Ça vaut sans doute mieux.

– Je voudrais bien parler avec la famille de Nyman dès que possible. Tu crois qu'on peut réveiller sa femme à cette heure?

– Oh, sans doute, dit Rönn, sans grande conviction.

– Il faut bien commencer par un bout. Tu viens avec moi?

Rönn grommela quelque chose.

– Qu'est-ce que tu dis? demanda Martin Beck en se mouchant.

– Faut que je fasse venir un photographe, dit Rönn. Oui, oui.

Il avait l'air très déprimé.

VIII

Rönn sortit le premier pour regagner la voiture, s'assit sur le siège avant et attendit Martin Beck, qui avait décidé de se charger lui-même de la désagréable tâche d'appeler la veuve au téléphone.

– Qu'est-ce que tu lui as dit? demanda Rönn, lorsque Martin Beck fut assis à côté de lui.

– Simplement qu'il est mort. De toute évidence il était gravement malade, elle n'a donc pas été très surprise. Mais maintenant elle se demande naturellement ce que nous avons à voir là-dedans.

– Elle a accusé le coup?

– Oui, bien sûr. Elle voulait absolument prendre un taxi pour venir tout de suite à l'hôpital. Un médecin est en train de lui parler en ce moment. J'espère qu'il va pouvoir la convaincre de nous attendre chez elle.

– Oui. Si elle le voyait, ça lui causerait vraiment un choc. C'est déjà bien assez de devoir lui dire ce qu'il en est.

Rönn prit Dalagatan en direction d'Odengatan. Devant l'Institut Eastman se trouvait une Volkswagen noire. Rönn la montra de la tête et dit :

– Ça ne lui suffit pas de se garer dans un endroit interdit, il faut encore qu'il monte sur le trottoir. Il a de la chance que nous ayons d'autres chats à fouetter.

– En plus, il devait bien être saoul quand il s'est garé, ajouta Martin Beck.

– Il ou elle, dit Rönn. C'est certainement une femme. Les femmes et les voitures...

– Quels préjugés, dit Martin Beck. Si ma fille t'entendait, tu aurais droit à un de ces sermons!

Ils tournèrent à droite et continuèrent en direction de l'église Gustave-Vasa et d'Odenplan. A la station de taxis deux voitures attendaient d'éventuels clients et, près de la Bibliothèque municipale, une balayeuse au clignotant orange attendait pour sa part le feu vert.

Martin Beck et Rönn poursuivirent leur chemin en silence. En tournant dans Sveavägen ils doublèrent la balayeuse, qui prit lentement le virage en ronronnant. A la hauteur de l'École supérieure de Commerce ils prirent à gauche dans Kungstensgatan.

– Merde, dit soudain Martin Beck à haute et très intelligible voix.

– Oui, dit Rönn.

Puis le silence se fit à nouveau dans la voiture. Lorsqu'ils eurent croisé Birger Jarlsgatan, Rönn ralentit et se mit à chercher le numéro. En face de l'école privée Borgarskolan une porte s'ouvrit et un jeune homme passa la tête pour regarder dans leur direction. Il tint la porte ouverte pendant qu'ils se garaient et traversaient la rue.

En approchant de lui ils s'aperçurent qu'il était plus jeune qu'ils ne l'avaient cru de loin et que c'était plutôt un garçon qu'un jeune homme. Il n'avait pas plus de quinze ans mais était presque aussi grand que Martin Beck.

– Je m'appelle Stefan, dit-il. Maman vous attend là-haut.

Ils montèrent derrière lui jusqu'au deuxième étage, où une porte était entrebâillée. Le garçon les fit entrer dans la salle de séjour, après avoir traversé le vestibule et un couloir.

– Je vais chercher maman, dit-il, avant de disparaître.

Martin Beck et Rönn restèrent debout au milieu de la pièce et regardèrent autour d'eux. Le décor était très soigné. Le fond de la pièce était occupé par un grand coin salon qui semblait dater des années 40 et était composé d'un grand sofa, de trois fauteuils assortis en bois vernis de couleur claire et au tissu de cretonne à fleurs, ainsi que d'une table ovale du même bois. Sur la table se trouvait une nappe blanche en dentelle aux fuseaux et, au milieu de la nappe, un grand vase en cristal rempli de tulipes rouges. Les deux fenêtres donnaient sur la rue et, derrière les rideaux blancs – également en dentelle – on pouvait voir des plantes en pot, bien rangées et bien entretenues. L'un des murs du fond était occupé par une superbe bibliothèque en acajou. Elle était remplie pour mi-partie de livres reliés pleine peau et pour l'autre de souvenirs et de bibelots divers. De petites tables soigneusement astiquées, sur lesquelles on pouvait voir des pièces en argent ou en cristal, étaient disposées le long des autres murs et un piano de couleur noire, dont le couvercle du clavier était rabattu, complétait l'ameublement. Des portraits de famille encadrés étaient alignés sur le piano. Aux murs étaient accrochés, dans de grands cadres dorés et moulés, des natures mortes et d'autres tableaux représentant des paysages. Au plafond était suspendu un lustre en cristal et sous leurs pieds se trouvait un tapis d'Orient couleur lie-de-vin.

Martin Beck était en train d'observer tous ces détails lorsqu'il entendit un bruit de pas dans le couloir. Rönn s'était avancé jusqu'à la bibliothèque et regardait d'un œil soupçonneux une cloche de renne en cuivre dont l'un des côtés était décoré d'un motif très coloré représentant un bouleau nain, un renne et un Lapon, ainsi que le nom de la ville d'Arjeplog calligraphié en lettres rouges.

Madame Nyman entra dans la pièce accompagnée de son fils. Elle portait une robe de laine noire, des bas et des chaussures noirs. Dans sa main elle serrait un mouchoir blanc. Elle avait pleuré.

Martin Beck et Rönn se présentèrent. Elle semblait ne jamais avoir entendu parler d'eux.

– Mais asseyez-vous, je vous en prie, dit-elle, en prenant elle-même l'un des fauteuils à fleurs.

Lorsque les deux policiers se furent assis elle les regarda, le désespoir inscrit dans les yeux.

– Qu'est-ce qui s'est passé, exactement? dit-elle d'une voix qui paraissait trop aiguë.

Rönn sortit son mouchoir et se mit à astiquer consciencieusement son nez rouge. Martin Beck ne s'attendait d'ailleurs pas à recevoir si peu d'aide que ce fût de sa part.

– Si vous avez des tranquillisants, madame, je crois qu'il ne serait pas mauvais d'en prendre un ou deux tout de suite, dit-il.

Le garçon, qui s'était assis sur le tabouret du piano, se leva et dit :

– Papa a... Il y en a une boîte dans l'armoire de la salle de bains. Tu veux que j'aille la chercher?

Martin Beck lui fit un signe de tête et le garçon sortit. Il revint au bout de quelques instants avec les comprimés et un verre d'eau. Martin Beck regarda l'étiquette, fit sortir deux comprimés dans le couvercle du flacon en secouant celui-ci et les tendit à Mme Nyman, qui les avala docilement avec une gorgée d'eau.

– Merci, dit-elle. Maintenant, voulez-vous avoir l'obligeance de me dire ce qui vous amène. Stig est mort et ni vous ni moi n'y pouvons rien.

Elle appliqua le mouchoir contre sa bouche et ajouta d'une voix étouffée :

– Pourquoi ne voulez-vous pas que je le voie? C'est tout de même mon mari. Que lui ont-ils fait, à l'hôpital? Ce docteur... il m'a paru bizarre...

Le garçon alla s'asseoir sur le bras de son fauteuil et passer le bras autour de son cou.

Martin Beck se déplaça sur son siège afin de se trouver juste en face d'elle, jeta un coup d'œil à Rönn, assis sans rien dire sur le sofa, et dit :

– Madame Nyman, votre mari n'est pas mort de maladie. Quelqu'un s'est introduit dans sa chambre et l'a tué.

La femme le dévisagea et il lut dans ses yeux qu'il lui fallut quelques secondes avant de comprendre ce que signifiaient ses paroles. La main qui tenait le mouchoir retomba et serra celui-ci contre sa poitrine. Elle était blême.

– Tué? Quelqu'un l'a tué? Je ne comprends pas...

Les narines du garçon étaient devenues très pâles et la pression de sa main sur l'épaule de sa mère se fit plus appuyée.

– Qui? dit-il.

– Nous ne le savons pas. Une employée l'a trouvé gisant sur le sol de sa chambre peu après deux heures du matin. Quelqu'un était entré par la fenêtre et l'avait tué à l'aide d'une baïonnette. Cela a dû être l'affaire de quelques secondes, je ne crois pas qu'il ait eu le temps de se rendre compte de ce qui se passait.

C'était tout ce que Martin Beck avait à dire en guise de consolation.

– Tout laisse penser qu'il a été surpris, dit Rönn. S'il avait eu le temps de réagir il aurait tenté de se défendre ou de se protéger, mais nous n'avons pu relever aucun indice de cela.

La femme dévisageait maintenant Rönn.

– Mais pourquoi? demanda-t-elle.

– Nous ne le savons pas, répondit Rönn.

Ce fut tout ce qu'il trouva à dire.

– Vous pouvez peut-être nous aider à le découvrir, Madame Nyman, reprit Martin Beck. Nous ne voulons pas prolonger inutilement cet entretien mais il faut absolument que nous vous posions quelques questions. Et avant tout celle-ci : connaissez-vous quelqu'un qui puisse avoir fait cela?

La femme secoua la tête d'un air d'impuissance.

– Savez-vous si votre mari a fait l'objet de menaces quelconques?

Elle secouait toujours la tête.

– Non, dit-elle. Pourquoi l'aurait-on menacé?

– Quelqu'un qui le haïssait, par exemple.

– Pourquoi l'aurait-on haï?

– Réfléchissez, s'il vous plaît, dit Martin Beck. Connaissez-vous quelqu'un qui aurait pu avoir à se plaindre de votre mari? Il était dans la police, n'est-ce pas, et dans ce métier on se fait facilement des ennemis. Il ne vous a jamais dit qu'on l'avait menacé ou que quelqu'un lui voulait du mal?

L'air totalement désorientée, la veuve regarda tout d'abord son fils, puis Rönn, puis à nouveau Martin Beck.

– Pas que je me souvienne. Et, s'il m'en avait parlé, je m'en souviendrais certainement.

– Papa ne parlait pas beaucoup de son travail à la maison, dit Stefan. Vous feriez mieux de demander cela au commissariat.

– C'est ce que nous allons faire, naturellement, dit Martin Beck. Depuis combien de temps était-il malade?

– Cela fait longtemps, dit le garçon en regardant sa mère. Je ne me souviens plus exactement.

– Depuis le mois de juin l'an dernier, dit la femme. Il est tombé malade juste avant la Saint-Jean. Il a été pris de violentes douleurs au ventre et est allé consulter son docteur dès le lendemain. Celui-ci a cru pouvoir diagnostiquer un ulcère à l'estomac et l'a mis en congé. Il y est toujours depuis cette époque et a consulté plusieurs autres médecins, qui ont tous fait des diagnostics différents et lui ont prescrit des médicaments différents. Il est entré à Sabbatsberg il y a trois semaines et ils ont passé leur temps à faire des analyses et des examens de toutes sortes sans pouvoir trouver ce qu'il avait.

Parler semblait la soulager et l'aider à surmonter le choc.

– Papa pensait que c'était un cancer, dit le garçon. Mais les médecins ont dit que non. Pourtant, il souffrait tout le temps beaucoup.

– Qu'est-ce qu'il a fait pendant tout ce temps? Il n'a plus travaillé du tout depuis l'été dernier?

– Non, dit Madame Nyman. Il était vraiment très malade. Il avait des douleurs qui duraient plusieurs jours d'affilée et, dans ces moments-là, tout ce dont il était capable c'était de rester couché. Il prenait tout un tas de pilules mais elles n'avaient pas l'air de faire beaucoup d'effet. Il est allé au commissariat une ou deux fois pendant l'automne pour voir un peu ce qui se passait, comme il disait, mais pas pour travailler. Il n'en était pas capable.

– Et vous ne vous rappelez pas, Madame Nyman, qu'il ait parlé de quelque chose, ou bien fait quelque chose, que l'on puisse mettre en rapport avec ce qui vient de se passer? demanda Martin Beck.

Elle secoua à nouveau la tête et se mit à sangloter sans larmes. Son regard ne faisait qu'effleurer Martin Beck et allait se perdre dans le vide.

– As-tu des frères et sœurs? demanda Rönn au garçon.

– Oui, une sœur qui est mariée et qui vit à Malmö.

Rönn lança un regard interrogateur à Martin Beck qui était en train de tourner une cigarette entre ses doigts, l'air pensif, tout en observant les deux personnes qui lui faisaient face.

– Nous allons partir, maintenant, dit-il au garçon. Je crois que tu es capable de t'occuper de ta mère mais il vaudrait quand même mieux faire venir un docteur qui la fasse dormir un peu. En connais-tu un que tu puisses appeler à cette heure-ci?

Le garçon se leva et fit un signe de tête.

– Oui. Le docteur Blomberg, dit-il. Il vient toujours quand on l'appelle.

Il sortit dans le couloir et ils l'entendirent composer un numéro de téléphone. Au bout de quelques instants, il obtint une réponse. La conversation fut brève et il ne tarda pas à revenir s'installer près de sa mère. Il avait l'air d'avoir grandi de plusieurs années en l'espace de quelques minutes.

– Il arrive, dit-il. Vous n'avez pas besoin d'attendre. Il ne va pas tarder.

Martin Beck et Rönn se levèrent et celui-ci alla poser la main sur l'épaule de la femme. Elle ne bougea pas et ne répondit même pas lorsqu'ils lui dirent au revoir.

Le garçon les raccompagna jusqu'à la porte.

– Nous serons peut-être dans l'obligation de revenir, dit Martin Beck. Mais nous téléphonerons d'abord pour prendre des nouvelles de Madame Nyman.

Une fois dans la rue il demanda à Rönn :

– Tu connaissais bien Nyman?

– Pas particulièrement bien, répondit évasivement Rönn.

IX

L'éclair bleu d'un flash illumina, l'espace d'un instant, la façade jaune sale du pavillon d'hôpital lorsque Martin Beck et Rönn revinrent sur les lieux du crime. Deux autres voitures étaient arrivées et étaient garées, phares allumés, sur l'endroit destiné aux manœuvres.

– On dirait que notre photographe est arrivé, dit Rönn.

Lorsqu'ils sortirent de leur voiture, l'homme vint à leur rencontre. Il n'avait pas de sac et tenait son appareil ainsi que son flash à la main. Les poches de sa veste débordaient de rouleaux de pellicule, d'ampoules de flash et d'objectifs. Martin Beck se souvint l'avoir déjà vu en des circonstances analogues.

– Non, dit-il à Rönn, la presse est arrivée avant.

Le photographe, qui travaillait pour un journal du soir, leur dit bonjour et prit une photo d'eux alors qu'ils se dirigeaient vers la porte du pavillon. Devant le perron se tenait un envoyé du même journal, qui s'efforçait de tirer les vers du nez d'un agent. Lorsqu'il vit Martin Beck, il changea son fusil d'épaule et dit :

– Bonjour, commissaire, on ne peut pas entrer?

Martin Beck secoua la tête et monta les marches, suivi par Rönn.

– Je peux tout de même avoir une petite interview? insista le journaliste.

– Plus tard, dit Martin Beck en tenant la porte ouverte pour Rönn, avant de la refermer juste devant le nez du reporter, qui fit une légère grimace.

Le photographe de la police était également arrivé et se tenait devant la porte de la chambre du mort avec son sac. Un peu plus loin dans le couloir se trouvaient le médecin au nom imprononçable et un policier en civil du cinquième district. Rönn pénétra dans la pièce avec le photographe, afin de le mettre au travail. Martin Beck alla retrouver les deux autres hommes.

– Comment ça va? demanda-t-il.

Toujours la même question idiote.

Le policier en civil, qui s'appelait Hansson, se gratta la nuque et dit :

– Nous avons parlé avec plusieurs malades de ce couloir et personne n'a vu ni entendu quoi que ce soit. J'étais en train de demander au docteur... enfin, au docteur qui est ici, quand nous pourrions interroger les autres.

– Avez-vous parlé à ceux qui occupent les chambres de chaque côté de celle-ci? demanda Martin Beck.

– Oui, répondit Hansson. Et nous sommes allés dans toutes les salles communes. Personne n'a rien remarqué. Mais, dans un vieux bâtiment comme celui-ci, les murs sont épais.

– Les autres peuvent attendre jusqu'à l'heure du petit déjeuner, dit Martin Beck.

Le médecin ne dit rien. Apparemment il ne parlait pas un mot de suédois et, au bout d'un moment, il désigna le bureau du doigt en disant :

– *Have to go.*

Hansson approuva d'un signe de tête et l'homme aux boucles brunes s'éloigna rapidement dans un grand bruit de sabots.

– Connaissais-tu Nyman? demanda Martin Beck.

– Je ne peux pas dire que je le connaissais vraiment.

Je n'ai jamais travaillé dans son district mais nous nous sommes bien sûr rencontrés pas mal de fois. Il était dans la police depuis très longtemps et je crois qu'il était déjà commissaire quand je suis arrivé, il y a douze ans.

– Connais-tu quelqu'un qui le connaisse bien?

– Tu peux toujours demander aux gars de Sainte-Claire, dit Hansson. C'est là qu'il était avant de tomber malade.

Martin Beck remercia d'un signe de tête et regarda la pendule électrique située au-dessus de la porte de la laverie. Il était maintenant cinq heures moins le quart.

– Je crois que je vais aller y faire un tour, dit-il. Je n'ai pas grand-chose à faire ici pour l'instant.

– Vas-y, dit Hansson. Je dirai à Rönn où tu es.

Une fois dehors, Martin Beck respira profondément. L'air frais de la nuit lui fit l'effet d'un bain purificateur. Il n'y avait plus trace du reporter ni du photographe de presse mais l'agent, lui, était toujours en faction devant la porte d'entrée.

Martin Beck lui fit un petit signe tout en se dirigeant vers la sortie.

Au cours de la dernière décennie, le centre de la ville de Stockholm avait subi des modifications radicales. Des pâtés de maisons entiers avaient été rasés et d'autres élevés à leur place. La structure de la ville s'en était trouvée profondément altérée, les voies de circulation ne cessaient de se développer et les constructions nouvelles n'étaient nullement marquées par le désir de créer un milieu un tant soit peu humain mais bien plutôt par le souci des propriétaires de profiter au maximum du prix du mètre carré de terrain. Dans le cœur de la ville, on ne s'était pas contenté de détruire 90 % des maisons et de faire disparaître le réseau originel des rues. On s'en était même pris à la topographie naturelle.

Les habitants de Stockholm voyaient avec consternation abattre de vieux bâtiments irremplaçables, et tout à fait appropriés à leur fonction d'immeubles locatifs, pour les remplacer par de mornes bureaux. Impuissants, ils se laissaient déporter vers de lointaines cités-dortoirs tandis que ces quartiers agréables et pleins d'animation où ils avaient vécu et travaillé étaient abattus. Le centre de la ville fut transformé en un chantier bruyant et presque inaccessible d'où surgissait lentement une nouvelle « city » aux larges artères résonnant du bruit des voitures, aux façades étincelantes de verre et de métal léger, aux espaces bétonnés, bref au désert humain.

Cette frénésie de rénovation semblait cependant avoir épargné les commissariats de police car tous ceux du centre étaient vieillots et délabrés. De plus, étant donné l'augmentation du personnel ces dernières années, ils étaient pour la plupart extrêmement exigus. Dans le quatrième district, où se rendait Martin Beck, le manque de place était précisément l'un des principaux problèmes.

Lorsqu'il descendit de son taxi devant le commissariat de Sainte-Claire, situé dans Regeringsgatan, le jour commençait à poindre. Le soleil allait bientôt se lever, le ciel était toujours dégagé et une nouvelle journée de beau temps, quoiqu'un peu frais, semblait s'annoncer.

Il monta les quelques marches et poussa la porte. A droite de celle-ci se trouvait le central téléphonique, désert pour l'instant, et un comptoir derrière lequel se tenait un agent d'un certain âge, aux cheveux gris. Il avait étalé devant lui un journal du matin et appuyait les coudes sur le comptoir tout en lisant. Lorsque Martin Beck entra, il se redressa et ôta ses lunettes.

– Déjà ce matin, Monsieur le commissaire, dit-il. J'étais en train de regarder si le journal parle du commissaire Nyman. Ça m'a l'air plutôt affreux, cette histoire.

Il remit ses lunettes, se mouilla le pouce et tourna une nouvelle page du journal.

– On dirait que ça s'est passé trop tard pour qu'ils en parlent dès aujourd'hui, ajouta-t-il.

– Sans doute, dit Martin Beck.

Les journaux stockholmois du matin étaient maintenant mis sous presse relativement tôt et ils devaient tous être bouclés lorsque le meurtre avait été commis.

Il dépassa le comptoir et pénétra dans la salle de permanence. Elle était déserte. Sur une table se trouvaient des journaux du matin, deux cendriers pleins à ras bords et quelques tasses à café. Par la vitre qui le séparait de l'une des salles d'interrogatoire il vit le premier assistant de service en train de parler à une femme aux longs cheveux blonds. Lorsque celui-ci aperçut Martin Beck, il se leva, dit quelque chose à la femme et sortit de sa cage de verre. Il referma la porte derrière lui.

– Salut, dit-il. C'est moi que tu cherches?

Martin Beck s'assit à l'extrémité de la table, tira vers lui un cendrier et alluma une cigarette.

– Je ne cherche personne en particulier, dit-il. Mais si tu as un moment?

– Si tu veux bien m'excuser un instant, je vais faire expédier cette dame à la criminelle.

Il disparut et revint au bout de quelques minutes avec le conducteur d'une voiture-radio, puis il alla chercher une enveloppe sur le bureau et la lui remit. La femme se leva, passa son sac sur l'épaule, se dirigea à grands pas vers la porte et sortit dans la cour. Sans se retourner elle dit :

– Viens mon petit, on y va.

L'agent regarda son collègue, qui haussa les épaules, l'air amusé. Puis il prit sa casquette et suivit la femme.

– Elle a l'air de connaître les lieux, dit Martin Beck.

– Oh oui, ce n'est pas la première fois qu'elle y vient! Et pas la dernière non plus.

Il s'assit à la table et commença à curer sa pipe.

– C'est affreux ce qui est arrivé à Nyman, dit-il. Comment est-ce que ça s'est passé, au juste?

Martin Beck lui rapporta brièvement les faits.

– Pouah, dit l'autre. Il doit être complètement dingue, celui qui a fait ça. Mais pourquoi Nyman?

– Tu le connaissais bien? demanda Martin Beck.

– Pas très bien. Ce n'était pas le genre d'homme qu'on connaissait bien.

– En fait, il était détaché ici, n'est-ce pas? Quand est-ce qu'il est arrivé?

– On lui a donné un bureau il y a trois ans. En février 68.

– Quel genre d'homme était-ce? demanda Martin Beck.

L'autre avait maintenant bourré sa pipe et il l'alluma avant de répondre.

– Je ne sais pas trop comment le décrire. Tu le connaissais, toi aussi, n'est-ce pas? On peut sans doute dire qu'il était ambitieux, qu'il savait ce qu'il voulait et qu'il n'avait pas beaucoup le sens de l'humour. Il avait des opinions assez conservatrices. Les jeunes avaient un peu peur de lui, bien qu'en fait ils n'aient rien eu à voir avec lui. Il pouvait être assez sec. Mais, je le répète, je ne le connaissais pas très bien.

– Avait-il des amis qui le connaissaient mieux, parmi ses collègues?

– Pas ici, en tout cas. Notre commissaire et lui ne s'entendaient pas très bien, à ce que je crois. Par ailleurs, je ne sais pas trop ce qu'il en était.

L'homme réfléchit un instant et jeta un regard étrange à Martin Beck. Un regard en forme d'appel à l'aide mais également empreint d'une sorte de connivence.

– Bah, dit-il.

– Quoi?

– Il devait bien avoir gardé des amis parmi les grands chefs de Kungsholmen, n'est-ce pas?

Martin Beck ne répondit pas. Au lieu de cela, il posa une nouvelle question :

– Et des ennemis?

– Je ne sais pas. Je suppose qu'il devait en avoir, mais sans doute pas ici et pas au point...

– Sais-tu s'il a fait l'objet de menaces? ajouta Martin Beck.

– Non, mais il ne me faisait pas ses confidences. Et puis...

– Oui, quoi?

– Et puis, ce n'était pas le genre de type à se laisser menacer.

Le téléphone se mit à sonner dans la cage de verre et l'homme entra répondre. Martin Beck alla se poster à la fenêtre, les mains dans les poches de son pantalon. Tout était paisible. Tout ce que l'on entendait, c'était la voix de l'homme au téléphone et les toussotements du vieil agent au central. Sans doute n'était-ce pas aussi calme à l'étage au-dessous, dans les cellules.

Martin Beck sentit soudain toute l'étendue de sa fatigue, le manque de sommeil lui brûlait les yeux et l'excès de cigarettes avait le même effet sur sa gorge.

La conversation téléphonique s'éternisait. Martin Beck bâilla et se mit à feuilleter le journal du jour, regardant les titres et la légende d'une photo çà et là, mais sans vraiment penser à ce qu'il faisait. Il finit par replier le journal et par aller frapper à la vitre. Lorsque son collègue leva les yeux, il lui fit signe qu'il avait l'intention de s'en aller. L'autre lui fit au revoir de la main et poursuivit sa conversation.

Martin Beck alluma une nouvelle cigarette en se disant vaguement que ce devait être la quinzième qu'il fumait depuis sa première bouffée, près de vingt-quatre heures auparavant.

X

Si l'on veut vraiment être sûr d'aller en taule, il suffit de tuer un policier.

C'est une vérité qui vaut à peu près partout mais particulièrement en Suède. Il y a bien des crimes non élucidés dans l'histoire criminelle de ce pays mais pas un seul d'entre eux n'a eu un policier pour victime.

Lorsqu'un membre de la profession a des ennuis, l'énergie policière semble redoubler instantanément. Tout ce qu'on entend dire sur l'insuffisance des effectifs et le manque de moyens tombe d'un seul coup dans les oubliettes et plusieurs centaines d'hommes peuvent être mobilisés pour une enquête qui, en d'autres circonstances, n'en occuperait que trois ou quatre.

Celui qui porte la main sur un policier finit toujours par tomber. Non pas parce que le public se solidarise avec les forces de l'ordre comme c'est le cas, par exemple, en Angleterre ou dans les pays socialistes, mais parce que toute l'armée personnelle du directeur de la police nationale sait soudain ce qu'elle veut et ne demande pas mieux que de le faire.

Sorti dans Regeringsgatan, Martin Beck profita un instant de la fraîcheur agréable du petit matin.

Il n'était pas armé mais, dans la poche intérieure droite de sa veste, il portait une circulaire stencilée émanant de la direction de la police. Elle avait atterri sur son bureau la veille et donnait les résultats d'une enquête sociologique récente.

Les sociologues n'avaient pas très bonne presse parmi la police, surtout depuis que, ces dernières années, ils avaient commencé à s'occuper d'un peu trop près de ce que pensait la police et de ses façons d'agir. Toutes leurs idées étaient donc considérées avec la plus grande suspicion en haut lieu. Peut-être y avait-on le sentiment qu'il ne serait pas possible, à la longue, de soutenir que tous ceux qui s'occupaient de sociologie étaient en fait des communistes et n'avaient rien d'autre en tête que des activités subversives.

Les sociologues sont capables de tout, Malm ne venait-il pas de le rappeler encore très récemment au cours de l'un de ses nombreux accès de colère. Or Malm était le chef de Martin Beck, entre autres.

Peut-être Malm avait-il raison. Les sociologues avaient en effet toutes sortes d'idées bizarres. Ils faisaient valoir, par exemple, qu'il n'y avait plus besoin de grand-chose d'autre que le certificat d'études pour entrer dans la police et que le quotient intellectuel des agents de police de Stockholm était tombé à 93.

– C'est un mensonge! s'était exclamé Malm. Et en outre, ce n'est pas vrai! Et d'ailleurs, ce n'est pas moins qu'à New York!

Il faut dire qu'il revenait d'une visite d'étude aux États-Unis.

L'enquête que Martin Beck avait dans sa poche faisait ressortir d'autres faits intéressants. Elle montrait, par exemple, que la police n'était pas un métier plus dangereux que les autres. Au contraire, la plupart des autres catégories professionnelles couraient plus de risques. Les ouvriers du bâtiment et les bûcherons vivaient bien plus dangereusement, pour ne pas parler des dockers, des chauffeurs et des femmes au foyer.

Mais n'avait-il pas toujours été admis que le métier de policier était plus dangereux, plus dur et plus mal payé que tous les autres? La réponse était d'une simplicité affligeante : Si, parce qu'aucun autre groupe professionnel n'était aussi préoccupé de lui-même et ne dramatisait sa tâche quotidienne comme le faisait la police.

Tout cela était accompagné de chiffres. Le nombre des agents blessés en service était ridiculement faible à côté de celui des gens qui étaient annuellement victimes de mauvais traitements de la part de la police. Et ainsi de suite.

Cela ne valait d'ailleurs pas que pour Stockholm. A New York, par exemple, on notait une moyenne de sept agents de police tués chaque année alors que deux chauffeurs de taxi l'étaient chaque mois, une femme au foyer chaque semaine et un chômeur chaque jour.

Ces affreux sociologues ne respectaient rien. Une équipe de Suédois avait ainsi réussi à torpiller le mythe du « bobby » et à le réduire à ses véritables proportions, à savoir le fait que les agents de police anglais ne sont pas armés et ne provoquent donc pas la violence au même point que certains autres. Même au Danemark, les responsables avaient fini par comprendre cela et ne permettaient plus le port d'arme que dans des circonstances exceptionnelles.

Mais tel n'était pas le cas à Stockholm.

Martin Beck avait soudain pensé à cette enquête alors qu'il était penché sur le cadavre de Nyman.

Et il y repensait maintenant. Il comprit que les conclusions de ce document étaient exactes et, paradoxalement, il crut soupçonner certains rapports entre elles et le meurtre qui l'occupait alors.

Il n'est pas dangereux d'être policier; en fait, c'est la police qui est dangereuse et il venait de voir un policier transformé en viande de boucherie.

Tout à coup, il sentit la commissure de ses lèvres tressaillir et, l'espace d'un instant, il crut qu'il allait devoir s'asseoir sur l'escalier qui mène de Regeringsgatan à Kungsgatan pour éclater de rire.

Avec la même curieuse logique, il se dit soudain qu'il fallait qu'il rentre chez lui pour aller chercher son pistolet.

Cela faisait plus d'un an qu'il ne l'avait pas regardé.

Un taxi libre s'approcha de lui, venant de Stureplan.

Martin Beck tendit la main pour le faire stopper.

La voiture était une Volvo jaune avec une bande noire sur les côtés. C'était une nouveauté et une exception à la vieille règle qui voulait que tous les taxis de Stockholm soient noirs. Il monta sur le siège avant et dit :

– Köpmangatan, n° 8.

Et au même moment il reconnut le chauffeur. C'était en effet l'un de ces agents qui arrondissent leurs fins de mois en faisant des heures supplémentaires comme chauffeurs de taxi en dehors des heures de service. Mais c'était purement le fait du hasard s'il avait reconnu cet homme. Quelques jours plus tôt, devant la gare centrale, il avait observé quelques agents plus empotés que la moyenne réussir à transformer un jeune ivrogne tout à fait pacifique au départ en un fou furieux, avant de finir par perdre eux-mêmes le contrôle de leurs nerfs. L'homme qui se trouvait derrière le volant était l'un d'eux.

Il avait environ vingt-cinq ans et était apparemment d'humeur bavarde.

Probablement était-il volubile de nature et comme, dans l'exercice de ses fonctions, il ne pouvait laisser échapper qu'un grognement de colère de temps en temps, il se rattrapait lorsqu'il faisait le taxi.

Une voiture du service de nettoiement leur barra un moment le passage. L'agent de police en train de faire des heures supplémentaires au volant en profita pour regarder attentivement une affiche vantant le film de Richard Attenborough *10 Rillington Place*, puis il dit, avec un accent régional assez prononcé :

– *10 Rillington Palace,* hein? C'est ça que les gens vont voir. Rien que des meurtres et des cinglés. Moi, je trouve que c'est lamentable.

Martin Beck eut un petit hochement de tête. L'homme, qui ne l'avait probablement pas reconnu, prit cela pour un encouragement et continua à déverser sa bile.

– Mais naturellement c'est la faute à tous ces étrangers. C'est eux qui font toutes ces saloperies.

Martin Beck garda le silence.

– Mais je vais vous dire une chose, moi; c'est qu'on se goure drôlement quand on met tous les étrangers dans le même sac. Celui qui travaille avec moi, dans ce taxi, par exemple, eh bien, c'est un Portugais.

– Ah bon.

– Oui. Et je connais personne qui le vaille. Il ne fait que bosser, bosser, bosser toute la sainte journée. Et question conduite, alors là, pardon : chapeau! Et vous savez pourquoi?

Martin Beck secoua la tête.

– Eh bien, parce qu'il a conduit un char en Afrique pendant quatre ans. En effet, les Portugais sont en guerre par là-bas, en Angola que ça s'appelle. Ils luttent pour leur liberté, là-bas, les Portugais. On ignore ça, nous, en Suède. Le gars dont je vous parle, eh bien, il a descendu des centaines de bolcheviques en l'espace de ces quatre ans. Et quand on le voit, on comprend à quoi ça sert l'armée, la discipline et tout ça. Il fait ce qu'on lui dit et il se fait plus de fric que n'importe qui d'autre de ma connaissance. Et quand il embarque un de ces Finlandais complètement ronds, eh bien il lui prend cent pour cent de pourboire. Ils peuvent bien payer ça, eux qui sont entretenus à ne rien faire.

Dieu merci, la voiture arriva à ce moment devant la maison où habitait Martin Beck. Il demanda au chauffeur d'attendre, ouvrit la porte et prit l'ascenseur pour monter jusqu'à son appartement.

Son pistolet était un Walther 7,65 et il était bien à sa place, dans un tiroir fermé à clé de son bureau. Les chargeurs étaient également là où il fallait, c'est-à-dire dans un autre tiroir fermé à clé, dans l'autre pièce. Il en enfonça un dans le pistolet et mit l'autre dans la poche droite de son veston. Par contre, il lui fallut chercher cinq minutes avant de trouver son holster, qui était perdu au milieu de vieilles cravates et de maillots de corps usés, sur une étagère de la penderie.

Dans la rue, le bavard était appuyé contre son taxi jaune et fredonnait pour lui-même, l'air très satisfait. Il ouvrit poliment la porte, s'installa au volant et il avait déjà ouvert la bouche pour reprendre le fil de son discours lorsque Martin Beck lui dit :

– Kungsholmsgatan, n° 37, s'il vous plaît.

– Mais c'est...

– L'hôtel de police, oui. Passez par Skeppsbron, si vous voulez bien.

Le chauffeur piqua son fard et ne dit plus un mot pendant tout le reste de la course.

Martin Beck ne s'en plaignit pas. Malgré tout, il aimait cette ville et c'était sans doute à cet endroit et à ce moment qu'elle était la plus belle. Le soleil matinal éclairait Strömmen, endroit par lequel le lac Mälar communique avec la Baltique. L'eau était calme et luisante et ne trahissait nullement l'horrible pollution qui régnait malheureusement en ces lieux. Dans sa jeunesse, et même bien après, on pouvait encore s'y baigner.

Au loin, le long du quai de Stadsgården, se trouvait un vieux vapeur à la grande cheminée bien droite et avec un sceptre peint en noir sur le grand mât. On voyait très rarement ce genre de bateaux maintenant. L'un des premiers bacs de la journée pour Djurgården fendait les eaux de son étrave qui bruissait légèrement. Il remarqua que la cheminée était toute noire et que le numéro qui figurait sur son flanc était recouvert de peinture blanche. Mais il le reconnaissait. C'était le numéro 5.

Une fois arrivé à destination, le chauffeur demanda d'une voix mal assurée :

– Désirez-vous un reçu?

– Oui, merci.

Martin Beck monta jusqu'aux locaux de la brigade des agressions, compulsa quelques papiers, donna quelques coups de téléphone et se mit à écrire.

Au bout d'une heure, il avait réussi à établir un résumé assez lapidaire et très superficiel de la vie d'un homme, commençant comme suit :

Stig Oscar Emil Nyman.

Né le 6 novembre 1911 à Säffle.

Parents : Oscar Abraham Nyman, chef d'équipe de flotteurs, et Karin Maria Nyman, née Rutgersson.

Études : deux années à l'école préparatoire de Säffle, deux années à l'école élémentaire de Säffle, cinq années au cours complémentaire d'Åmål.

Engagé volontaire dans l'infanterie en 1928, soldat de 1re classe en 1930, caporal en 1931, fourrier en 1933. Peloton des élèves officiers.

Ensuite, Stig Oscar Emil Nyman était entré dans la police. Tout d'abord dans un petit village du Värmland, puis à Stockholm. Au cours des années de crise après 1930. Ses mérites militaires lui avaient valu de rapides promotions.

Au début de la Seconde Guerre mondiale il avait retrouvé le métier des armes, assorti de promotions diverses, et s'était vu confier certaines missions assez mal définies. A la fin de la guerre il avait été nommé à la forteresse de Karlsborg mais en 1946 il avait été versé dans la réserve et, un an plus tard, on retrouvait son nom sur la liste du personnel de la police de Stockholm, avec le grade de brigadier.

Lorsque Martin Beck avait fait son stage, en 1949, Nyman était déjà vice-commissaire et, quelques années plus tard, il s'était vu confier son premier district.

En tant que commissaire, Nyman avait eu à différentes périodes la responsabilité de divers districts du centre de la ville. Pendant quelque temps il avait travaillé à l'ancien hôtel de police d'Agnegatan, cette fois encore à des tâches à caractère un peu particulier.

Il avait passé le plus clair de son existence sous l'uniforme et, malgré cela, figurait parmi ceux qui avaient longtemps été très bien vus des plus hautes instances de la police.

Seules les circonstances l'avaient empêché de monter encore en grade et de devenir chef de toute la police stockholmoise.

Quelles circonstances?

Martin Beck connaissait la réponse à cette question.

A la fin des années 50, les forces de police de Stockholm avaient fait l'objet de certaines mesures de réorganisation. La direction avait changé et un air nouveau avait soufflé, l'esprit militaire n'était plus aussi en vogue et les opinions réactionnaires n'étaient plus uniquement estimées à l'actif des intéressés. Ces changements au sommet s'étaient dans une certaine mesure répercutés à la base, l'avancement n'avait plus été aussi automatique et certaines idées un peu prussiennes avaient été emportées par cette vague de démocratisation. Nyman était l'un de ceux qui avaient alors vu les ponts se dérober sous leurs pieds.

La première moitié des années 60 avait été une période plutôt faste pour la police de Stockholm, selon Martin Beck. Les choses avaient paru s'améliorer, la raison avait semblé vouloir l'emporter sur la rigidité et l'esprit de caste, la base du recrutement s'était élargie et les rapports avec le public avaient donné l'impression d'être plus satisfaisants. Mais le passage au statut de police nationale, en 1965, avait mis fin à cette évolution favorable. Depuis, tous les espoirs avaient été déçus et les bonnes résolutions étaient restées lettre morte.

Mais pour Nyman il était désormais trop tard. Cela faisait maintenant près de sept ans qu'il ne s'était pas vu confier la responsabilité d'un district.

Ces derniers temps il avait surtout travaillé à la planification de la défense passive et à des tâches analogues.

Mais personne n'avait pu lui ôter sa réputation d'expert en matière de maintien de l'ordre et on avait souvent eu recours à lui, en qualité de spécialiste, à l'époque des grandes manifestations de la fin des années 60.

Martin Beck se gratta la nuque et lut la fin de ses notes parfaitement insipides.

Marié en 1945, deux enfants légitimes : une fille, Annelotte, née en 1949, et un garçon, Stefan, né en 1956.

Admis à la retraite anticipée en 1970 pour raison de santé.

Il prit son stylo à bille et ajouta :

Mort à Stockholm le 3 avril 1971.

Il relut le tout encore une fois puis regarda la pendule. Sept heures moins dix.

Il se demanda ce que faisait Rönn.

XI

La ville s'éveillait, bâillait et s'étirait.

C'est également ce que fit Gunvald Larsson. Il s'éveilla, bâilla et s'étira. Puis il posa sa grosse patte velue sur le réveil électrique, rejeta la couverture et passa ses grandes jambes aux poils ébouriffés par-dessus le bord du lit.

Il enfila sa robe de chambre et ses pantoufles et alla jusqu'à la fenêtre afin de voir le temps qu'il faisait. Il ne pleuvait pas, le ciel était partiellement dégagé et il faisait + 3°. La localité de banlieue dans laquelle il se trouvait s'appelait Bollmora et se composait de quelques immeubles disséminés à travers la forêt.

Puis il se regarda dans la glace et vit un grand homme blond, mesurant toujours 1,92 m mais pesant maintenant 105 kilos. Il grossissait un peu chaque année et ce n'était plus seulement des muscles qui tendaient le tissu de soie blanche de sa robe de chambre. Pourtant il était en forme et se sentait plus fort que jamais, ce qui n'était pas peu dire. Il observa un instant ses yeux d'un bleu de porcelaine sous son front ridé. Il rejeta en arrière ses cheveux blonds, écarta les lèvres et examina ses grandes dents bien saines.

Puis il alla chercher le journal du matin dans la boîte aux lettres et passa dans la cuisine pour préparer son petit déjeuner. Il prépara du thé, du Twinnings Irish Breakfast, fit griller du pain et cuire deux œufs. Puis il sortit du beurre, du cheddar et trois sortes de confitures d'orange (de la vraie, fabriquée en Écosse).

Tout en mangeant il tourna les pages du journal.

La Suède s'était fort mal comportée au championnat du monde de hockey sur glace et les responsables, aussi bien entraîneurs que joueurs, soulignaient à leur façon le manque d'esprit d'équipe qui régnait en se jetant mutuellement des accusations à la tête. Il y avait aussi des remous à la télévision, où la direction centrale faisait apparemment tout pour conserver la haute main sur le journal télévisé des différentes chaînes.

Censure, pensa Gunvald Larsson. Une censure en gants parfaitement aseptisés. Typique de la mentalité paternaliste de la société capitaliste.

La grande nouvelle du jour était que l'on offrait aux lecteurs la possibilité de baptiser trois oursons qui venaient de naître à Skansen. En un peu moins gros caractères, le journal constatait de façon résignée que les autorités militaires s'étaient aperçues que les gens de quarante ans qui étaient rappelés pour effectuer une période paraissaient en meilleure condition physique que les conscrits de dix-huit ans, et la page culturelle – zone dangereuse pour les lecteurs non avertis – proposait un article sur la Rhodésie.

Il le lut, tout en buvant son thé et en mangeant ses œufs et six tranches de pain grillé.

Gunvald Larsson n'était jamais allé en Rhodésie mais par contre plusieurs fois en Afrique du Sud, en Sierra Leone, en Angola et au Mozambique. A l'époque il était marin mais savait déjà quoi penser.

Il termina son repas, fit sa vaisselle et jeta le journal dans le sac à ordures. Comme c'était samedi il changea de draps avant de refaire son lit. Puis, après mûre réflexion il choisit les vêtements qu'il allait porter ce jour-là et les étala très soigneusement sur le lit. Ensuite il se déshabilla et se mit sous la douche.

Son appartement de célibataire révélait un goût certain et le sens de la qualité. Meubles, rideaux, tapis ainsi que le reste, depuis ses chaussons de cuir blanc de fabrication italienne jusqu'au poste de télévision en couleurs pivotant, tout était de marque réputée.

Gunvald Larsson était inspecteur subalterne à la brigade des agressions de Stockholm et il ne monterait jamais plus haut sur l'échelle de la hiérarchie. En fait, il était même étonnant qu'il n'ait pas encore été mis à la porte. Ses collègues le trouvaient bizarre et il n'y en avait presque aucun auquel il fût sympathique. Pour sa part il détestait non seulement ses camarades de travail mais également sa propre famille et le milieu social favorisé dont il était issu. Ses frères et sœurs éprouvaient une profonde répulsion à son égard. En partie du fait de ses opinions mais surtout parce qu'il était dans la police.

Une fois sous la douche, il se demanda s'il allait mourir ce jour-là.

Il ne s'agissait nullement d'un pressentiment. C'était une réflexion qu'il se faisait tous les jours depuis l'âge de huit ans, alors qu'il se lavait les dents avant de se traîner jusqu'à son école, dans Sturegatan.

Lennart Kollberg, lui, était couché et en train de rêver. Mais pas de choses bien agréables. Il avait déjà fait ce rêve-là et, chaque fois, il s'en réveillait en nage et en disant à Gun, sa femme :

– Prends-moi dans tes bras, j'ai fait un cauchemar affreux.

Et Gun obéissait gentiment – depuis cinq ans qu'ils étaient mariés, elle avait l'habitude – et il oubliait tout le reste.

Dans ce rêve, Bodil, sa fille, se tenait devant la fenêtre ouverte, au cinquième étage. Il voulait courir jusqu'à elle mais ses jambes étaient paralysées et elle se mettait à tomber lentement, comme dans un film au ralenti, en criant et en tendant les bras vers lui. Il luttait pour l'atteindre mais ses muscles ne lui obéissaient pas et elle n'arrêtait pas de tomber et de crier.

Il s'éveilla. Les cris qu'il avait entendus dans son rêve prirent la forme de la sonnerie insistante du réveil et, lorsqu'il leva les yeux, il vit que Bodil était assise sur ses jambes.

Elle lisait un livre pour enfants. Elle n'avait encore que trois ans et demi et ne savait donc pas lire mais Gun le lui avait lu tant de fois qu'ils le connaissaient eux-mêmes par cœur et il entendit Bodil dire à mi-voix :

– Il était une fois un monsieur qui avait le nez bleu.

Il arrêta la sonnerie du réveil et elle interrompit sa lecture pour lui dire bonjour d'une grande voix bien sonore.

Kollberg tourna la tête et regarda Gun. Elle dormait toujours, les couvertures presque jusqu'au nez, et ses cheveux bruns et ébouriffés étaient légèrement humides sur la tempe. Il mit son doigt sur ses lèvres et dit tout bas :

– Chut, maman dort. Et ne reste pas là, tu me fais mal à la jambe. Viens te coucher ici.

Il fit un peu de place dans le lit pour que Bodil puisse venir se glisser entre Gun et lui. Elle lui donna le livre et s'installa bien confortablement, la tête sous son aisselle.

– Lis, ordonna-t-elle.

Mais il posa le livre et dit :

– Non, pas tout de suite. Es-tu allée chercher le journal?

Elle se lança en avant par-dessus son corps et ramassa le journal, qui était posé par terre près du lit. Il poussa un grognement, la souleva et la déposa à côté de lui. Puis il ouvrit le journal et se mit à lire. Quand il fut arrivé à la page douze – les nouvelles de l'étranger – Bodil dit :

– Papa?
– Mm.
– Joakim a fait caca.
– Mmm.
– Il a enlevé sa couche et fait caca sur le mur. Beaucoup caca.

Kollberg posa le journal et fit entendre un nouveau grognement avant de se lever et de pénétrer dans la chambre d'enfants. Joakim, qui allait bientôt avoir un an, était debout dans son petit lit et, quand il vit son papa, il lâcha le bord et tomba assis sur son oreiller avec un petit bruit sourd. Bodil n'avait pas menti quant à la façon dont il avait décoré le mur.

Kollberg le prit sous le bras, l'emmena dans la salle de bains et le leva à grande eau. Puis il l'enveloppa dans une serviette de bain et alla le déposer près de Gun, qui dormait toujours. Il rinça draps et pyjama, passa de l'eau sur la tête du lit et sur la tapisserie, puis sortit une nouvelle pointe en plastique ainsi qu'une couche, toujours avec Bodil sur les talons. Elle était très heureuse que ce soit Joakim qui, pour une fois, soit la cause de son mécontentement et se répandait en lamentations sur ce que son petit frère venait de faire. Lorsque Kollberg en eut terminé, il était déjà plus de sept heures et demie et il ne servait à rien d'aller se recoucher.

Mais en pénétrant dans la chambre il se sentit tout de suite de meilleure humeur. Gun s'était réveillée et était en train de jouer avec Joakim dans le lit. Elle avait remonté les genoux et le tenait sous les bras tout en le laissant glisser le long de ses jambes. Gun était une femme à la fois belle et sensuelle, intelligente et douée du sens de l'humour. Kollberg s'était toujours dit qu'il se marierait avec quelqu'un comme elle et, bien qu'il ait connu pas mal de femmes, il avait su attendre. Lorsqu'il l'avait enfin rencontrée il avait quarante et un ans et avait presque désespéré. Elle avait quatorze ans de moins que lui et cela avait valu la peine de l'attendre. Dès le début tout avait été simple et évident, entre eux, il régnait une confiance totale.

Elle lui sourit, lui tendit leur fils qui se gargarisait de plaisir.

– Bonjour, dit-elle. Tu lui as déjà donné son bain?

Kollberg raconta ce qu'il en était exactement.

– Mon pauvre chéri. Viens te recoucher une minute, dit-elle en jetant un coup d'œil au réveil. Tu as le temps.

Ce n'était pas vrai mais il ne fut pas difficile à convaincre. Il alla se coucher près d'elle et passa son bras sous sa nuque mais, au bout d'un instant, il se releva, alla reposer Joakim dans son lit, dont le matelas était déjà à peu près sec, lui mit sa couche et sa tunique en tissu éponge, jeta quelques jouets dans le lit et vint retrouver Gun. Bodil était assise par terre, dans la salle de séjour, et jouait avec sa ferme.

Au bout d'un moment elle rentra dans la chambre, les regarda et leur dit toute joyeuse :

– A dada. Papa fait dada.

Elle essaya de lui monter sur le dos mais il la fit sortir de la pièce et ferma la porte. Ensuite les enfants les laissèrent en paix un bon moment et, lorsqu'ils eurent fini de faire l'amour, il se rendormit presque dans les bras de sa femme.

Lorsque Kollberg traversa la rue pour prendre sa voiture, il était huit heures vingt-trois à la pendule de la station de métro de Skärmarbrink. Avant de monter il se retourna et fit un petit signe de la main à Gun et à Bodil, qui étaient à la fenêtre de la cuisine.

Pour parvenir jusqu'à Västberga allé, il n'avait pas besoin de passer par le centre de la ville et pouvait donc éviter le plus gros des embouteillages en passant par Årsta et Enskede.

Tout en conduisant il sifflait, très fort et très faux, une chanson populaire irlandaise entendue peu auparavant.

Le soleil brillait, il y avait du printemps dans l'air et, dans les jardins devant lesquels il passa, il vit des crocus et des jonquilles. Il était de bonne humeur; dans le meilleur des cas il n'avait devant lui qu'une brève journée de travail et pourrait rentrer assez tôt dans l'après-midi. Gun irait acheter quelque chose de bon à manger chez Arvid Nordquist et ils feraient un bon repas après avoir couché les enfants. Après cinq ans de mariage ils étaient encore d'avis que la meilleure façon de passer une soirée c'était de rester à la maison, de faire la cuisine tous les deux et ensuite de rester longtemps à manger, boire et bavarder.

Kollberg aimait beaucoup la bonne chère et la boisson et, naturellement, il avait fini par se faire un peu de graisse – ou d'embonpoint, comme il préférait le dire lui-même. Mais celui qui aurait pensé que ce léger excès de poids était au détriment de sa souplesse se serait lourdement trompé. Il pouvait être extrêmement vif et leste et il n'avait toujours pas oublié tout ce qu'il avait appris au cours de ses années de parachutiste.

Il cessa de siffler et se mit à réfléchir à un point qui avait souvent retenu son attention ces dernières années. Son travail lui déplaisait de plus en plus et, s'il avait pu en faire à sa tête, il aurait démissionné de la police. Mais la situation n'était pas aussi simple et elle s'était encore compliquée un an auparavant, lorsqu'il avait monté en grade et était passé inspecteur. Il n'était pas facile pour un inspecteur de police de quarante-six ans de trouver un autre travail, surtout à salaire égal. Gun lui disait toujours de ne pas penser à l'argent, les enfants grandissaient et elle pourrait bientôt travailler à nouveau. En outre elle avait étudié les langues vivantes par elle-même, au cours de ses quatre années de femme au foyer, et elle aurait certainement un salaire plus élevé que précédemment. Avant la naissance de Bodil elle était secrétaire de direction et elle pourrait trouver un poste bien payé quand elle le voudrait. Mais Kollberg ne voulait pas qu'elle se sente obligée de recommencer à travailler si elle n'en ressentait pas elle-même le désir.

Et puis il avait du mal à se voir dans la peau d'un homme au foyer.

Il était plutôt paresseux de nature mais ressentait un certain besoin d'activité et de changement.

En rentrant sa voiture dans le garage de l'hôtel de police sud, il se rappela que Martin Beck était en congé ce samedi-là.

Cela veut dire d'une part qu'il va falloir que je reste toute la journée et, d'autre part, que je n'aurai personne de sensé à qui parler, se dit Kollberg, qui se sentit tout de suite de moins bonne humeur.

Afin de se donner du cœur au ventre il se remit à siffloter en attendant l'ascenseur.

XII

Kollberg n'avait même pas encore eu le temps d'enlever son manteau que le téléphone retentissait déjà.

– Allô. Kollberg à l'appareil... quoi?

Il était debout près de son bureau en désordre et regardait par la fenêtre, l'air absent. Le passage de la vie de famille et de ses joies aux désagréments de la vie professionnelle ne s'effectuait pas pour lui avec autant de facilité que pour certains autres, comme Martin Beck, par exemple.

– De quoi s'agit-il? Ah bon, tu ne sais pas? D'accord, dis-lui que je viens.

Il lui fallut reprendre sa voiture, sans la moindre chance d'éviter les embouteillages, cette fois.

Il arriva à Kungsholmsgatan à neuf heures moins le quart et se gara dans la cour. Au moment où Kollberg descendit de voiture, Gunvald Larsson montait dans la sienne, s'apprêtant à quitter les lieux.

Ils se firent un petit signe au passage mais ne dirent rien. Dans le couloir il rencontra Rönn. Celui-ci lui dit :

– Te voilà, toi aussi.

– Eh bien oui. Qu'est-ce qui se passe?

– Il se passe que quelqu'un a massacré Stig Nyman.

– Massacré?

– Oui, à coups de baïonnette, dit Rönn, l'air affligé. A l'hôpital de Sabbatsberg.

– Je viens de rencontrer Larsson. C'est là qu'il allait?

Rönn opina.

– Où est Martin?

– Ici, dans le bureau de Melander.

Kollberg regarda Rönn des pieds à la tête et dit :

– Tu as l'air d'être au bout du rouleau.

– Je n'en ai pas que l'air, dit Rönn.

– Pourquoi ne rentres-tu pas te coucher?

Rönn lui lança un regard découragé et continua son chemin. Il avait des papiers à la main et probablement une affaire à régler.

Kollberg frappa du poing à la porte et entra. Martin Beck ne leva même pas le nez de ses notes. Sa seule réaction fut de dire :

– Salut.

– Qu'est-ce que vient de me raconter Rönn?

– Tiens. Lis.

Il lui tendit deux feuillets tapés à la machine. Kollberg posa une fesse sur le bureau et se mit à lire.

– Alors, dit Martin Beck. Qu'est-ce que tu en penses?

– Je trouve que les rapports de Rönn sont drôlement mal fichus, dit Kollberg.

Mais il le dit sérieusement et à voix basse et, cinq secondes après, il ajouta :

– Ça m'a l'air plutôt moche.

– Oui, dit Martin Beck. C'est également mon impression.

– Comment était-ce, sur place?

– Encore pire que tu ne peux l'imaginer.

Kollberg hocha la tête. Son imagination ne laissait pas à désirer.

– Il faut lui mettre le grappin dessus vite fait, à celui qui a fait ça.

– En effet, dit Martin Beck.

– As-tu des pistes?

– Quelques-unes. Nous avons relevé des traces. Des traces de pas et peut-être des empreintes digitales. Mais personne n'a rien vu ni rien entendu.

– Ça ne va pas être facile, dit Kollberg. Ça peut prendre du temps. Et il m'a l'air dangereux, ce type.

Martin Beck approuva de la tête.

Rönn entra dans la pièce après avoir frappé timidement.

– Rien jusqu'ici. Je veux dire : en ce qui concerne les empreintes digitales.

– Les empreintes, ça ne sert à rien, dit Kollberg.

Rönn eut l'air étonné.

– J'ai également un très bon moulage d'une semelle de chaussure, une grosse chaussure de marche ou de montagne.

– Ça ne vaut rien non plus, dit Kollberg. Enfin, entendons-nous : ça peut être utile à l'avenir, en tant que preuve. Mais pour l'instant il faut mettre la main sur ce boucher fou en liberté. Les preuves, ça peut attendre.

– Ce n'est pas très logique, dit Rönn.

– En effet, mais laisse tomber pour l'instant. On a quand même un ou deux indices importants.

– Oui, l'arme du crime, dit Martin Beck, pensif. Une vieille baïonnette.

– Et le motif, dit Kollberg.

– Le motif? interrogea Rönn.

– Bien sûr, dit Kollberg. La vengeance. C'est le seul imaginable.

– Mais s'il s'agit d'une vengeance...

Rönn n'acheva pas sa phrase.

– Dans ce cas, celui qui s'est vengé de Nyman peut se venger d'autres personnes, poursuivit Kollberg. Et donc...

– Il faut que nous le trouvions très vite, dit Martin Beck.

– En effet, dit Kollberg. Sur quelles bases êtes-vous partis?

Rönn regarda Martin Beck, l'air malheureux, et ce dernier regarda à son tour par la fenêtre.

Kollberg les observa, l'air d'attendre une réponse.

– Un instant, dit-il. Vous êtes-vous posé la question : qui était Nyman?

– Qui était-il? répéta Rönn, l'air de ne pas comprendre.

Martin Beck, pour sa part, ne dit rien.

– Oui. Qui était Nyman? Ou, plus exactement : que faisait-il?

– Il était dans la police, finit par dire Martin Beck.

– Ça n'épuise pas la question, dit Kollberg. Vous le connaissiez, tous les deux? Alors : que faisait-il, quel homme était-ce?

– Il était commissaire de police, marmonna Rönn.

Il cligna des yeux, l'air épuisé, et ajouta vaguement :

– Il faut que j'aille donner un coup de fil.

– Eh bien, dit Kollberg, une fois que Rönn eut refermé la porte. Ce Nyman?

Martin Beck le regarda dans les yeux et dit à contrecœur :

– C'était un mauvais flic.

– Erreur, dit Kollberg. Écoute-moi. Nyman était un flic dégueulasse. C'était un dur à cuire et un salaud de la pire espèce.

– C'est toi qui le dis, objecta Martin Beck.

– Oui. Mais tu dois reconnaître que j'ai raison.

– Je ne le connaissais pas bien.

– N'essaye pas de te défiler. Tu le connaissais suffisamment pour être au courant. Je sais qu'Einar ne l'admettra jamais, pour des raisons de solidarité professionnelle mal placée. Mais toi, il faut quand même que tu joues cartes sur table.

– Oui, dit Martin Beck. Ce que je sais de lui n'est pas à son avantage. Mais je n'ai jamais travaillé directement sous ses ordres.

– Il ne faut pas dire ça comme ça, reprit Kollberg. Il n'était pas possible de travailler avec Nyman, de toute façon. Tout ce qu'il savait faire, c'était donner des ordres et les autres n'avaient qu'à les exécuter. Naturellement, il y en avait quelques-uns qui lui en donnaient aussi. Mais, ceux-là, ils les voyaient sabotés ou bien pas exécutés du tout.

– Tu m'as l'air d'en connaître long sur son compte, dit Martin Beck, d'un ton légèrement acide.

– Oui, j'en sais pas mal que vous autres ne savez pas. Mais j'y reviendrai. Pour l'instant il faut bien se mettre dans la tête que c'était un sale type et un policier de la pire espèce. Même aujourd'hui, il déshonore la corporation. Pour ma part, j'ai honte d'avoir été flic dans la même ville que lui. Et en même temps.

– Alors on devrait être beaucoup dans ce cas.

– En effet. Mais il n'y en a pas tellement qui ont assez de bon sens pour ça.

– Si tu vas par là, tous les flics de Londres devraient avoir honte de Challenor.

– Erreur également, dit Kollberg. Challenor et certains de ses acolytes ont fini par être traînés en justice, même s'ils ont eu le temps de faire pas mal de dégâts avant. Et ça a prouvé, au bout du compte, que la police anglaise n'acceptait pas que l'on fasse n'importe quoi en son nom.

Martin Beck se massa pensivement la racine des cheveux.

– Mais le nom de Nyman n'a jamais été couvert du moindre opprobre. Et pourquoi?

Kollberg dut répondre lui-même à sa question.

– Parce que tout le monde sait que ça ne sert à rien de dénoncer un flic. Le commun des mortels est impuissant face à la police. Et s'il est impossible d'avoir raison face à un simple agent, comment avoir raison face à un commissaire?

– Tu exagères.

– Pas beaucoup, Martin. Pas beaucoup, et tu le sais aussi bien que moi. Il se trouve seulement que notre foutu esprit de corps a fini par devenir une sorte de seconde nature. Nous en sommes complètement imprégnés, pour employer des grands mots.

– Dans ce genre de boulot, il faut être solidaires face à l'extérieur, dit Martin Beck. Ça a toujours été comme ça.

– Et ce sera bientôt tout ce qui nous restera, dit Kollberg, qui reprit son souffle avant de poursuivre : D'accord : solidarité. Puisque c'est un axiome. Mais envers qui?

– Le jour où quelqu'un répondra à cette question...

Martin Beck n'acheva pas sa phrase et Kollberg lui vint en aide :

– Ce jour-là, nous ne le verrons ni toi ni moi.

– Qu'est-ce que ça a à voir avec Nyman?

– Tout.

– De quelle façon?

– Nyman est mort et n'a plus besoin qu'on lui tienne les coudes. Celui qui l'a tué est probablement fou et dangereux aussi bien pour lui-même que pour les autres.

– Et tu penses qu'il se trouve quelque part dans le passé de Nyman?

– Oui. Probablement. La comparaison que tu as faite tout de suite n'était pas si bête.

– Quelle comparaison?

– Celle avec Challenor.

– Je ne connais pas la vérité sur Challenor, dit Martin Beck, froidement. Tu la connais peut-être, toi?

– Non, personne ne la connaît. Mais je sais qu'il a fait pas mal de victimes, que bien des gens sont allés en prison parce que des membres de la police ont porté contre eux de faux témoignages. Sans que quiconque réagisse, ni leurs supérieurs ni leurs subordonnés.

– Les supérieurs par loyauté mal placée, dit Martin Beck. Et les subordonnés par crainte de perdre leur place.

– Pire que ça. Certains de ces subordonnés pensaient tout simplement que c'était normal. On ne leur avait jamais rien appris d'autre.

Martin Beck se leva et alla jusqu'à la fenêtre.

– Dis-moi ce que tu sais sur Nyman que nous ne sachions pas.

– Nyman était dans une situation qui lui permettait de donner des ordres à beaucoup de jeunes policiers, à peu près à sa guise.

– Cela fait longtemps de ça, dit Martin Beck.

– Pas assez longtemps pour empêcher bien de ceux qui sont en service aujourd'hui d'avoir appris de lui la plupart de ce qu'ils savent. Tu te rends compte de ce que cela signifie? Au cours de toutes ces années, il a eu le temps de corrompre pas mal de jeunes agents. Qui sont ainsi partis dans ce métier sur des bases complètement fausses. Et pas mal d'entre eux avaient même de l'admiration pour lui et espéraient bien pouvoir un jour finir comme lui. Être un dur et n'avoir de comptes à rendre à personne. Tu comprends?

– Oui, dit Martin Beck, très las. Je vois ce que tu veux dire. Tu n'as pas besoin de me le seriner.

Il se retourna et regarda Kollberg.

– Mais ça ne veut pas dire que je crois ce que tu dis. Tu connaissais Nyman?

– Oui.

– Tu as travaillé avec lui?

– Oui.

Martin Beck fronça les sourcils.

– Quand ça? demanda-t-il, méfiant.

– L'abominable homme de Säffle, marmonna Kollberg pour lui-même.

– Qu'est-ce que tu dis?

– L'abominable homme de Säffle. C'est comme ça qu'on l'appelait.

– Où ça?
– Dans l'armée. Pendant la guerre. Une bonne part de ce que je sais, c'est Nyman qui me l'a appris.
– Par exemple?
– Excellente question, dit Kollberg, l'air un peu distrait.
Martin Beck le regarda avec insistance et dit à voix basse :
– Quoi donc, Lennart?
– Par exemple comment couper les couilles à un cochon vivant sans qu'il crie. Comment couper les pattes au même cochon sans qu'il crie. Comment lui crever les yeux. Et pour finir, comment lui ouvrir le ventre et le dépouiller, toujours sans qu'il crie.
Il sursauta et ajouta :
– Tu sais comment on fait?
Martin Beck secoua la tête.
– C'est pourtant très simple : il suffit de commencer par lui couper la langue.
Kollberg leva les yeux, par la fenêtre, vers le grand ciel bleu qui se dressait derrière les toits, de l'autre côté de la rue.
– Oh oui, j'ai beaucoup appris de lui. Comment trancher la gorge à un mouton avec une corde de piano avant qu'il n'ait le temps de bêler. Comment survivre quand on est enfermé seul dans une penderie avec un chat sauvage adulte. Comment hurler quand on se précipite sur une vache pour lui passer une baïonnette dans le ventre. Et ce qui se passe si on ne hurle pas comme il faut. Dans ce cas-là, on doit remplir son sac à dos de briques et monter cinquante fois l'échelle de la tour d'entraînement. Et la redescendre cinquante fois. Il fallait d'ailleurs faire bien attention de ne pas tuer le chat pour qu'il puisse servir plusieurs fois. Tu sais comment on faisait?
– Non.
– On le clouait au mur. En lui passant son couteau à travers la peau.

– Tu étais parachutiste, n'est-ce pas?

– Oui. Et Nyman était mon instructeur de combat rapproché. Entre autres choses. Il m'a appris ce que c'est que de rester couché complètement recouvert d'entrailles d'animaux fraîchement abattus, à avaler ses vomissures après avoir dégobillé dans son masque à gaz, à manger sa propre merde pour ne pas laisser de traces.

– Quel grade avait-il?

– Il était sergent. La plupart de ce qu'il nous apprenait ne pouvait pas être enseigné de façon théorique. Par exemple la façon dont on casse un bras ou une jambe, dont on écrase une gorge ou bien dont on enlève les yeux à quelqu'un avec les deux pouces. Il fallait le faire dans la pratique, sur des êtres vivants. Les moutons et les cochons étaient tout désignés. On faisait aussi des essais de munitions sur les animaux, en particulier sur les cochons, et je peux te jurer qu'à l'époque on ne se souciait pas de les anesthésier d'abord comme on le fait maintenant.

– Ça faisait partie de l'instruction normale?

– Je ne sais pas. Et puis, qu'est-ce que tu veux dire par là? Est-ce qu'on peut parler de « normale » face à ce genre de choses?

– Peut-être pas.

– Mais même si, pour une raison absurde d'une espèce ou d'une autre, on peut se dire que tout ça était nécessaire, il n'était tout de même pas nécessaire de le faire avec plaisir et avec fierté.

– Non. Mais c'était le cas pour Nyman?

– Tu le demandes? Et il a passé la méthode à bien des jeunes gars. Se vautrer dans la cruauté, jouir de la souffrance qu'on inflige aux autres. Il y a des gens qui ont des dispositions pour ça.

– En d'autres termes, c'était un sadique.

– On ne peut plus sadique. Pour sa part il appelait cela de la dureté. Pour être un homme, selon lui, il fallait être dur. Physiquement et moralement. Il encourageait toutes les formes de brimades. Il disait que cela faisait partie de l'instruction de tout soldat.

– Ça n'en fait pas nécessairement un sadique.

– Oh si. C'était évident de bien des façons. Il était très strict sur la discipline. Mais faire respecter la discipline est une chose, imaginer des châtiments pour tous les manquements à celle-ci en est une autre. Tous les jours, Nyman en épinglait un ou plusieurs. Pour des boutons qui manquaient ou ce genre de choses. Et ceux qu'il épinglait avaient le choix.

– Entre quoi?

– Entre un rapport et des châtiments corporels. Un rapport, ça voulait dire trois jours au trou et des traces sur le livret militaire. Alors, la plupart choisissait l'autre solution.

– Ce qui voulait dire?

– Ça m'est arrivé une seule fois. Un samedi soir, je suis rentré trop tard au quartier. Alors j'ai fait le mur. Naturellement, Nyman m'est tombé sur le poil. J'ai choisi l'autre solution. Il a fallu que je reste deux minutes au garde-à-vous avec un savon dans la bouche pendant qu'il me brisait deux côtes à coups de poing. Puis il m'a offert une tasse de café et des petits gâteaux en me disant que je ferais certainement un vrai soldat, un dur.

– Et ensuite?

– Dès la fin de la guerre, je me suis arrangé pour me faire mettre à la porte de l'armée dans les formes. Ensuite je suis venu ici et je suis devenu flic. Et l'un des premiers que j'ai vus dans la police, ça a été Nyman. Il était déjà brigadier au maintien de l'ordre.

– Et, selon toi, il a utilisé les mêmes méthodes dans la police?

– Peut-être pas exactement. Ce n'est pas vraiment possible. Mais il est certain qu'il a commis tout un tas d'excès de pouvoir en tout genre. Aussi bien contre des détenus que contre des subordonnés. J'en ai entendu pas mal, au cours de toutes ces années.

– Mais alors il a dû y avoir des plaintes, dit Martin Beck, pensif.

– Bien sûr. Mais, du fait de ce fameux « esprit de corps », il ne doit pas en rester beaucoup de traces. Tout ça finit dans la corbeille à papier. Ça ne franchit même pas le premier obstacle. Alors tu ne trouveras pas grand-chose de ce côté-là.

Martin Beck eut soudain une idée :

– Auprès de l'*ombudsman* *. Ceux qui ont vraiment eu à se plaindre de Nyman ont dû porter plainte auprès de lui.

– Sans le moindre succès. Un type comme Nyman n'est pas assez bête pour ne pas avoir sous la main tout un tas de gens qui sont prêts à jurer qu'il n'a rien fait. Des jeunes, auxquels il ferait bouffer de la vache enragée s'ils refusaient d'en passer par ses conditions. Et d'autres, déjà suffisamment endoctrinés pour ne rien connaître d'autre que la solidarité en toutes circonstances. Et, de l'extérieur, un commissaire est intouchable.

– Sans doute, dit Martin Beck. Mais, auprès des services de l'*ombudsman,* les plaintes ne sont pas jetées à la corbeille même si elles ne donnent suite à aucune mesure. Elles sont archivées.

– C'est une idée, dit Kollberg. Ce n'est pas bête. Tu as des instants de génie.

Il réfléchit un moment et ajouta :

– Le mieux serait que nous ayons un mouvement civique enregistrant tous les cas d'abus de pouvoir de la police. Ça n'existe malheureusement pas dans ce pays. Mais l'*ombudsman,* c'est tout de même une bonne piste.

– Et l'arme du crime, dit Martin Beck. Une baïonnette comme celle-là, ça ne se trouve pas dans le civil.

* Institution typiquement suédoise de protection des droits du citoyen, dont notre « médiateur » n'est qu'une pâle copie. (*N.d.T.*)

Il faut être militaire pour détenir ce genre d'outil. Je vais passer le tuyau à Rönn.

– C'est ça. Et ensuite emmène-le avec toi chez l'*ombudsman.*

– Et toi, qu'est-ce que tu vas faire?

– Au risque de t'étonner, j'ai l'intention d'aller voir Nyman, dit Kollberg. Je sais que Larsson y est mais je m'en fiche. Je le fais pour moi, pour voir comment je vais réagir. Je vais peut-être dégueuler mais au moins il ne sera plus là pour me forcer à avaler mon vomi.

Martin Beck ne paraissait plus aussi fatigué. Il se redressa et dit :

– Lennart, je pense à une chose.

– Oui.

– Pourquoi l'appelait-on comme ça, Nyman? L'abominable homme de Säffle?

– C'est très simple. Il était originaire de Säffle et il ne manquait jamais une occasion de le rappeler. Les gens de Säffle, ce sont des durs, disait-il toujours. Des hommes, des vrais. Et quant à être abominable, je crois que c'est évident. C'est l'un des types les plus abominables que j'aie jamais rencontrés.

Martin Beck le regarda longuement.

– Tu as peut-être raison, dit-il.

– En tout cas ce n'est pas exclu. Bonne chance. J'espère que ça va marcher.

Martin Beck éprouva à nouveau un sentiment incompréhensible de danger.

– Je crois que la journée va être pénible.

– Oui, dit Kollberg. C'est bien parti pour ça. Tu es peut-être un peu revenu de toutes ces idées sur la nécessité de se serrer les coudes dans la police.

– J'en ai comme l'impression.

– Dis-toi bien que Nyman n'a plus besoin de loyauté professionnelle, fondée ou non. Au fait, je me souviens maintenant qu'il a toujours eu un défenseur inconditionnel pendant toutes ces années. Un type du nom de

Hult. Il doit être brigadier-chef s'il est toujours dans la police. Il faudrait lui parler, à ce gars-là.

Martin Beck opina du chef.

Rönn gratta à la porte et entra. Il resta debout près de la porte. Il avait l'air de dormir debout. Ses yeux étaient tout rouges de manque de sommeil.

– Alors, qu'est-ce qu'on fait maintenant? demanda-t-il.

– On a pas mal de boulot. Tu vas tenir le coup?

– Va bien falloir, dit Rönn en étouffant un bâillement.

XIII

Martin Beck n'eut pas beaucoup de mal à obtenir des renseignements sur le défenseur patenté de Nyman, selon Kollberg. Il s'appelait Harald Hult et était dans la police depuis la fin de son adolescence. Sa carrière n'était pas difficile à reconstituer d'après les archives de la police.

Il l'avait commencée à l'âge... de dix-neuf ans comme agent surnuméraire à Falun. Et maintenant il était brigadier-chef. D'après ce que Martin Beck avait pu trouver, Nyman et lui avaient travaillé ensemble pour la première fois en 1936-37, époque à laquelle ils patrouillaient ensemble dans les rues de Stockholm. A la fin des années 40, ils s'étaient retrouvés dans un autre district du centre de la ville. Nyman, bien que plus jeune, était déjà brigadier alors que Hult était toujours simple gardien de la paix.

Au cours des années 50 et 60, Hult avait commencé à bénéficier d'avancement en diverses occasions où il avait travaillé sous les ordres de Nyman. Sans doute celui-ci avait-il pu choisir lui-même ses collaborateurs en vue de ses missions spéciales et, à l'évidence, Hult faisait partie de ses protégés. Si Nyman était vraiment tel que l'avait décrit Kollberg – ce qu'il paraissait difficile de mettre en doute – un homme qui était son « défenseur inconditionnel » devait être un individu extrêmement intéressant du point de vue psychologique.

Martin Beck commençait à s'intéresser à Harald Hult et décida de suivre le conseil de Kollberg et d'aller le trouver. Il téléphona, afin de s'assurer qu'il était bien chez lui, avant de prendre un taxi et de se rendre à son adresse, sur l'île de Reimersholme.

Hult habitait tout à fait à la pointe nord de l'île, dans l'un des immeubles locatifs donnant sur Långholmen, où se trouvait la prison. Les immeubles en question étaient situés très haut – l'autre côté de la rue plongeait en fait à pic dans le lac et elle se terminait en cul-de-sac.

Le quartier n'avait pas changé depuis sa construction, à la fin des années 30, mais devait à sa situation d'être à l'abri des pires effets de la circulation automobile. L'île est petite et on y accède par un unique pont. Les constructions n'y sont pas très nombreuses et suffisamment espacées. Un tiers de sa superficie est occupé par la vieille manufacture d'alcool et par divers autres bâtiments à caractère industriel ou d'entrepôt. Les immeubles sont séparés par des espaces verts assez conséquents et, face à Långholmen, on n'avait presque rien construit et respecté la végétation originelle d'aulnes, de trembles et de saules pleureurs descendant jusqu'au bord de l'eau.

Harald Hult habitait seul un deux pièces au premier étage. L'appartement était propre et bien rangé – tellement bien qu'il paraissait même un peu sinistre. On aurait pu penser qu'il était inhabité, se dit Martin Beck.

Hult lui-même donnait l'impression d'avoir dans les soixante ans, c'était un homme assez fort, au menton puissant et aux yeux gris dénués d'expression.

Ils s'assirent à une table basse vernie, près de la fenêtre. La table était nue et il n'y avait aucun objet non plus sur le rebord de la fenêtre. D'ailleurs, il n'y avait que très peu d'objets personnels du genre habituel dans cette pièce. Par exemple, il ne semblait pas y avoir de papier, même pas un journal, et les seuls livres visibles étaient les trois volumes de l'annuaire du téléphone de Stockholm, bien alignés sur une petite étagère de modèle standard, dans l'entrée.

Martin Beck déboutonna son veston et desserra légèrement sa cravate. Puis il sortit son paquet de cigarettes et sa boîte d'allumettes, avant de chercher du regard un cendrier.

Hult remarqua son geste et dit :

– Je ne fume pas et je ne crois pas avoir jamais possédé de cendrier.

Il alla chercher une soucoupe blanche dans le placard de la cuisine. Avant de s'asseoir à nouveau il demanda :

– Tu veux prendre quelque chose? J'ai déjà bu mon café mais je peux en faire d'autre.

Martin Beck secoua la tête. Il remarqua que Hult avait légèrement hésité avant de le tutoyer, se demandant certainement s'il était correct de s'adresser de la sorte au chef de la brigade criminelle du pays. Cela montrait que c'était un homme de la vieille école, ne badinant pas avec les grades et la hiérarchie. Bien qu'il ne fût pas de service ce jour-là, il portait son pantalon d'uniforme, sa chemise bleu clair et sa cravate.

– Tu n'es pas en congé aujourd'hui? demanda Martin Beck.

– Si, mais je suis presque toujours en uniforme, dit Hult d'une voix neutre. J'aime bien ça.

– Tu es bien logé, dit Martin Beck en jetant un regard par la fenêtre.

– Oui, dit Hult, peut-être. Mais un peu seul aussi.

Il posa sur la table ses grosses mains, semblables à deux massues, et les regarda.

– Je suis veuf. Ma femme est morte il y a trois ans. D'un cancer. Depuis c'est un peu triste, ici.

Hult ne fumait pas et ne buvait pas. Il était certain

qu'il ne lisait jamais aucun livre et probablement même pas de journaux. Martin Beck se le représentait très bien, assis devant la télévision, totalement passif, tandis que le soir tombait à l'extérieur.

– De quoi s'agit-il?

– Stig Nyman est mort.

Il n'y eut presque aucune réaction. L'homme jeta un regard indifférent sur son visiteur et dit :

– Ah bon.

– Tu le savais déjà?

– Non. Mais je ne suis pas particulièrement étonné. Il était malade. Son corps l'a lâché.

Il regarda à nouveau ses grosses mains, comme s'il se demandait combien de temps il lui faudrait attendre, lui aussi, avant de se voir trahi par son corps. Puis il demanda :

– Tu connaissais Stig?

– Pas particulièrement, dit Martin Beck. A peu près comme je te connais, toi.

– Ça ne va pas loin. On s'est seulement rencontrés une ou deux fois, vous et moi.

Mais il se reprit aussitôt :

– Toi et moi.

Et il ajouta :

– J'ai toujours été affecté au maintien de l'ordre. Je n'ai jamais beaucoup eu l'occasion de fréquenter les gens de la P.J.

– Mais par contre tu connaissais bien Nyman, n'est-ce pas?

– Oui. On a travaillé ensemble pendant pas mal d'années.

– Et que peux-tu en dire?

– Que c'était un homme très bien.

– J'ai entendu dire le contraire.

– De la bouche de qui?

– De différents côtés.

– Dans ce cas, c'est faux. Stig Nyman était quelqu'un de très bien. Je ne peux rien dire de plus.

– Voyons, dit Martin Beck. Tu peux quand même bien compléter un peu le portrait.

– Non. En quoi le pourrais-je?

– Tu sais très bien, par exemple, qu'il était critiqué par beaucoup de gens. Qu'il y en avait qui ne l'aimaient pas du tout.

– Non. Je ne le savais pas.

– Vraiment. Moi, par contre, je sais, par exemple, qu'il avait des méthodes pas toujours très orthodoxes.

– C'était quelqu'un de bien, répéta Hult d'une voix monocorde. De très capable. C'était vraiment un homme et le meilleur chef qu'on puisse souhaiter.

– Mais il y allait parfois un peu fort, non?

– Qui dit cela? Quelqu'un qui veut le salir maintenant qu'il est mort, naturellement. Si quelqu'un dit du mal de lui, c'est un menteur.

– Mais il était assez dur, n'est-ce pas?

– Jamais plus que le service ne l'exigeait. Tout le reste n'est que calomnies.

– Tu sais tout de même que de nombreuses plaintes ont été déposées contre lui?

– Non, je ne le sais pas.

– Eh bien, alors disons que moi, je sais que tu étais au courant. Tu étais son collaborateur direct, non?

– Ce n'est que des mensonges destinés à salir un policier intègre et capable.

– Il y a des gens qui sont d'un avis contraire quant à ses capacités.

– Dans ce cas ils ne savent pas de quoi ils parlent.

– Mais toi, tu le sais.

– Oui, je le sais. Stig Nyman est le meilleur chef que j'aie jamais eu.

– Il y a également des gens qui ne sont pas très élogieux non plus sur tes capacités à toi, en tant que policier.

– C'est bien possible. Je n'ai jamais fait l'objet de la

moindre réprimande dans l'exercice de mes fonctions mais c'est bien possible. Mais tenter de salir Nyman, c'est autre chose. Si quelqu'un le faisait en ma présence...

– Eh bien alors...

– Je lui fermerais la gueule.

– De quelle façon?

– Ça me regarde. Je ne suis pas né d'hier. Je connais mon boulot. Je l'ai appris et je le connais depuis A jusqu'à Z.

– C'est Stig Nyman qui te l'a appris?

Hult regarda à nouveau ses mains.

– Oui. On peut peut-être le dire. Il m'a appris beaucoup de choses.

– Par exemple comment porter un faux témoignage? Comment recopier le rapport des autres, afin que tout concorde même si tout est inventé? Comment passer les gens à tabac? Les endroits où on peut se garer tranquillement, sur le chemin de la P.J., pour administrer une dernière tournée à un pauvre type?

– Je n'ai jamais entendu parler de ce genre de choses.

– Vraiment?

– Vraiment.

– Même pas entendu parler?

– En tout cas jamais à propos de Nyman.

– Et tu n'es jamais allé taper sur des ouvriers en grève? A l'époque où la police portait encore des sabres? Et sur ordre de Nyman?

– Non.

– Tu n'as jamais chargé à cheval sur des manifestations d'étudiants? Ni frappé des enfants d'âge scolaire? Toujours sur ordre de Nyman, bien sûr?

Hult ne bougea pas. Il regarda calmement Martin Beck et dit :

– Non, je n'ai jamais fait ça.

– Cela fait combien de temps que tu es dans la police?

– Quarante ans.
– Et combien de temps que tu connais Nyman?
– Depuis le milieu des années 30.

Martin Beck haussa les épaules et dit sans la moindre passion :

– C'est tout de même étonnant que tu n'aies pas connaissance de ce genre de choses. Stig Nyman était considéré par tout le monde comme un expert du maintien de l'ordre.

– Il n'était pas seulement considéré comme le meilleur. Il l'était.

– Et, entre autres choses, il a laissé des rapports écrits sur la façon dont la police doit se comporter en cas de manifestation, d'émeute ou de grève. Il recommandait précisément de charger sabre au clair. Après la suppression des sabres c'était « bâton au clair », si j'ose dire. Il a également suggéré que des agents à moto foncent dans la foule afin de la diviser en petits groupes.

– Je n'ai jamais fait ce genre de choses.

– Non, bien sûr. C'était d'ailleurs interdit. Le risque d'accident pour la police elle-même était trop grand.

– Je ne sais pas de quoi tu parles.

– Non, tu l'as déjà dit. Nyman avait également des idées sur la façon d'utiliser les gaz lacrymogènes et les canons à eau. Des idées qu'il a exprimées officiellement, en sa qualité d'expert de ce genre de questions.

– La seule chose que je sache c'est que Stig Nyman n'a jamais eu recours à la violence que dans des cas de nécessité absolue.

– Personnellement?

– Il ne le permettait pas non plus à ses subordonnés.

– En d'autres termes, il ne commettait jamais aucune infraction. Il s'en tenait au règlement, je veux dire.

– C'est ça.
– Et personne n'a jamais eu à se plaindre de lui?
– Non.
– Et pourtant des gens ont déposé plainte contre lui pour faute professionnelle, constata Martin Beck.
– Ces plaintes étaient de pures inventions.
Martin Beck se leva et fit quelques pas dans la pièce.
– Il y a une chose que je ne t'ai pas dite, reprit-il, mais je vais te la dire maintenant.
– J'ai quelque chose à te dire, moi aussi, coupa Hult.
– Quoi donc?
L'homme était immobile mais son regard se dirigea vers la fenêtre.
– Quand je ne suis pas de service, je n'ai rien de particulier à faire, commença-t-il. Comme je te l'ai déjà dit, c'est assez triste ici, depuis la mort de Maja. Alors je me mets à la fenêtre et je compte les voitures qui passent. Dans une rue comme celle-ci, ça ne suffit pas à vous occuper. Alors je réfléchis.
Il marqua une pause. Martin Beck attendit la suite.
– Je n'ai pas grand-chose d'autre à quoi penser que ma propre vie, reprit Hult. Quarante ans à porter l'uniforme dans cette ville. Et combien de fois ne me suis-je pas fait agonir? Combien de fois ne me suis-je pas fait cracher dessus, tirer la langue et traiter de cochon, de salaud ou d'assassin? Combien ai-je décroché de gens qui s'étaient pendus? Combien ai-je fait d'heures supplémentaires non payées? Pendant toute ma vie, je me suis donné un mal de chien pour essayer de maintenir l'ordre dans ce pays, pour que les gens honnêtes et respectueux des lois puissent vivre en paix, pour que les femmes ne se fassent pas violer au coin des rues, pour que les vitrines ne soient pas brisées afin de voler tout un tas de trucs. J'ai touché à des cadavres qui étaient dans un tel état de décomposition que,

quand je rentrais chez moi le soir, il y avait encore des asticots qui me tombaient des manches avant que je me mette à manger. J'ai changé des bébés au maillot alors que leurs mères étaient ivres mortes. J'ai recherché des chats égarés et je me suis interposé dans des bagarres au couteau. Et ça n'a fait qu'empirer au fil des années, de plus en plus de sang, de plus en plus de violence et de plus en plus de gens pour nous tomber dessus. Et on ne cessait de nous répéter que nous étions là pour protéger la société, tantôt contre les ouvriers tantôt contre les étudiants, tantôt contre les nazis tantôt contre les communistes. Et maintenant il n'y a plus grand-chose à protéger. Mais on a tenu le coup à cause de l'esprit de corps qui régnait dans la corporation. Et s'il y en avait eu un peu plus du genre de Nyman, on ne serait pas où on en est aujourd'hui. Celui qui veut entendre des ragots de bonnes femmes sur les camarades, il n'a qu'à s'adresser ailleurs.

Il souleva la paume de ses mains de quelques centimètres au-dessus de la table avant de les laisser retomber avec un claquement sec. Puis il dit :

– Ça y est, j'ai fait mon petit discours. Ça fait du bien de dire ce genre de choses. Toi aussi tu as été en patrouille, dans le temps, hein?

Martin Beck opina du chef.

– Quand ça?

– Il y a plus de vingt ans. Après la guerre.

– Oui, dit Hult. C'était le bon temps.

Apparemment il n'avait plus rien à ajouter. Martin Beck se racla la gorge et dit :

– A moi de parler, maintenant. Nyman n'est pas mort de maladie. Il a été assassiné. Nous avons des raisons de penser que le coupable cherchait à se venger. Nous avons également des raisons de penser qu'il peut chercher à se venger sur d'autres personnes encore.

Hult se leva et alla dans l'entrée. Il prit sa veste

d'uniforme et l'enfila. Puis il passa son ceinturon et mit l'étui de son pistolet à la bonne place.

– Si je suis venu ici, c'est pour te poser une question en particulier, dit Martin Beck. Qui a pu haïr Stig Nyman au point de vouloir le tuer?

– Personne. Il faut que j'y aille.

– Où ça?

– Au boulot, dit Hult en ouvrant la porte.

XIV

Rönn s'appuyait des coudes sur la table et lisait, la tête entre les mains. Il était dans un tel état de fatigue que lettres, mots et lignes entières lui dansaient devant les yeux, dans tous les sens, comme sur sa vieille Remington usée par les ans lorsqu'il s'efforçait vraiment d'écrire quelque chose sans faute de suédois ni de frappe. Il bâilla, cligna des yeux, essuya ses verres de lunettes et reprit au commencement.

Le texte qu'il avait devant lui était écrit à la main sur un morceau de sac en papier du monopole de vente de l'alcool et, malgré sa maladresse et son écriture tremblée, il donnait l'impression d'avoir été patiemment et minutieusement rédigé.

*Monsieur l'*ombudsman.

Le 2 février j'étais soûl, je venais d'être payé et j'avais acheté un litre d'eau-de-vie. Je me souviens que j'étais assis à côté de l'embarcadère pour Djurgården et que je chantais, alors est arrivée une voiture de police avec trois jeunes agents dont j'aurais pu être le père mais moi je ne voudrais pas de pareils cochons comme enfants si j'en avais. Ils sont venus me prendre mon litre et il en restait encore un peu dedans et puis ils m'ont emmené dans un minibus gris où y avait un autre agent avec des galons sur le bras qui m'a pris par les cheveux et quand les autres m'ont jeté dans le bus il m'a frappé plusieurs fois le visage sur le sol et ça a saigné même si j'ai rien senti sur le moment. Puis ils m'ont mis dans une cellule où y avait des barreaux et alors un grand type est venu me regarder par le trou de la porte et se moquer de moi et il a dit à un autre d'ouvrir et il a enlevé sa veste où y avait un grand galon sur la manche et il a relevé ses manches et il est rentré dans la cellule et il m'a dit de me mettre au garde-à-vous et que j'avais traité les agents de salauds et c'était peut-être bien vrai mais j'étais presque dessoûlé et alors il m'a donné des coups de poing dans l'estomac et dans un autre endroit que je veux pas dire et puis je suis tombé par terre et il m'a donné des coups de pied dans le ventre et à d'autres endroits et ensuite il est parti mais d'abord il m'a dit que maintenant je saurais ce qu'il en coûte de dire des saletés sur les flics. Ensuite on m'a relâché dans l'après-midi et alors j'ai demandé qui c'était l'agent avec des galons qui m'avait donné des coups de pied et des coups de poing mais ils m'ont dit que ça me regardait pas et que je ferais mieux de filer avant qu'ils changent d'avis et qu'ils me passent vraiment à tabac. Mais y en a un autre qui s'appelle Vilford et qui vient de la ville de Göteborg et qui m'a dit que ce type-là c'est le commissaire Nyman et que je ferais mieux de tenir ma gueule. Ça fait plusieurs jours de ça et je suis qu'un simple ouvrier mais j'ai rien fait d'autre que de chanter et de boire des boissons fortes mais je veux qu'on me rende justice pour pas que des personnes qui frappent des pauvres gens qu'ont trop bu mais qu'ont travaillé toute leur vie ils continuent à être de la police parce qu'ils sont pas à leur place. Sur mon honneur que c'est vrai. Sentiments distingués, John Bertilsson, manœuvre. C'est un copain au boulot qu'on appelle le Prof qui m'a dit que je devrais vous écrire ça et que c'était maintenant la façon qu'on peut se faire rendre justice.

En bas de cette lettre il y avait une note émanant de la police :

La personne mise en cause dans cette lettre est le commissaire Stig Nyman, qui dit tout ignorer des faits. Le brigadier Harald Hult, qui commandait la patrouille, atteste que le dénommé Bertilsson a bien été appréhendé ce jour-là. C'est un ivrogne et perturbateur bien connu de nos services. Il n'a subi aucune violence de la part des agents ni lors de son interpellation ni dans sa cellule. Le commissaire Nyman n'était d'ailleurs pas de service lors des faits. Trois agents attestent qu'il n'y a eu aucune voie de fait à l'encontre de Bertilsson. Celui-ci, alcoolique invétéré et notoire, est coutumier du fait et a déjà porté à plusieurs reprises des accusations de ce genre contre les agents chargés de l'arrêter.

Ce document était complété par un cachet à l'encre rouge : classé sans suites.

Rönn poussa un soupir de tristesse et nota le nom du plaignant sur son carnet. L'employée, qui devait effectuer en ce samedi un travail imprévu, déposa d'autres dossiers sur la table avec un bruit qui en disait long sur son humeur.

Elle avait déjà trouvé sept plaintes visant Nyman.

Rönn en avait déjà lu une et il lui en restait six. Il s'y attaqua.

La suivante était beaucoup mieux rédigée et écrite à la machine sur du beau papier. Le texte en était le suivant :

L'après-midi du samedi 14 je me trouvais avec ma fille, âgée de cinq ans, devant la porte d'entrée du numéro 15 de Pontonjärgatan.

Nous attendions ma femme qui était allée rendre visite à un malade. Afin de passer le temps nous jouions, ma fille et moi, sur le trottoir. Autant que je m'en souvienne il n'y avait personne dans la rue. Comme je l'ai dit, c'était un samedi après-midi et les boutiques étaient fermées. Je ne dispose donc d'aucun témoin quant aux faits que je vais rapporter.

J'étais juste en train de déposer ma fille par terre, après l'avoir fait sauter en l'air, lorsque je m'aperçus qu'une voiture de police s'était arrêtée au bord du trottoir. Ses deux occupants en sortirent et se dirigèrent vers moi. L'un des deux m'a aussitôt pris par le bras et m'a demandé : « Qu'est-ce que tu fais avec cette petite fille, espèce de vieux dégoûtant? » (Je dois peut-être ajouter, pour être tout à fait honnête, que j'étais ce jour-là habillé de façon sportive, en pantalon kaki, blouson de toile et casquette; j'étais certes tout à fait propre et convenable mais j'ai peut-être donné à cet agent l'impression d'être un peu « négligé ».) J'étais tellement surpris que je n'ai pas répondu tout de suite. L'autre agent a pris ma fille par la main et lui a dit d'aller rejoindre sa maman. J'ai alors expliqué que j'étais son père. Mais l'un des deux hommes m'a tordu le bras derrière le dos, ce qui m'a fait très mal, et m'a poussé à l'arrière de la voiture. En cours de route l'un des agents m'a également donné des coups de poing dans la poitrine, dans le côté et dans le ventre, pendant que l'autre me traitait de « vieux dégoûtant », de « sale type », etc.

Une fois au commissariat j'ai été enfermé dans une cellule. Au bout d'un moment la porte s'est ouverte et le commissaire Nyman est entré (je ne savais pas son nom alors, je l'ai appris par la suite). « C'est toi qui cours après les gamines? » m'a-t-il dit. « Je vais t'en faire passer l'envie, tu vas voir. » Et il s'est mis à me frapper dans le ventre au point de me plier en deux. Après avoir repris mon souffle je lui ai dit que j'étais le père de l'enfant en question mais j'ai alors reçu un coup de genou dans le bas-ventre. Il a continué ainsi jusqu'à ce qu'on vienne lui dire que ma femme et ma fille étaient là. Une fois convaincu que je disais la vérité, le commissaire m'a dit de m'en aller, sans essayer d'expliquer sa conduite ni de s'excuser.

Je désire donc attirer votre attention sur ces faits et demander que le commissaire Nyman et les deux autres agents impliqués aient à répondre de ces mauvais traitements infligés à un citoyen totalement innocent. Signé : Ingénieur Sture Magnusson.

La note de la police était la suivante :

Le commissaire Nyman ne se souvient aucunement du signataire de cette lettre. Les agents Ström et Rosenkvist disent être intervenus parce que la personne en question se comportait de façon étrange et menaçante vis-à-vis de l'enfant. Aucune voie de fait n'a été exercée sur la personne du plaignant autre que celle qui s'est révélée nécessaire pour le faire monter dans la voiture et l'en faire descendre. Aucun des cinq agents de service lors des faits n'a été témoin de mauvais traitements à l'encontre du plaignant pendant son séjour au commissariat. Ils n'ont pas non plus observé la présence du commissaire Nyman sur les lieux et croient pouvoir affirmer qu'il n'était pas présent.

Classé sans suites.

Rönn posa la lettre, nota le nom du plaignant sur son carnet et passa à la suivante :

*Monsieur l'*ombudsman,

Samedi dernier, 18 octobre, je m'étais rendu à l'invitation d'un ami qui habite Östermalmgatan. Vers 10 heures du soir un camarade et moi avons appelé un taxi au téléphone et quitté les lieux afin de rentrer chez moi. Nous étions sur le pas de la porte en train d'attendre le taxi lorsque deux agents sont arrivés à pied de l'autre côté de la rue. Ils ont soudain traversé celle-ci et sont venus nous demander si nous habitions dans la maison. Nous avons répondu que non et nous sommes entendu dire : « Alors, ne restez pas là à traîner. » Nous avons dit que nous attendions un taxi et sommes restés sur place. Les agents nous ont alors empoignés avec une certaine rudesse en nous disant de circuler. Nous avons objecté que nous avions dit au taxi de venir nous prendre à cet endroit. Les deux agents ont alors tenté de nous forcer à partir en nous poussant devant eux et, à la suite de nos protestations, l'un d'entre eux a sorti son bâton et s'est mis à frapper mon camarade. J'ai tenté de le protéger, ce qui m'a également valu de recevoir des coups. Chacun des deux agents avait alors tiré son bâton et nous frappait de toutes ses forces. J'espérais que le taxi allait arriver et nous permettre de nous en aller mais il ne venait toujours pas et mon camarade s'est écrié : « Ils vont nous tuer, il vaut mieux filer. » Nous sommes alors partis en courant en direction de Karlavägen, où nous avons pris le bus pour rentrer chez moi. Nous étions tous deux couverts de marques de coups et mon poignet s'est mis à enfler et à devenir tout bleu. Nous avons alors décidé de porter plainte auprès du commissariat d'où nous pensions que venaient les deux agents et sommes partis en taxi. Nous n'avons pas vu les agents en question mais nous avons pu parler avec un commissaire du nom de Nyman. Il nous a fallu attendre le retour des agents, c'est-à-dire une heure du matin. Ensuite nous sommes allés tous quatre, les deux agents et nous, dans le bureau du commissaire Nyman pour renouveler nos accusations. Nyman a interrogé les agents, qui ont nié les faits. Naturellement il a ajouté foi à leurs propos et nous a dit de faire bien attention à ne pas tenter de salir des agents qui essayaient de faire honnêtement leur travail et de prendre bien gare à nous s'il nous prenait l'envie de recommencer. Puis il nous a congédiés.

Je me demande s'il a vraiment le droit d'agir

comme cela. Ce que j'ai rapporté est absolument vrai et peut être attesté par mon camarade. Nous n'étions pas en état d'ivresse. Le lundi matin j'ai montré ma main au médecin de mon atelier et celui-ci m'a délivré l'attestation ci-jointe. Je ne sais pas le nom des deux agents en question mais nous les reconnaîtrions. Avec mes salutations distinguées, Olof Johansson.

Rönn ne comprit pas tous les termes médicaux de l'attestation mais il put en conclure que la main et le poignet étaient enflés du fait d'un épanchement de liquide, qu'il faudrait opérer une ponction si celui-ci ne se résorbait pas de lui-même et que le patient, typographe de son état, devait observer un arrêt de travail jusque-là.

Il passa ensuite à la note de la police :

Le commissaire Stig O. Nyman se souvient fort bien de l'incident. Mais il dit ne pas avoir eu de raisons de mettre en doute le témoignage des agents Bergman et Sjögren, qui ont toujours fait preuve de la plus parfaite loyauté et de sens du devoir. Ceux-ci nient avoir fait usage de leurs bâtons sur la personne du plaignant et de son ami, qui refusaient d'obtempérer et se comportaient de façon provocante. Ils donnaient l'impression d'être sous l'influence de l'alcool et l'agent Sjögren déclare avoir très nettement perçu une odeur caractéristique dégagée par l'un des deux hommes au moins.

Classé sans suites.

Après avoir cessé de faire du bruit avec ses dossiers, la femme s'approcha de Rönn et dit :

– C'est tout ce que je peux trouver sur le commissaire Nyman cette année-là. A moins qu'il ne faille remonter plus haut dans le temps...

– Non, c'est parfait, prenez seulement celles que vous trouvez, dit Rönn de façon énigmatique.

– Vous en aurez pour longtemps?

– J'ai fini tout de suite, je jette simplement un coup d'œil à celles-ci, dit-il, et il entendit les pas de la femme s'éloigner.

Il ôta ses lunettes et en essuya les verres avant de passer à la lettre suivante.

La soussignée est veuve, mère d'un enfant, et travaille pour élever celui-ci, qui est âgé de quatre ans et séjourne à la crèche pendant mes heures de travail. Depuis la mort de mon mari dans un accident de voiture, voici un an, je suis malade des nerfs.

Lundi dernier je me suis rendue à mon travail comme d'habitude après avoir laissé ma fille à la crèche. Au cours de l'après-midi, il s'est produit sur mon lieu de travail un incident sur lequel je ne désire pas m'étendre mais qui m'a causé une très vive émotion. Le médecin de l'entreprise, qui connaît mon état, m'a injecté un calmant et m'a renvoyée chez moi en taxi. Voyant que la piqûre ne faisait pas d'effet, j'ai pris deux comprimés puis je suis allée chercher ma fille à la crèche. Deux pâtés de maisons plus loin, une voiture de police s'est arrêtée, deux agents en sont descendus et m'ont fait monter de force sur le siège arrière. Peut-être avais-je vacillé sur le trottoir du fait des médicaments que j'avais absorbés, toujours est-il que les propos sarcastiques des agents m'ont fait comprendre qu'ils pensaient que j'étais ivre. J'ai tenté de leur expliquer ce qu'il en était et de leur dire qu'il fallait que j'aille chercher ma fille mais ils ont continué à se moquer de moi.

Au commissariat j'ai été conduite devant un officier qui n'a pas voulu m'écouter non plus et a ordonné qu'on m'emmène dans une cellule « pour cuver mon vin ».

La cellule était pourvue d'une sonnerie que j'ai actionnée plusieurs fois sans que personne réponde à mon appel. J'ai appelé et crié qu'il fallait absolument qu'on aille chercher ma fille mais personne ne s'est soucié de moi. La crèche ferme à 18 heures et si personne ne vient chercher les enfants le personnel s'inquiète évidemment. Il était 17 heures 30 lorsque j'ai été enfermée dans la cellule.

J'ai essayé d'attirer l'attention pour qu'on téléphone à la crèche et qu'on prenne soin de ma fille car j'étais très inquiète.

Je n'ai été libérée qu'à 22 heures, morte d'inquiétude et de désespoir. Je ne suis toujours pas remise et suis en congé de maladie.

La femme qui avait écrit cette lettre avait indiqué son adresse, celle de son lieu de travail, de la crèche, du médecin et du commissariat où elle avait été conduite.

Au verso avait été ajoutée la note suivante :

Les agents mis en cause se nomment Hans Lennart Svensson et Göran Boström. Ils disent avoir agi de bonne foi, convaincus que la femme en question était en état d'ivresse avancé. Le commissaire de police Oscar Nyman dit qu'elle était dans un tel état qu'elle était incapable de se faire comprendre.

Classé sans suites.

Rönn posa la lettre et poussa un soupir. Il se souvenait avoir lu dans une interview du directeur de la police nationale que, sur les sept cent quarante-deux plaintes déposées auprès de l'*ombudsman,* au cours d'une période de trois ans, pour abus de pouvoir de la part de la police, une seule avait été transmise au procureur pour qu'il y soit donné des suites judiciaires.

On peut se demander ce que cela prouve, pensa-t-il.

Le fait que cette déclaration ait émané du directeur de la police nationale prouvait seulement ce que l'on savait déjà de ses facultés intellectuelles.

La lettre suivante était brève et rédigée au crayon

sur une feuille de papier rayé arrachée d'un bloc à spirale.

*M. l'*ombudsman,
Vendredi dernier j'étais soûl et ça n'a rien d'étonnant parce que ça m'est déjà arrivé et quand la police m'a pincé j'ai dormi au poste. Je suis un homme paisible et je ne fais pas d'histoires pour si peu. Alors vendredi on m'a embarqué et je croyais qu'on allait me laisser dormir tranquille dans la cellule comme d'habitude mais cette fois je suis tombé sur un flic que j'ai déjà vu et qui est entré pour me tabasser. J'étais tout étonné parce que j'avais rien fait et le flic il jurait comme un perdu et il a fait un boucan de tous les diables en me tabassant tout ce qu'il savait. Alors je veux porter plainte contre ce chef-là, il est grand et fort et il a des galons sur sa veste, pour pas qu'il recommence la prochaine fois. Aves mes salutations distinguées. Joel Johansson.

La police avait ajouté la note suivante :

Le plaignant est un ivrogne notoire, connu dans tous les districts de la ville. Le fonctionnaire de police mis en cause est probablement le commissaire Nyman, qui déclare cependant n'avoir jamais vu le plaignant, dont il ne connaît que le nom. Il affirme qu'il est exclu que lui ou que quiconque l'ait maltraité dans sa cellule.
Classé sans suites.

Rönn prit note, espérant qu'il parviendrait à se relire. Avant de s'attaquer aux deux dernières lettres il ôta ses lunettes et se frotta les yeux, qui lui faisaient mal. Il les cligna plusieurs fois avant d'entamer sa lecture :

Mon mari est né en Hongrie et ne parle pas très bien suédois, c'est pourquoi je vous écris à sa place. Depuis plusieurs années il souffre d'épilepsie et a été mis à la retraite anticipée pour raisons médicales. En effet, il a parfois des crises qui le jettent à terre bien que, en général, il sente leur arrivée à l'avance. Mais ce n'est pas toujours le cas et alors tout peut se produire. Il a des médicaments à prendre et, après tant d'années de mariage, je sais ce qu'il convient de faire pour lui. Je tiens à dire qu'il y a une chose qu'il ne fait jamais et n'a jamais fait, c'est de boire de l'alcool. Il préfèrerait mourir plutôt que d'y toucher.

Mon mari et moi, nous voudrions déposer une plainte à propos de quelque chose qui lui est arrivé dimanche dernier en rentrant chez nous à pied depuis la station de métro, au retour d'un match de football. Dans le métro il a senti qu'il allait avoir une attaque et il s'est dépêché de rentrer mais il n'a pas pu arriver à temps et il est tombé dans la rue. Quand il s'est réveillé il était sur un lit dans une cellule. Il a demandé à rentrer chez lui car il se sentait mieux et avait besoin de prendre ses médicaments. Mais il a fallu plusieurs heures avant que la police le laisse partir parce qu'ils croyaient qu'il était ivre, ce qui est faux puisqu'il ne boit jamais d'alcool. Une fois sorti de cellule il est allé trouver le commissaire, pour lui dire qu'il était malade et non pas ivre, mais celui-ci n'a rien voulu savoir et lui a dit qu'il mentait, qu'il ferait mieux de rester sobre à l'avenir et qu'il en avait assez de ces étrangers qui sont toujours soûls. Comme si mon mari pouvait quelque chose au fait qu'il est étranger et qu'il parle mal suédois. Il a protesté mais alors le commissaire s'est fâché et l'a frappé, le faisant tomber puis le mettant à la porte de son bureau. Ensuite mon mari est rentré et moi j'étais très inquiète, j'ai téléphoné à tous les hôpitaux mais je n'aurais jamais pensé que la police mettrait un malade en prison et le frapperait comme un criminel.

Mais ma fille, parce que nous en avons une bien

qu'elle soit mariée, nous a dit que nous pouvions déposer une plainte auprès de vous. Mon mari est rentré à minuit bien que le match se soit terminé à sept heures. Avec mes salutations distinguées, Ester Nagy.

Note de la police :

Le commissaire Stig Oscar Nyman, cité dans cette lettre, se souvient parfaitement bien de cet homme, qui a été fort bien traité et renvoyé chez lui dès que possible. Les agents Lars Ivar Ivarsson et Sten Holmgren, qui ont amené M. Nagy au commissariat, disent que celui-ci leur a donné l'impression d'être sous l'influence de l'alcool ou de la drogue.

Classé sans suites.

La dernière lettre semblait en fait être la plus intéressante, car elle était rédigée par un membre de la police :

*Je désire demander respectueusement à Monsieur l'*ombudsman *de bien vouloir réexaminer mes plaintes du 1/9/1961 et du 31/12/1962, concernant le commissaire de police Stig Oscar Nyman et le brigadier Palmon Harald Hult, pour fautes professionnelles. Avec mes salutations distinguées, Åke Reinhold Eriksson, gardien de la paix.*

– Tiens, tiens, se dit Rönn.

Il s'attacha ensuite à la lecture de la note qui, pour une fois, était plus longue que la plainte elle-même.

Étant donné le soin apporté à l'examen des requêtes visées, ainsi que le temps écoulé depuis les faits invoqués dans celles-ci, de même que le grand nombre de plaintes déposées ces dernières années par le plaignant, je ne peux accéder à cette nouvelle deman-

de, en particulier en l'absence à ma connaissance de tout fait nouveau ou de preuves pouvant étayer les allégations précédentes, et estime donc qu'il convient de la considérer comme non fondée et de la classer sans suites.

Rönn secoua fortement la tête, se demandant s'il avait bien lu. Probablement pas. De toute façon la signature était illisible et, en outre, il connaissait un peu l'agent de police Eriksson.

Toutes ces lettres avaient maintenant tendance à n'en faire qu'une dans son cerveau et à perdre leur sens devant ses yeux et, lorsque la femme vint déposer un nouveau tas de documents près de son coude droit, il fit un geste de refus.

– Voulez-vous que je remonte plus loin dans le temps? demanda-t-elle d'une voix sarcastique. Voulez-vous également tout ce qui concerne ce M. Hult? Et tout ce qui vous concerne vous-même?

– Non, merci, dit Rönn très poliment. Je vais me contenter de relever les noms de celles-là, et ensuite nous pourrons nous en aller. Tous les deux.

Il cligna des yeux tout en continuant à griffonner dans son carnet.

– Je peux aussi vous sortir toutes les plaintes d'Ullholm, reprit la femme, toujours aussi ironique. Si vous y tenez.

Ullholm était un policier de Solna qui était surtout célèbre, parmi ses collègues, pour son goût de la chicane et pour le nombre de plaintes qu'il avait déposées auprès de toutes les instances possibles et imaginables.

Rönn se pencha sur la table et secoua la tête, l'air totalement découragé.

XV

Alors qu'il était en route pour Sabbatsberg, Kollberg se souvint soudain qu'il devait acquitter son droit d'inscription à un tournoi d'échecs par correspondance auquel il désirait participer. Le dernier jour était le lundi et c'est pourquoi il arrêta sa voiture près du parc Vasa et entra dans le bureau de poste qui se trouve en face du café *la Chope d'étain*.

Après avoir rempli le mandat il alla se placer dans la queue, à l'un des guichets, et attendit son tour.

Devant lui se trouvait un homme en veste de chevreau et bonnet de fourrure. Comme toujours lorsqu'il faisait la queue, Kollberg se trouvait juste derrière quelqu'un qui avait une vingtaine d'opérations assez compliquées à effectuer. Cette personne avait toute une pile de mandats, d'envois recommandés et de lettres par avion à affranchir.

Kollberg haussa les épaules, poussa un soupir et continua à attendre. Soudain un petit morceau de papier tomba des mains de l'homme qui se trouvait devant lui et alla atterrir sur le sol. C'était un timbre. Kollberg se pencha et le ramassa. Puis il toucha l'épaule de l'homme et lui dit :

– Vous avez laissé tomber ça.

L'homme en question tourna la tête et regarda Kollberg avec des yeux bruns dans lesquels se lisaient tour à tour l'étonnement, le fait qu'il reconnaissait Kollberg et la répugnance.

– Vous avez laissé tomber ça, répéta Kollberg.

– C'est quand même un peu fort, dit l'homme d'une voix lente. On ne peut pas laisser tomber un timbre sans avoir les flics sur le dos.

Kollberg tenait toujours le timbre à la main.

– Gardez-le, dit l'homme en tournant la tête.

Peu après il en eut enfin terminé et quitta le guichet sans même jeter un regard à Kollberg.

Cet incident était étrange. C'était probablement une sorte de plaisanterie et pourtant l'homme n'avait pas du tout eu l'air de plaisanter. Pour sa part, Kollberg n'était absolument pas physionomiste et avait beaucoup de mal à reconnaître des visages qui auraient dû lui être familiers. Il n'était donc pas étonnant que l'homme l'ait reconnu sans que lui-même ait eu la moindre idée de la personne à laquelle il avait affaire.

Il expédia son mandat puis regarda le timbre d'un air soupçonneux; il était assez beau et représentait un oiseau. Il faisait partie d'une série récemment émise qui, s'il avait bien compris la chose, garantissait que le courrier affranchi avec ce genre de timbre serait acheminé avec toute la lenteur possible. La poste suédoise aimait beaucoup ce genre de subtilité.

Enfin bon, se dit Kollberg, elle ne fonctionnait quand même pas trop mal et il ne fallait surtout pas être méchant avec elle au moment où elle venait tout juste de se relever des suites de l'introduction du code postal.

Toujours plongé dans ses pensées sur les mystères de l'existence, il se dirigea vers l'hôpital.

Le pavillon où le crime avait eu lieu était toujours soigneusement interdit au public et, dans la chambre de Nyman, rien n'avait changé.

Naturellement, Gunvald Larsson était là.

Kollberg et Gunvald Larsson ne s'aimaient pas

beaucoup. D'ailleurs, le nombre de ceux qui aimaient Gunvald Larsson se réduisait à une seule unité, facile à désigner : Rönn.

L'idée de devoir collaborer l'un avec l'autre déplaisait fort à Kollberg aussi bien qu'à Gunvald Larsson. Pour l'instant, le risque ne paraissait pas très grand. Il semblait plutôt que ce fût le hasard qui les ait rassemblés dans le même lieu.

Ce hasard se nommait Nyman et il était tellement horrible à voir que Kollberg ne put s'empêcher de dire :

– Pouah!

Gunvald Larsson fit malgré lui une grimace d'approbation. Puis il demanda :

– Tu le connaissais?

Kollberg fit oui de la tête.

– Moi aussi. C'est l'un des plus beaux salauds qui aient jamais honoré notre police de ses talents. Mais, dieu merci, je n'ai jamais eu beaucoup affaire à lui.

Gunvald Larsson n'avait guère été employé au maintien de l'ordre et, en fait, il n'y avait été affecté que pour la forme pendant un certain temps. Avant d'entrer dans la police il était officier dans la marine, tout d'abord dans la Royale et ensuite dans la marine marchande. Contrairement à Kollberg et à Martin Beck, il n'avait donc pas gravi les échelons de la police un à un.

– Comment se passent les constatations sur place?

– Je ne crois pas qu'elles apporteront grand-chose de plus que ce que nous savons déjà, dit Gunvald Larsson. Une espèce de fou est entré par la fenêtre et l'a découpé en morceaux à coups de baïonnette. Sans la moindre hésitation.

Kollberg approuva d'un signe de tête.

– Mais cette baïonnette m'intéresse, marmonna Gunvald Larsson plus ou moins pour lui-même. Celui qui la tenait n'était pas un amateur. Il connaissait son boulot. Et qui s'y connaît autant en matière d'armes?

– Excellente question, dit Kollberg. Les militaires ou les bouchers.

– Et les membres de la police, ajouta Gunvald Larsson.

Il était probablement le moins enclin de toute la corporation à cet esprit de corps et à cette loyauté mal placée qui y régnaient.

Ce qui ne le rendait pas très populaire parmi ses collègues.

– Tu y vas un peu fort, Larsson, dit Kollberg.

– Peut-être. Tu es sur ce boulot?

Kollberg fit oui de la tête et dit :

– Et toi?

– On le dirait.

Ils se regardèrent sans enthousiasme.

– On n'aura peut-être pas tellement à voir l'un avec l'autre, dit Kollberg.

– On peut toujours l'espérer, dit Gunvald Larsson.

XVI

Il était presque dix heures du matin et Martin Beck transpirait de chaleur alors que, suivant le quai de Söder Mälarstrand, il se dirigeait à pied vers l'Écluse. Certes, le soleil n'était pas encore bien fort et le vent qui soufflait sur Riddarfjärden était d'un froid très vif mais il portait son gros manteau d'hiver et avait marché vite.

Hult avait proposé de l'emmener en voiture jusqu'à Kungholmsgatan mais il avait décliné cette offre. Il craignait de s'endormir dans la voiture et se disait qu'une bonne petite séance de marche à pied lui ferait du bien. Il déboutonna son manteau et ralentit l'allure.

Arrivé à l'Écluse il entra dans une cabine téléphonique, appela l'hôtel de police et s'entendit répondre que Rönn n'était pas encore de retour. Il n'avait rien à faire là-bas lui-même avant que Rönn en ait terminé et il faudrait bien encore au moins une heure pour cela, pensa-t-il. S'il rentrait tout droit chez lui il pourrait être au lit d'ici dix minutes. Il était vraiment très fatigué et cette idée était très tentante. S'il mettait son réveil à sonner il pourrait même dormir une heure.

Il traversa donc la place à grands pas et pénétra dans Järntorgsgatan. Une fois arrivé sur la place de Järntorget, il réduisit l'allure. Il commençait à se rendre compte dans quel état il serait lorsque, dans une heure, le réveil se mettrait à sonner, les difficultés qu'il aurait à se lever, à s'habiller et à partir pour Kungsholmen. D'un autre côté, ce serait bon de pouvoir ôter ses vêtements, de se laver et peut-être même de prendre une douche.

Il s'arrêta au beau milieu de la place, comme paralysé par sa propre indécision. Elle pouvait certes être mise au compte de la fatigue mais elle ne l'en irritait pas moins.

Il changea alors de direction et se dirigea vers le quai de Skeppsbron. A vrai dire, il ne savait pas trop pourquoi mais, ayant aperçu un taxi libre il prit rapidement une décision. Pourquoi pas aller prendre un sauna?

Le chauffeur de taxi semblait avoir à peu près l'âge de Mathusalem, il tremblait, il n'avait plus de dents et était apparemment sourd. Assis sur le siège avant, Martin Beck espéra qu'il y voyait encore, malgré tout. C'était sans doute un ancien propriétaire de véhicules de louage qui n'avait pas conduit sa voiture lui-même depuis des années. Il n'arrêtait pas de faire des fautes de conduite et, à un moment, il se mit même à rouler à gauche *. Il marmonnait dans sa barbe, l'air très sombre, et son corps de vieillard tout desséché était de temps à autre secoué par une toux caverneuse. Lorsqu'il s'arrêta finalement devant l'établissement de bains, Martin Beck lui laissa un pourboire exagéré, tellement il était stupéfait d'être arrivé sain et sauf à destination. Il regarda les mains tremblantes du vieil homme et renonça à lui demander un reçu.

A la caisse, Martin Beck hésita un instant avant de payer. En général, il prenait son bain à l'étage inférieur, où il y avait une piscine, mais l'idée de nager ne le tentait pas ce jour-là. Il décida donc de monter à l'étage supérieur, au bain turc.

* La Suède était passée à la circulation à droite quelques années auparavant seulement, en 1967. (*N.d.T.*)

Pour plus de sûreté il demanda à l'employé qui lui donna les serviettes de le réveiller à onze heures. Il alla s'asseoir à l'endroit le plus chaud jusqu'à ce que la sueur se mît à couler à flots de ses pores. Puis il prit une douche et se plongea rapidement dans l'eau glaciale du bassin. Ensuite il s'essuya énergiquement, s'enveloppa dans le grand peignoir et alla s'allonger sur la couchette de sa cabine. Il ferma les yeux.

Il s'efforça de penser à quelque chose d'apaisant mais son esprit ne cessait de revenir à Harald Hult, seul et oisif dans son appartement désert et impersonnel, revêtu de son uniforme même en dehors du service. C'était là toute sa vie : être agent de police. Si on lui ôtait cela il ne lui resterait plus rien.

Martin Beck se demanda ce qui allait se passer lorsque Hult arriverait à l'âge de la retraite. Peut-être resterait-il à ne rien faire près de sa fenêtre, les mains sur la table, en attendant de disparaître, comme une fleur qui se fane.

On pouvait même se demander s'il possédait des vêtements civils. Probablement pas.

Les paupières de Martin Beck le piquaient et lui faisaient mal. Il ouvrit donc les yeux et fixa le plafond. Il était trop fatigué pour pouvoir dormir. Il mit l'un de ses bras sur ses yeux et se concentra sur le fait d'essayer de se détendre. Mais ses muscles étaient toujours crispés.

Depuis la salle de massage lui parvint le bruit de claques très rapides et d'un seau d'eau que l'on jetait sur un banc de marbre. Dans l'une des cabines voisines quelqu'un ronflait de façon très sonore.

Soudain l'image du corps mutilé de Nyman surgit devant les yeux de Martin Beck. Il pensa à ce que lui avait raconté Kollberg. Sur la façon dont Nyman lui avait appris à tuer.

Martin Beck n'avait jamais tué personne.

Il essaya de se demander l'impression que cela lui ferait. Non pas de tirer sur quelqu'un, il ne pensait pas que ce serait difficile peut-être parce que l'énergie qu'il faut déployer pour appuyer sur la détente n'a aucune commune mesure avec celle qui propulse la balle assassine. Tuer au moyen d'une arme à feu ne requiert aucun effort physique et, de plus, la distance qui sépare le meurtrier de sa victime réduit le sentiment d'agir véritablement. Mais tuer quelqu'un de façon active, pour ainsi dire, avec ses propres mains, un lacet, un couteau ou une baïonnette, c'était autre chose. Il pensa au cadavre étendu sur le sol de marbre de l'hôpital, à cette plaie béante à la gorge, au sang, à ces entrailles qui sortaient du corps et il eut alors la certitude qu'il serait incapable de tuer de cette façon-là.

Au cours de ses nombreuses années passées dans la police Martin Beck s'était souvent demandé s'il était lâche et, plus il vieillissait, plus il était sûr de la réponse. Oui, il était lâche mais cela ne le tourmentait plus autant que pendant sa jeunesse.

Il n'était pas certain d'avoir peur de mourir. Sa profession consistait à s'occuper de la mort des autres et cela avait quelque peu atténué sa propre peur de la mort. Il y pensait très rarement.

Lorsque l'employé vint frapper à la paroi de sa cabine pour lui annoncer qu'il était onze heures, Martin Beck n'avait pas fermé l'œil.

XVII

Animé de profonds sentiments de culpabilité, il regarda Rönn. Ils avaient certes dormi autant l'un que l'autre au cours des trente dernières heures, c'est-à-dire pas du tout, mais, en comparaison de son collègue, Martin Beck avait passé une journée confortable et même sybaritique à certains moments.

Le blanc des yeux de Rönn était maintenant à peu près aussi rouge que son nez mais ses joues et son front étaient d'une pâleur inquiétante et il avait sous les yeux des poches presque violettes. Sans pouvoir s'empêcher de bâiller, il sortit maladroitement son rasoir électrique du tiroir de son bureau.

Les héros sont fatigués, pensa Martin Beck.

Bien sûr, il avait quarante-huit ans et il était l'aîné mais Rönn en avait tout de même quarante-trois et l'époque où il est possible de sauter une nuit de sommeil était révolue, pour l'un comme pour l'autre, depuis pas mal de temps déjà.

En outre, Rönn s'obstinait à ne rien dire de sa propre initiative, fidèle en cela à son habitude, et Martin Beck dut faire un effort pour lui poser une question.

– Eh bien, qu'est-ce que tu as trouvé?

L'air malheureux, comme s'il s'était agi d'un chat crevé ou de quelque chose d'aussi peu ragoûtant, Rönn fit un signe en direction de son carnet de notes et dit d'une voix pâteuse :

– C'est là-dedans. Une vingtaine de noms. Je n'ai lu que les plaintes déposées contre Nyman au cours de sa dernière année en tant que commissaire chargé d'un district. Pour le reste, je me suis contenté de relever les noms et adresses de ceux qui ont porté plainte contre lui au cours des années précédentes. Si j'avais voulu regarder le tout de près, il m'aurait fallu la journée.

Martin Beck fit un petit signe d'approbation.

– Et puis la journée de demain, naturellement, et même la suivante et peut-être encore celle d'après, ajouta Rönn.

– Ça ne sert à rien d'aller plus loin, dit Martin Beck, il me semble que ce que tu as là remonte déjà assez loin.

– Oui, je crois qu'on peut le dire, conclut Rönn.

Il prit son rasoir et sortit en traînant les pieds, avec le cordon qui pendait derrière lui.

Martin Beck s'assit au bureau de Rönn et se mit en devoir de déchiffrer, en fronçant les sourcils, les notes de celui-ci. Son écriture serrée et pointue lui avait toujours causé des difficultés et n'avait certainement pas fini de le faire.

Puis il recopia les noms, les adresses et la nature des plaintes sur un bloc de papier rayé :

John Bertilsson, manœuvre, Götgatan nº 30, brutalités.

Et ainsi de suite.

Lorsque Rönn revint des toilettes, la liste était complète. Elle comportait exactement vingt-deux noms.

Les efforts de Rönn dans les toilettes n'avaient pas changé grand-chose à son allure, qui était même encore plus pitoyable qu'auparavant, sans doute. Peut-être était-il cependant un peu ragaillardi. Mais quant à se sentir vraiment en forme, cela aurait été beaucoup trop demander.

Martin Beck se dit qu'il ne serait peut-être pas déplacé de lui adresser quelques paroles d'encouragement, un peu de *peptalk* comme on disait maintenant.

– Einar, je sais que tu as autant envie de dormir que moi à l'heure qu'il est. Mais, si on continue encore un peu on va peut-être trouver quelque chose de décisif. Ça en vaut la peine, n'est-ce pas?

– Euh, sans doute, dit Rönn, légèrement dubitatif.

– Si par exemple tu prends les dix premiers noms de cette liste et moi les autres, on va très vite pouvoir en localiser la plupart et peut-être même les éliminer. D'accord?

– Si ça peut te faire plaisir.

Il n'y avait absolument pas la moindre conviction dans sa voix, pour ne pas parler de clichés tels que « volonté bien arrêtée » ou « ardeur à la lutte ».

Au lieu de cela, Rönn n'arrêtait pas de cligner des yeux et de frissonner malgré lui. Mais il s'assit gentiment à la table et tira le téléphone vers lui.

En lui-même, Martin Beck ne pouvait pas s'empêcher de se dire que tout cela était complètement absurde.

Pendant ses années d'activité, Nyman avait apparemment maltraité des centaines de personnes; et, naturellement, seule une petite partie d'entre elles avait porté plainte par écrit. Enfin, l'enquête sommaire de Rönn n'avait pu, à son tour, en faire apparaître que quelques-unes.

Mais sa longue expérience lui avait appris que, dans son métier, la plupart des choses paraissaient absurdes au départ, jusques et y compris celles qui finissaient par donner des résultats.

Martin Beck alla dans le bureau d'à côté et s'installa lui aussi au téléphone. Mais, au bout de trois tentatives, il lâcha déjà prise et resta assis sans rien faire, la main sur l'appareil. Il n'avait pas réussi à localiser une seule des personnes de la liste et il pensait maintenant à quelque chose de tout différent.

Au bout d'un instant, il sortit son propre carnet de notes, le feuilleta et composa le numéro personnel de Nyman. C'est son fils qui répondit, de sa voix étrangement mûre pour son âge.

– Ici le commissaire Beck. C'est moi qui suis venu cette nuit.

– Ah oui.

– Comment va ta mère, en ce moment?

– Oh, ça va bien. Elle se sent beaucoup mieux. Le docteur Blomberg est venu et elle a pu dormir quelques heures. Elle a l'air d'être en forme et...

Il s'interrompit.

– Et quoi?

– ... enfin, je veux dire que la disparition de papa n'était pas totalement inattendue pour elle, dit le garçon d'une voix mal assurée. Il était très malade. Et depuis longtemps.

– Tu crois que ta mère peut venir au téléphone?

– Oh, certainement. Elle est dans la cuisine. Ne quittez pas, je vais la chercher.

– Merci, dit Martin Beck.

Il entendit ses pas s'éloigner.

Quel père et quel mari un homme comme Nyman avait-il pu être? Le foyer n'avait pas l'air malheureux. Rien ne pouvait laisser penser qu'il n'avait pas été un bon père de famille, aimé des siens.

En tout cas, son fils avait bien failli éclater en sanglots.

– Allô, Anna Nyman à l'appareil.

– Commissaire Beck. Je voulais simplement vous poser une question.

– Laquelle?

– Combien de gens savaient que votre mari était à l'hôpital?

– Pas beaucoup, dit-elle d'une voix hésitante.

– Mais cela faisait longtemps qu'il était malade?

– Oui, c'est vrai. Mais Stig n'aimait pas beaucoup que cela se sache. Enfin...

– Oui?

– Il y avait quand même quelques personnes qui le savaient.

– Lesquelles? Pouvez-vous me le dire?

– Essentiellement des personnes de la famille.

– Plus précisément?

– Les enfants et moi, naturellement. Et puis Stig a... avait deux frères, l'un qui habite à Göteborg, l'autre à Boden.

Martin Beck hocha mentalement la tête. Les lettres trouvées dans la chambre avaient, en effet, été expédiées par les frères de Nyman.

– Et encore?

– Pour ma part, je n'ai ni frère ni sœur. Mes parents sont morts, je n'ai donc plus de famille. Mis à part un oncle qui vit en Amérique et que je n'ai jamais rencontré.

– Et parmi vos amis?

– Nous n'en avons pas tellement. Je veux dire : nous n'en *avions*. A part le docteur Blomberg qui est venu cette nuit. C'était un de nos amis et, de plus, c'était le médecin personnel de Stig, il était donc au courant.

– Je comprends.

– Et puis le capitaine Palm et sa femme. Mon mari et lui étaient des camarades de régiment. Nous les fréquentions également.

– Personne d'autre?

– Non. Vraiment pas. Nous n'avions pas beaucoup de vrais amis. Simplement ceux que je viens de citer.

Elle s'interrompit. Martin Beck attendit la suite.

– Stig disait toujours...

Elle n'acheva pas sa phrase.

– Que disait-il?

– Que, lorsqu'on est dans la police, on n'a pas beaucoup d'amis.

Martin Beck ne pouvait que reconnaître l'exactitude

de cette remarque. Pour sa part, il n'en avait pas. A part Kollberg et sa propre fille. Et une femme du nom d'Åsa Torell. Mais qui était également dans la police.

Et peut-être Per Månsson, un policier de Malmö.

– Ces personnes savaient donc que votre mari était à l'hôpital de Sabbatsberg?

– Pas exactement. La seule personne qui le savait vraiment c'est le docteur Blomberg. Parmi nos amis, je veux dire.

– Qui lui rendait visite?

– Stefan et moi. Tous les jours.

– Personne d'autre?

– Non.

– Le docteur Blomberg non plus, alors?

– Non. Stig ne voulait voir personne d'autre que notre fils et moi. En fait, il ne voulait même pas que Stefan vienne.

– Pourquoi pas?

– Il ne voulait pas qu'on le voie. Vous comprenez...

Martin Beck attendit la suite.

– Stig avait toujours été un homme en très bonne forme et très bien entraîné, finit-elle par dire. Mais ces derniers temps il avait beaucoup baissé et il avait probablement honte de lui-même.

– Mmm, dit Martin Beck.

– Mais Stefan n'y prêtait pas attention. Il adorait son père. Ils étaient très proches l'un de l'autre.

– Votre fille aussi?

– Stig ne s'occupait pas d'elle de la même façon. Avez-vous des enfants vous-même?

– Oui.

– Garçon et fille?

– Oui.

– Alors vous savez ce qu'il en est. Je veux dire entre les pères et les fils.

Personnellement, Martin Beck n'en savait rien. Il

réfléchit à la chose assez longuement pour que la femme de Nyman lui demande :

– Vous êtes toujours là, monsieur le commissaire?

– Oui, bien sûr. Et les voisins?

– Les voisins?

– Oui, savaient-ils que votre mari était à l'hôpital?

– Bien sûr que non.

– Comment leur avez-vous expliqué son absence, alors?

– Je n'ai rien expliqué du tout. Nous ne nous fréquentons pas.

– Et votre fils? Il n'en a jamais parlé à ses camarades?

– Stefan? Non, certainement pas. Il connaissait le désir de son père. Il ne lui serait jamais venu à l'idée de faire quoi que ce soit qui puisse lui déplaire. Sauf de venir le voir tous les jours. Et, au fond de lui-même, cela faisait certainement très plaisir à Stig.

Martin Beck prit quelques notes sur le bloc qui se trouvait devant lui et dit en guise de conclusion :

– Donc seuls vous-même, Stefan, le docteur Blomberg et les deux frères du commissaire Nyman savaient exactement que votre mari était à l'hôpital, dans quel service et dans quelle chambre il se trouvait?

– C'est cela.

– Alors j'en ai presque terminé. Une dernière chose, simplement.

– Laquelle?

– Lesquels parmi ses collègues votre mari et vous fréquentiez-vous?

– Je ne comprends pas.

Martin Beck lâcha son stylo et se massa la racine du nez entre le pouce et l'index. S'était-il vraiment exprimé avec si peu de clarté?

– Je veux dire ceci : quels membres de la police fréquentiez-vous, votre mari et vous?

– Aucun.
– Quoi?
– Comment dites-vous?
– Votre mari ne fréquentait aucun de ses collègues? Il ne les rencontrait pas en dehors des heures de service?
– Non. Pendant les vingt-six ans de notre mariage aucun membre de la police n'a jamais mis les pieds chez nous.
– Vous parlez sérieusement?
– Oui. Vous-même et votre collègue êtes les premiers à l'avoir fait, cette nuit. Mais Stig était déjà mort.
– Mais il a quand même bien dû y avoir des subordonnés qui venaient chercher diverses choses ou bien lui remettre des messages?
– Oui. Bien sûr. Des ordonnances.
– Pardon?
– C'est ainsi que mon mari les appelait. Ceux qui venaient ici. Il y en avait de temps en temps. Mais ils n'avaient pas le droit de franchir la porte. Stig était très strict sur ce point.
– Vraiment?
– Oui. Toujours. Si un agent venait le chercher, lui remettre quelque chose ou pour toute autre raison, nous ne le faisions jamais entrer. Si c'était moi ou l'un des enfants qui allait ouvrir, nous demandions toujours à l'intéressé d'attendre et nous refermions la porte jusqu'à ce que Stig soit prêt.
– C'était lui qui le voulait?
– Oui. Il nous avait donné des instructions très précises en ce sens, une fois pour toutes.
– Mais il avait tout de même des collègues avec lesquels il travaillait depuis bien des années. C'était valable pour eux également?
– Oui.
– Et vous ne connaissez aucun d'entre eux?
– Non. Pas autrement que de nom.

– Mais il devait quand même bien parler de ceux qui travaillaient avec lui?
– Très rarement.
– De ses supérieurs, alors?
– Très rarement également. Vous savez, l'un des principes de Stig était de maintenir une cloison très étanche entre le service et la vie privée.
– Vous connaissez tout de même quelques noms, m'avez-vous dit. Lesquels?
– Surtout les principaux chefs, le directeur général de la police nationale, le préfet de police, naturellement, le sous-directeur...
– A la Sûreté publique?
– Oui, dit-elle. Il y en a d'autres?
Rönn pénétra dans la pièce, quelques papiers à la main. Martin Beck le regarda, tout étonné. Puis il se reprit et poursuivit la conversation.
– Mais il a quand même bien dû vous citer le nom de quelques-uns de ceux avec lesquels il collaborait directement?
– Oui, au moins un. Je sais qu'il avait un subordonné qu'il estimait beaucoup. Quelqu'un du nom de Hult. Stig en parlait de temps en temps. Ils travaillaient déjà ensemble avant que nous nous rencontrions.
– Vous connaissez donc Hult?
– Non. Autant que je sache, je ne l'ai jamais rencontré.
– Jamais?
– Non. Mais je lui ai parlé au téléphone.
– C'est tout?
– Oui.
– Attendez une seconde, madame Nyman.
– Bien sûr.
Martin Beck posa devant lui, sur la table, la main qui tenait le combiné. Il réfléchit très intensément tout en se grattant la racine des cheveux avec le bout des doigts de la main droite. Rönn bâilla avec indifférence.

Martin Beck porta à nouveau l'écouteur à l'oreille.
– Madame Nyman?
– Oui.
– Savez-vous quels sont les prénoms du brigadier Hult?
– Oui, mais tout à fait par hasard. Il s'appelle Palmon Harald Hult. Par contre, je ne savais pas quel était son grade.
– Vous avez dit : tout à fait par hasard.
– Oui. En effet. Son nom est écrit devant moi sur le bloc posé à côté du téléphone. Palmon Harald Hult.
– Qui l'a écrit?
– Moi-même.
Martin Beck ne dit rien.
– M. Hult a en effet téléphoné hier soir pour s'inquiéter de mon mari. Il a été très affecté d'apprendre qu'il était malade.
– Et vous lui avez donné l'adresse de l'hôpital?
– Oui. Il voulait lui envoyer des fleurs. Et, comme je vous l'ai dit, j'avais déjà entendu parler de lui. C'est la seule personne à laquelle j'aurais jamais envisagé de donner cette adresse, à part...
– A part?
– Eh bien, le directeur de la police nationale, le préfet de police, le sous-directeur, naturellement...
– Je comprends. Vous avez donc donné cette adresse à Hult?
– Oui.
Elle marqua une pause. Puis, d'une voix qui trahissait un début d'inquiétude :
– Que voulez-vous dire?
– Rien, dit Martin Beck, pour s'efforcer de l'apaiser. Cela n'a sans doute aucune importance.
– Mais vous avez l'air tellement...
– C'est uniquement parce que nous sommes dans l'obligation de contrôler tous les détails, madame Nyman. Vous avez été très aimable. Je vous remercie.

– Merci, dit-elle d'une voix déconcertée.

– Merci, répéta Martin Beck avant de raccrocher.

Rönn s'appuya contre le chambranle de la porte et dit :

– Je crois que j'ai vérifié tout ce que je pouvais pour l'instant. Il y en a deux qui sont morts et, ce têtu d'Eriksson, personne ne le connaît.

– Ah bon, dit Martin Beck, l'air absent, tout en écrivant un nom en capitales sur le bloc qui se trouvait devant lui.

PALMON HARALD HULT.

XVIII

Si Hult était au travail il devait être à son bureau. Il n'était plus tout jeune et avait surtout des écritures à faire, du moins officiellement.

Mais l'homme qui répondit au téléphone, au commissariat du quartier Sainte-Marie, n'eut pas l'air de comprendre du tout :

– Hult? Non, il n'est pas là. D'ailleurs il est toujours en congé le samedi et le dimanche.

– Vous ne l'avez pas vu aujourd'hui?

– Non.

– Vous êtes sûr?

– Oui. En tout cas pas moi.

– Voulez-vous avoir l'amabilité de poser la question aux autres?

– Quels autres?

– On n'est tout de même pas à court d'effectifs au point d'avoir un seul homme pour tout le deuxième district, dit Martin Beck, légèrement irrité. Vous n'êtes pas seul dans le commissariat, n'est-ce pas?

– Non, bien sûr, dit l'homme en se radoucissant. Ne quittez pas, je vais demander.

Martin Beck entendit le bruit que fit le combiné lorsqu'on le posa sur la table et l'écho de pas lourds qui s'éloignaient.

Puis, au loin, une voix qui criait :

– Eh, dites, est-ce qu'il y a quelqu'un parmi vous qui a vu Hult? C'est cette espèce de crâneur de Beck, de la criminelle, qui voudrait le savoir.

Le reste se perdit dans un brouhaha.

Martin Beck attendit en jetant un regard las à Rönn, qui en jeta un encore plus las à sa montre-bracelet.

Pourquoi le gars du commissariat de Sainte-Marie le trouvait-il crâneur? Probablement parce qu'il ne l'avait pas tutoyé. Martin Beck avait du mal à tutoyer de jeunes agents de police à peine sevrés et à se laisser tutoyer par eux.

Pourtant, il n'était pas du tout à cheval sur le règlement en matière de politesse.

Comment un homme comme Nyman aurait-il réagi, alors, en pareille circonstance?

A nouveau du bruit au bout du fil.

– En ce qui concerne Hult...

– Eh bien?

– Il semble bien qu'il soit passé ici. Il y a à peu près une heure et demie. Mais il est reparti presque aussitôt.

– Où cela?

– Tout le monde l'ignore.

Martin Beck laissa passer cette façon générale de s'exprimer sans émettre d'objection et dit :

– Bon, merci.

Pour plus de sûreté il composa également le numéro personnel de Hult mais, comme il s'y attendait, personne ne répondit et il reposa l'appareil au bout de la cinquième sonnerie.

– Qui est-ce que tu cherches? demanda Rönn.

– Hult.

– Ah.

On ne pouvait pas reprocher à Rönn de pousser la curiosité jusqu'à l'indiscrétion, pensa Martin Beck, légèrement irrité. Puis il dit :

– Einar?

– Oui.

– Hult a téléphoné à la femme de Nyman hier soir et elle lui a donné l'adresse de l'hôpital.
– Ah bon.
– On peut se demander pourquoi.
– Il voulait sans doute lui envoyer des fleurs ou quelque chose comme ça, dit Rönn d'un ton indifférent. Ils étaient copains, Nyman et lui.
– Pourtant, peu de gens savaient que Nyman était à l'hôpital de Sabbatsberg.
– C'est bien pour ça que Hult a été obligé de téléphoner à sa femme, dit Rönn.
– Étrange coïncidence.
Ce n'était pas une question et Rönn se garda bien de répondre, en effet. Au lieu de cela il dit :
– Euh, je t'ai dit que je n'ai pas pu mettre la main sur cet Eriksson.
– Quel Eriksson?
– Åke Eriksson, cet agent de police qui se plaignait toujours de tout.
Martin Beck fit un signe de tête. Il se rappelait ce nom, maintenant, bien qu'il ne l'ait pas entendu depuis un certain temps. Mais ce n'était pas le genre de nom dont on se souvient volontiers et, de plus, il était trop occupé à penser à Hult.
Il avait lui-même parlé à celui-ci moins de deux heures auparavant. Comment s'était-il comporté? Sur le moment, la nouvelle de la mort de Nyman n'avait pas suscité chez lui de réaction. Ensuite, Hult était allé au boulot, comme il le disait lui-même.
Martin Beck n'avait rien trouvé d'anormal à cela. Hult était un policier de la vieille école, à la peau dure et aux réactions lentes; le contraire même d'un impulsif. Il paraissait tout à fait normal qu'il se soit porté volontaire pour participer aux recherches visant à mettre la main sur l'assassin d'un collègue. Dans certaines circonstances, Martin Beck aurait agi exactement comme lui.
Ce qui paraissait plus étrange, c'était cette commu-

nication téléphonique. Pourquoi n'avait-il pas dit qu'il avait parlé à la femme de Nyman pas plus tard que la veille au soir? Et si son seul motif avait été de lui faire parvenir ses salutations sous une forme ou sous une autre, pourquoi avait-il téléphoné le soir?

Par contre, s'il voulait savoir où se trouvait exactement Nyman pour une autre raison que pour lui envoyer des fleurs...

Martin Beck se força à observer une pause dans ses réflexions.

Hult avait-il vraiment téléphoné le soir?

Et si oui, à quelle heure?

Il fallait obtenir ce renseignement.

Martin Beck poussa un soupir, décrocha le combiné et composa pour la troisième fois le numéro d'Anna Nyman.

Cette fois ce fut elle-même qui répondit.

– Ah, dit-elle, d'une voix résignée. Le commissaire Beck.

– Je suis malheureusement dans l'obligation de vous poser encore quelques questions à propos de cette conversation téléphonique.

– Lesquelles?

– Vous m'avez dit que le brigadier Hult vous a téléphoné hier soir?

– Oui

– A quelle heure?

– Assez tard, mais je ne peux pas vous dire l'heure exacte.

– Mais à peu près?

– Euh...

– Étiez-vous déjà couchée?

– Oh non... oh, attendez une seconde.

Elle se tut et Martin Beck se mit à tambouriner nerveusement des doigts sur son bureau. Il l'entendit parler avec quelqu'un, sans doute son fils, mais ne put distinguer ce qu'ils disaient.

– Allô.

– Oui.
– Je parlais à Stefan. En effet, nous avons regardé la télévision ensemble hier soir. Nous avons commencé par regarder un film avec Humphrey Bogart mais il nous a tellement déplu que nous sommes passés sur la deuxième chaîne. Ils donnaient une émission de variétés avec Benny Hill et elle venait de commencer quand le téléphone a sonné.
– Parfait. Depuis combien de temps cette émission durait-elle?
– Très peu de temps. Cinq minutes au plus.
– Merci, madame Nyman. Une dernière chose.
– Oui, quoi?
– Vous rappelez-vous exactement ce que vous a dit Hult?
– Non, pas mot pour mot. Il m'a simplement demandé de parler à Stig et quand je lui ai dit que...
– Excusez-moi de vous interrompre. Vous a-t-il dit : « Puis-je parler à Stig? »
– Non, naturellement pas. Il a été parfaitement correct.
– C'est-à-dire?
– Il m'a d'abord prié de l'excuser et ensuite il m'a demandé s'il était possible de parler au commissaire Nyman.
– Pourquoi vous a-t-il demandé de l'excuser?
– Pour m'avoir dérangée si tard, naturellement.
– Et que lui avez-vous répondu?
– Je lui ai demandé qui téléphonait. Ou, plus exactement : C'est de la part de qui?
– Et que vous a dit Hult, alors?
– Il m'a dit à peu près : Je suis un collègue du commissaire Nyman. Et ensuite il m'a dit son nom.
– Et que lui avez-vous répondu?
– Comme je vous l'ai déjà dit j'ai tout de suite reconnu son nom et je savais, d'une part, qu'il avait déjà téléphoné et, d'autre part, que c'était l'une des rares personnes que Stig appréciait vraiment.

– Il avait déjà téléphoné, dites-vous. Souvent?

– Quelques fois en l'espace de toutes ces années. Quand mon mari était à la maison et en bonne santé, c'était presque toujours lui qui répondait au téléphone, alors il se peut qu'il ait en effet appelé assez souvent.

– Et que lui avez-vous dit?

– Je vous l'ai déjà expliqué.

– Excusez-moi d'insister, madame Nyman, mais cela peut être important.

– J'ai dit que Stig était malade. Il a alors paru étonné et désolé, il m'a demandé si c'était grave et...

– Et?

– Alors je lui ai dit qu'hélas oui, c'était assez grave et qu'il était à l'hôpital. Ensuite il m'a demandé s'il pouvait aller le voir et j'ai répondu que mon mari ne désirait pas de visites.

– Il s'est contenté de cette réponse?

– Oui, naturellement. Harald Hult connaissait bien Stig. Puisqu'ils ont travaillé ensemble.

– Mais il a dit qu'il allait lui envoyer des fleurs?

Je lui souffle la réponse, pensa Martin Beck en lui-même. Pouah.

– Exactement, et qu'il voulait lui mettre un mot. Je lui ai alors dit que Stig était à Sabbatsberg et lui ai indiqué le service et le numéro de la chambre. Je me souviens que Stig m'avait dit une ou deux fois que Hult était quelqu'un de très correct et en qui on pouvait avoir confiance.

– Et ensuite?

– Il m'a prié de l'excuser à nouveau, m'a remerciée et m'a dit bonne nuit.

Martin Beck remercia lui aussi et faillit même ajouter « bonne nuit » sur sa lancée. Puis il se tourna vers Rönn et dit :

– Tu as regardé la télé hier soir?

Rönn lui répondit par un regard lourd de reproches.

– Non, bien sûr, que je suis bête. Tu étais de service. Alors pourrais-tu t'informer de l'heure à laquelle a commencé l'émission de Benny Hill sur la deuxième chaîne?

– Rien de plus facile, dit Rönn en sortant, l'air penaud.

Il revint en tenant à la main un journal qu'il parcourut attentivement avant de dire :

– Vingt et une heures vingt-cinq.

– Hult a donc téléphoné à neuf heures et demie du soir. C'est assez tard, pour quelqu'un qui n'a pas de raison particulière.

– Qu'est-ce qui te dit qu'il n'en avait pas?

– En tout cas, il n'en a pas parlé. Mais il a pris bien soin de s'informer de l'endroit où se trouvait Nyman.

– Oui. Pour lui envoyer des fleurs.

Martin Beck regarda longuement Rönn. Il fallait aller jusqu'au fond des choses sur ce point.

– Tu peux m'écouter une minute, Einar?

– Oui, bien sûr.

Martin Beck résuma tout ce qu'il savait sur le comportement de Hult au cours des dernières vingt-quatre heures, depuis la conversation téléphonique avec Madame Nyman jusqu'à son propre entretien avec lui à son domicile, sans oublier le fait qu'il était pour l'instant impossible de savoir où il se trouvait.

– Tu crois que c'est Hult qui a planté sa baïonnette dans le ventre de Nyman?

Cette question était étrangement directe de la part de Rönn.

– Non, je ne peux pas vraiment dire ça.

– Moi, je trouve que c'est drôlement tiré par les cheveux. Et plutôt bizarre.

– Le comportement de Hult est assez bizarre, lui aussi, c'est le moins qu'on puisse dire.

Rönn ne répondit rien.

– De toute façon, je veux mettre la main sur Hult et

lui poser quelques questions au sujet de cette conversation téléphonique, dit Martin Beck d'une voix énergique.

La fermeté de son ton ne parut pas impressionner particulièrement Rönn, qui bâilla à se décrocher la mâchoire et dit :

– Lance un appel à la radio, alors, il n'est certainement pas loin.

Martin Beck lui lança un regard surpris et dit :

– Oui, ce n'est pas bête ce que tu dis là.

– Pourquoi « pas bête » ? dit Rönn, comme s'il venait d'être injustement soupçonné de quelque chose.

Martin Beck empoigna le téléphone et donna immédiatement des instructions pour que l'on prie le brigadier Harald Hult de se mettre en rapport dès que possible avec la brigade des agressions, à Kungsholmsgatan.

Lorsqu'il eut fini, il resta assis, la tête entre les mains.

Il y avait quelque chose qui ne collait pas. Et puis toujours cette impression d'un danger suspendu au-dessus de sa tête. Qui le menaçait? Hult? Ou bien était-ce quelque chose d'autre qu'il avait négligé?

– Il faut quand même que je te dise une chose, dit Rönn.

– Quoi donc?

– Eh bien : si je téléphonais à ta femme pour demander de tes nouvelles...

Mais il s'interrompit soudain en marmonnant :

– Non, c'est vrai. Tu es divorcé.

– Qu'est-ce que tu allais dire?

– Rien du tout, dit Rönn, l'air tout triste. Je n'avais pas fait attention à ce que je disais. Je ne veux pas me mêler de ta vie privée.

– Mais qu'est-ce que tu voulais dire?

Rönn réfléchit une seconde afin de trouver une meilleure formulation.

– Eh bien que, si tu étais marié et que je téléphonais

à ta femme pour lui demander de te parler et qu'elle me demandait qui je suis...

– Eh bien?

– Eh bien, je ne dirais pas : Einar Valentino Rönn.

– Qui est-ce qui porte un nom pareil, bon sang?

– Moi. Je m'appelle comme ça. A cause de la vedette de cinéma. Ma mère avait parfois ce genre de toquade.

Le visage de Martin Beck s'éclaira.

– Tu veux donc dire?

– Que ça paraît quand même plutôt bizarre que Hult téléphone à la femme de Nyman et se présente sous le nom de Palmon Harald Hult.

– Comment sais-tu qu'il s'appelle ainsi?

– C'est toi qui l'as écrit en capitales sur le bloc de Melander. Et puis...

– Et puis quoi?...

– Et puis je l'ai dans mes papiers. Dans la plainte d'Åke Eriksson.

Le regard de Martin Beck s'éclaircit lentement.

– Bien, Einar, dit-il. Très bien.

Rönn bâilla.

– Qui est-ce qui est de service ici? demanda soudain Martin Beck.

– Gunvald. Mais il a filé. Il est désespérant.

– Il doit bien y avoir quelqu'un d'autre.

– Oui. Strömgren.

– Et où est Melander?

– Chez lui, je suppose. Il est en congé le samedi, maintenant.

– On ferait peut-être bien de s'intéresser de plus près à l'ami Eriksson, dit Martin Beck. Le pire est que je ne me souviens pas de grand-chose.

– Moi non plus, dit Rönn. Mais Melander, oui. Il se souvient de tout, Melander.

– Dis à Strömgren de nous sortir tout ce qu'il peut trouver sur Åke Eriksson. Et téléphone à Melander pour lui demander de venir. Tout de suite.

– Ça ne va peut-être pas être facile. Il est vice-commissaire, maintenant. Il n'aime pas beaucoup sacrifier ses jours de liberté.

– Dis-lui que c'est de ma part, dit Martin Beck.

– Oui, je peux toujours le faire, dit Rönn, avant de quitter la pièce en traînant les pieds.

Deux minutes plus tard il était de retour.

– Strömgren a commencé les recherches, dit-il.

– Et Melander?

– Oui, il va venir. Mais...

– Mais quoi?

– Il n'avait pas l'air très heureux.

Cela aurait été beaucoup demander, il est vrai.

Martin Beck attendit. En tout premier lieu que Hult fasse sa réapparition.

Et ensuite de pouvoir parler à Melander.

Fredrik Melander était l'un des éléments les plus précieux de la brigade. C'était un homme à la mémoire légendaire. Un raseur mais un détective doté de qualités très rares. Face à lui la technique moderne, avec tous ses perfectionnements, pouvait toujours s'aligner car Melander était capable de faire, en l'espace de quelques minutes, le tri de tout ce qu'il avait lu, vu ou entendu sur n'importe qui ou sur n'importe quel sujet et ensuite de vous le servir sous la forme d'un récit parfaitement clair et intelligible.

Aucun ordinateur n'était capable de cela.

Par contre, ce n'était pas un homme de plume. Martin Beck regarda les quelques notes qu'il y avait sur son bloc. Elles étaient rédigées d'une écriture très particulière, très contournée, et absolument illisibles.

XIX

Rönn s'appuya contre le chambranle de la porte et se mit à ricaner. Martin Beck le regarda, étonné, et lui demanda :

– Pourquoi ris-tu?

– Eh bien, je viens de penser que tu recherches un membre de la police et que moi je recherche un autre membre de la police mais que c'est peut-être le même.

– Le même?

– Non, bien sûr. Åke Eriksson est Åke Eriksson et Palmon Harald Hult est Palmon Harald Hult.

Martin Beck se demanda s'il ne ferait pas mieux de renvoyer Rönn chez lui. On pouvait même se demander si sa présence à cet endroit était bien légale car, selon la loi qui était entrée en application au début de l'année, aucun membre de la police n'avait le droit de faire plus de cent cinquante heures supplémentaires par an, dont un maximum de cinquante au cours du même trimestre. Théoriquement, cela pouvait avoir pour conséquence qu'un agent de police était payé tout en se trouvant dans l'interdiction de travailler. Il y avait pourtant une exception : dans des circonstances exceptionnelles.

Était-ce le cas actuellement? Ce n'était pas impensable.

Mais peut-être aurait-il dû arrêter Rönn? Bien que le trimestre ne fût commencé que depuis quatre jours, il avait déjà utilisé toute sa ration d'heures supplémentaires. Ce serait sans conteste un développement intéressant de l'enquête.

Par ailleurs le travail continuait normalement.

Ce qui voulait dire que Strömgren avait trouvé un certain nombre de vieux papiers et entrait de temps en temps dans le bureau pour en apporter d'autres.

Martin Beck les regarda avec un sentiment croissant de dégoût.

Et il lui venait sans cesse à l'idée de nouvelles questions à poser à Anna Nyman.

Mais il hésitait, la main sur le téléphone. Ne serait-ce pas abuser que de l'appeler encore une fois? Est-ce qu'il ne pourrait pas demander à Rönn de le faire? Mais, dans ce cas, il serait tout de même dans l'obligation de l'appeler lui-même et de lui présenter ses excuses non seulement pour son propre compte mais également pour celui de Rönn.

Devant une telle perspective il prit son courage à deux mains, décrocha le combiné et composa le numéro de la maison du malheur, pour la quatrième fois de la journée.

– Allô.

La voix de la veuve était un peu plus ferme à chaque fois qu'il l'entendait. Tout était en train de redevenir normal. Nouvelle preuve de cette faculté d'adaptation que possède l'être humain, si fréquemment attestée. Il se secoua et dit :

– C'est à nouveau le commissaire Beck.

– Mais il n'y a pas plus de dix minutes que je vous ai eu au bout du fil...

– Oui, je sais. Et je vous prie de m'excuser. Il vous est peut-être pénible de parler de... cet incident?

Ne pouvait-il vraiment rien trouver de mieux à dire?

– Je commence à être habituée, dit Anna Nyman,

avec une certaine froideur. Que désirez-vous maintenant, monsieur le commissaire?

Elle avait de toute évidence appris l'importance des titres dans la police.

– Eh bien, je voudrais vous reparler de cette conversation téléphonique.

– Avec le brigadier Hult?

– C'est cela. Vous m'avez dit que ce n'était pas la première fois que vous lui parliez.

– En effet.

– Avez-vous reconnu sa voix?

– Naturellement pas.

– Pourquoi cela?

– Parce que, sans cela, je n'aurais pas eu besoin de lui demander son nom.

Allons bon. Il aurait mieux fait de laisser Rönn téléphoner, après tout.

– Vous n'y avez pas pensé, monsieur le commissaire? s'étonna la femme.

– Pour dire vrai, non.

La plupart auraient rougi ou répondu de façon évasive. Mais pas Martin Beck. Sans se démonter, il poursuivit :

– Ce pouvait donc être n'importe qui.

– Cela ne vous paraît pas bizarre, monsieur le commissaire, que « n'importe qui », comme vous dites, téléphone et dise qu'il s'appelle Palmon Harald Hult?

– Je veux dire que ce pouvait fort bien être quelqu'un d'autre que Hult.

– Qui cela?

Excellente question, se dit Martin Beck, avant de poursuivre :

– Vous ne sauriez pas dire l'âge approximatif de la personne qui parlait?

– Non.

– Ni décrire sa voix, si peu que ce soit?

– Disons qu'elle était claire. Peut-être un peu brusque.

Claire, un peu brusque : c'était une excellente description de la voix de Hult, en fait. Mais il n'était pas le seul dans ce cas, dans la police, surtout parmi ceux qui étaient issus de l'armée. Et, naturellement, il n'y avait pas que les policiers à posséder ce genre de voix.

– Est-ce qu'il ne serait pas plus simple d'interroger le brigadier Hult ? demanda la femme.

Martin Beck s'abstint de tout commentaire. Au lieu de cela, il s'aventura sur un terrain de plus en plus glissant.

– Être dans la police signifie presque toujours se faire un certain nombre d'ennemis.

– Oui, vous me l'avez déjà dit. Lors de notre deuxième conversation. Je ne sais pas si vous vous rendez compte, monsieur le commissaire, mais c'est la cinquième fois que nous nous parlons en moins de douze heures ?

– Je suis désolé. Vous m'avez dit, pour votre part, que vous n'aviez pas connaissance d'ennemis qu'aurait pu avoir votre mari.

– C'est exact.

– Mais vous saviez tout de même qu'il avait eu certains ennuis dans l'exercice de ses fonctions ?

Martin Beck eut l'impression qu'elle éclatait de rire.

– Je ne comprends plus ce que vous voulez dire.

Oui, en fait elle avait bien ri.

– Ce que je veux dire, dit Martin Beck, impitoyable, c'est que bien des gens semblent avoir été d'avis que votre mari n'effectuait pas son travail comme il convient de le faire.

Ces paroles produisirent l'effet recherché : le sérieux s'instaura à nouveau dans la conversation.

– Vous plaisantez, monsieur le commissaire ?

– Non, dit Martin Beck d'une voix un peu plus douce. Je ne plaisante pas. Votre mari a fait l'objet de nombreuses plaintes.

– Pour quel motif?

– Pour brutalités.

Elle respira profondément et dit :

– C'est complètement absurde. Vous devez confondre avec quelqu'un d'autre.

– Je ne crois pas.

– Stig était l'être le plus doux que je connaisse. Par exemple, nous avons toujours eu un chien. En fait, nous en avons eu quatre, l'un après l'autre. Stig les adorait, il avait avec eux une patience infinie, même avant qu'ils soient propres. Il s'occupait d'eux pendant des semaines sans jamais perdre patience.

– Ah bon.

– Et il n'a jamais levé la main sur les enfants. Même quand ils étaient petits.

Martin Beck avait souvent levé la main sur ses enfants. Surtout quand ils étaient petits.

– Il ne vous a jamais parlé de difficultés qu'il aurait eues dans le service?

– Non. Je vous ai déjà dit qu'il ne parlait pratiquement jamais de son métier. D'ailleurs, je ne crois pas un mot de ce que vous dites. Vous devez faire erreur, c'est tout ce que je peux dire.

– Mais il exprimait tout de même certaines idées? De façon générale?

– Oui : il considérait que la société était en grand danger sur le plan moral. Parce que ce régime avait commis bien des erreurs.

C'était un point de vue qu'on pouvait difficilement lui reprocher. Il se trouvait seulement qu'il faisait partie de la minorité qui aurait certainement rendu les choses encore pires si elle en avait eu l'occasion.

– Est-ce tout? demanda Anna Nyman. J'ai un certain nombre de choses à faire en ce moment, comme vous pouvez peut-être vous en douter.

– Oui, pour l'instant en tout cas. Je regrette d'avoir été dans l'obligation de vous déranger.

– Je vous en prie.

Elle n'avait pas l'air particulièrement sincère.
– Nous serons peut-être seulement contraints de vous demander d'identifier cette voix.
– Celle du brigadier Hult?
– Oui, vous croyez que vous la reconnaîtrez?
– Je le pense. Au revoir.
– Au revoir.
Martin Beck poussa le téléphone loin de lui. Strömgren entra, portant encore de nouveaux papiers. Rönn se tenait debout près de la fenêtre et regardait à l'extérieur, ses lunettes descendues sur le bout du nez.
– Eh bien mon vieux, dit-il calmement.
C'était également un commentaire.
– Dans quelle arme était Hult lorsqu'il était militaire de carrière?
– La cavalerie, dit Rönn.
Le paradis des sadiques.
– Et Eriksson?
– Lui, il était dans l'artillerie.
Il y eut quinze secondes de silence, puis Rönn reprit :
– Tu penses à la baïonnette?
– Oui.
– C'est bien ce que je me disais.
– Qu'est-ce que tu veux dire?
– Il se trouve seulement que n'importe qui peut acheter ce genre d'engin pour cinq couronnes aux surplus de l'armée.
Martin Beck ne répondit pas.
Rönn ne l'avait jamais particulièrement impressionné, mais il ne lui était jamais venu à l'idée non plus que cette opinion puisse être partagée.
On entendit tapoter à la porte.
C'était Melander.
Melander était le seul être au monde auquel il puisse venir à l'idée de frapper à la porte de son propre bureau.

XX

Lennart Kollberg s'inquiétait du facteur temps. Il avait le sentiment qu'il fallait qu'il se passe quelque chose de dramatique mais, jusque-là, rien n'était venu perturber le cours de la routine. Le cadavre avait été emporté et le sol nettoyé. Les draps tachés de sang avaient été emmenés. Le lit avait été évacué dans une direction et la table de nuit dans une autre. Tous les objets personnels de Nyman avaient été mis dans des sachets en plastique placés à leur tour dans un grand sac. Celui-ci se trouvait maintenant dans le couloir, attendant que quelqu'un se charge de lui. Les constatations sur place étaient terminées et rien ne rappelait plus Stig Nyman dans cette pièce, même pas une silhouette dessinée à la craie sur le sol. Cette méthode était maintenant dépassée et on ne l'employait plus que dans des circonstances exceptionnelles. Les seuls à la regretter étaient les photographes de presse.

En fait, il ne restait plus dans cette chambre que la chaise du visiteur, sur laquelle il était lui-même assis, en train de réfléchir.

Que fait une personne qui vient de tuer? L'expérience lui avait appris qu'il existait une foule de réponses à cette question.

Il était arrivé à Kollberg lui-même de tuer quelqu'un, une fois. Qu'avait-il fait ensuite? Il avait longuement et mûrement réfléchi, pendant des années en fait, puis il était allé rendre son pistolet de service, son autorisation de port d'arme et tout le fourniment, et il avait dit qu'il ne voulait plus jamais être armé. Cela datait de bien longtemps maintenant et il se souvenait vaguement avoir porté une arme pour la dernière fois au cours de l'été 1964, à Motala, pendant la tristement célèbre enquête sur le meurtre d'une Américaine prénommée Roseanna *. Il lui arrivait pourtant encore de penser à ce regrettable moment de sa vie. Par exemple lorsqu'il se regardait dans la glace : voilà le visage d'un homme qui a tué, se disait-il.

Au cours de ses nombreuses années dans la police il s'était trouvé face à face avec des meurtriers de toutes espèces, en nombre trop important pour qu'il puisse en avoir une conscience bien claire. Et il avait eu le temps de se convaincre que le comportement d'une personne qui vient de commettre un acte de violence peut varier du tout au tout. Certains vomissent, d'autres vont prendre un bon dîner et d'autres encore vont se faire justice. Certains sont pris de panique et s'enfuient, n'importe où, mais d'autres rentrent chez eux et vont tout simplement se coucher.

Essayer de formuler des hypothèses sur ce point n'était donc pas seulement délicat, du point de vue professionnel, c'était également une erreur car cela risquait de lancer l'enquête sur une fausse piste.

Tout de même, les circonstances du meurtre de Nyman l'amenaient à se demander ce que l'homme à la baïonnette avait bien pu faire juste après son acte et ce qu'il était en train de faire actuellement.

Quelles étaient donc ces circonstances? D'une part, cette violence de l'acte lui-même, qui ne pouvait guère être l'expression que de sentiments tout aussi violents et laissait redouter d'autres gestes du même genre.

* Voir *Roseanna*, 10/18 n° 1716 (*N.d.T.*)

Mais était-ce vraiment aussi simple? Kollberg se souvenait parfaitement de ce qu'il avait éprouvé lorsque Nyman s'efforçait de faire son instruction. Il avait tout d'abord été pris de vomissements et de tremblements nerveux qui l'avaient empêché de manger mais, peu de temps après, il avait enjambé des déchets de boucherie encore tout fumants, ôté ses vêtements, pris une douche et s'était rendu tout droit à la cantine, où il avait ingurgité du café et des petits gâteaux. Même cela était donc une affaire de routine.

Une autre circonstance qui influait sur la façon de penser de Kollberg était le comportement de Martin Beck. Kollberg était hypersensible quant à tout ce qui touchait à son chef. Il le connaissait par cœur et remarquait les moindres nuances de sa conduite. Aujourd'hui Martin Beck avait paru inquiet, presque apeuré, or cela ne lui arrivait que très rarement et jamais gratuitement.

Il était donc là, assis sur cette chaise, à ressasser cette question : qu'est-ce que le meurtrier avait fait après son geste?

Gunvald Larsson, toujours prêt à prendre des risques en matière d'hypothèses, lui avait tout de suite dit :

– Bah, il est rentré chez lui se mettre une balle dans la tête.

C'était une supposition qui méritait d'être prise en considération. Peut-être était-ce aussi simple que cela. Gunvald Larsson avait souvent raison, mais il arrivait tout aussi souvent qu'il ait tort.

Kollberg était prêt à reconnaître que c'était humain mais rien de plus. Il avait toujours nourri les plus grands doutes sur les qualités de Gunvald Larsson en tant que policier.

Et c'était cette personne fort peu digne de confiance qui venait d'interrompre ses réflexions en pénétrant dans la pièce suivi d'un homme chauve et assez grassouillet d'une soixantaine d'années. Cet homme avait l'air frustré, mais c'était le cas de la plupart de ceux qui se trouvaient en compagnie de Gunvald Larsson.

– Voici Lennart Kollberg, dit Gunvald Larsson.

Kollberg se leva et regarda l'étranger, l'air étonné, avant que Gunvald Larsson ne termine les présentations en disant :

– Voilà le toubib de Nyman.

Ils se serrèrent la main.

– Kollberg

– Blomberg.

Et Gunvald Larsson se mit à poser ses questions stupides.

– Prénom?

– Carl-Axel.

– Depuis combien de temps soigniez-vous Nyman?

– Depuis plus de vingt ans.

– De quoi souffrait-il?

– C'est peut-être un peu difficile à expliquer à quelqu'un qui n'est pas de la partie...

– Allez-y tout de même.

– En fait, c'est très compliqué même pour un médecin.

– Ah bon.

– Je viens d'aller voir ses radios. Il y en a soixante-dix.

– Et alors?

– Le pronostic est dans l'ensemble positif. Bonnes nouvelles.

– Quoi?

Gunvald Larsson parut tellement interloqué que cela lui donna l'air presque dangereux et que le médecin s'empressa d'ajouter :

– Enfin, s'il avait encore été vivant. Mais elles sont vraiment bonnes.

– Ce qui veut dire?

– Qu'il aurait pu guérir.

Blomberg réfléchit un instant avant de modifier ce qu'il venait de dire :

– Enfin, tout du moins dans une certaine mesure.

– Qu'est-ce qu'il avait?

– Eh bien, nous le savons maintenant. Stig avait un assez gros kyste au pancréas.

– Un quoi?

– Disons : une sorte de tumeur dans la région du foie. Et une autre, plus petite, au foie lui-même.

– Ce qui signifiait?

– Qu'il avait de bonnes chances de guérir au moins partiellement, comme je viens de vous le dire. Les kystes peuvent faire l'objet d'une intervention chirurgicale. Je veux dire qu'on peut les enlever. Il ne s'agissait pas d'une tumeur maligne.

– Qu'est-ce que vous entendez par maligne?

– Le cancer. Ça, c'est mortel.

Gunvald Larsson eut l'air tout ragaillardi.

– Ah oui, ça on le comprend, dit-il.

– Le foie, par contre, comme vous le savez, on ne peut pas y toucher. Mais la tumeur qu'il y avait était toute petite et Stig pouvait vivre encore bien des années.

Le docteur Blomberg hocha la tête, plus à l'intention de lui-même que de quiconque d'autre, avant de dire :

– Stig est très robuste. Son état général est très bon.

– Quoi?

– Enfin, je veux dire : était. Tension très satisfaisante, cœur en parfait état. État général excellent.

Gunvald Larsson semblait maintenant en savoir assez long.

L'homme de l'art fit mine de s'éloigner.

– Un instant, docteur, fit Kollberg.

– Oui?

– Vous suiviez Nyman depuis longtemps et vous le connaissiez bien?

– C'est exact.
– Quel genre d'homme était-il?
– Mis à part son état général, ajouta Gunvald Larsson.
– Je ne suis pas psychiatre, répondit Blomberg en hochant la tête. Je m'en tiens à la médecine générale.
Mais Kollberg n'était pas prêt à lâcher prise aussi facilement et répéta sa question :
– Vous devez quand même bien vous être fait une certaine idée de lui?
– Stig Nyman était un être composite, comme nous le sommes tous, dit le médecin avec un sourire énigmatique.
– C'est tout ce que vous avez à dire?
– Oui.
– Eh bien, merci.
– Au revoir, dit Gunvald Larsson.
La conversation s'arrêta là.
Lorsque l'expert en médecine générale se fut éloigné, Gunvald Larsson s'adonna à l'une de ses mauvaises habitudes : celle qui consistait à se tirer sur les doigts de la main, l'un après l'autre, jusqu'à les faire craquer. Pour certains, il lui fallut s'y reprendre à deux fois ou plus encore. Le médius de la main droite, en particulier, ne céda qu'à la huitième tentative.
Kollberg observait cela avec consternation et résignation. Il finit par dire :
– Larsson?
– Oui, de quoi s'agit-il?
– Pourquoi est-ce que tu fais ça?
– Ça me regarde, dit Gunvald Larsson.
Kollberg n'en avait pas terminé avec ses énigmes et, au bout d'un moment, il demanda :
– Est-ce que tu peux te faire une idée de ce qui a bien pu passer par la tête de ce type qui a tué Nyman? Je veux dire : après coup?
– Comment savons-nous que c'est un type?

– Je ne crois pas qu'il y ait beaucoup de femmes qui manient la baïonnette comme lui et qui chaussent du quarante-cinq. Enfin bref, est-ce que tu peux t'en faire une idée?

Gunvald Larsson le regarda de ses yeux bleu clair bien assurés et dit :

– Non, je ne peux pas. Comment voudrais-tu que je puisse, bon dieu?

Il leva la tête, écarta de la main ses cheveux blonds, prêta l'oreille et dit :

– Qu'est-ce que c'est que ce boucan?

On entendait en effet, non loin de là, des cris et des voix très excitées.

Kollberg et Gunvald Larsson quittèrent aussitôt la pièce et sortirent sur le perron. Ils virent alors l'un des minibus noir et blanc de la police. Ils virent également cinq jeunes agents qui, sous la conduite d'un gradé plus âgé, étaient en train de repousser un groupe de personnes en civil, à une quinzaine de mètres de là.

Les agents avaient formé la chaîne et le gradé faisait tourner son bâton au-dessus de sa tête aux cheveux courts, en signe de menace.

Parmi les personnes en civil se trouvaient des photographes de presse, des infirmières en blouse blanche, un chauffeur de taxi en tenue de service et plusieurs autres personnes de sexes et d'âges divers. La troupe habituelle des curieux. Plusieurs protestaient énergiquement et l'un des plus jeunes ramassa quelque chose par terre. Une boîte de bière vide. Il la jeta sur les agents sans les atteindre.

– Allez-y les gars, chargez, dit le gradé. Ça suffit comme ça.

Plusieurs bâtons sortirent alors de leur étui.

– Arrêtez, dit Gunvald Larsson de sa voix de stentor.

Le tumulte s'interrompit immédiatement.

Gunvald Larsson s'avança et dit :

– Qu'est-ce qui se passe?

– Je nettoie le terrain devant le barrage, dit le gradé.

Le galon doré sur sa manche montrait qu'il était brigadier-chef.

– Mais il n'y a plus rien à voir. Ni à empêcher de voir, grogna Gunvald Larsson.

– Non, Hult, dit Kollberg. C'est exact. Et d'où sors-tu ces gars-là?

– C'est un peloton d'intervention du cinquième district, dit l'homme en se mettant automatiquement au garde-à-vous. Il était déjà sur place, j'en ai simplement pris le commandement.

– Arrête tes idioties, dit Gunvald Larsson. Il suffit de laisser un planton pour interdire l'accès à ceux qui n'ont rien à faire à l'intérieur. Je ne sais même pas si c'est vraiment nécessaire. Les autres : direction le commissariat. Ils y seront certainement plus utiles.

De l'intérieur du minibus on entendit le grésillement de la radio à ondes courtes et une voix métallique qui disait :

– Le brigadier Harald Hult est prié de se mettre immédiatement en rapport avec le centre de coordination pour communication avec le commissaire Beck.

Hult tenait toujours son bâton à la main. Il regarda, l'air maussade, les deux détectives.

– Eh bien alors, dit Kollberg, qu'est-ce que tu attends? Il me semble qu'on te cherche.

– Chaque chose en son temps, dit l'autre. D'ailleurs, je suis ici de ma propre initiative.

– Je ne crois pas qu'on ait besoin de grand monde ici maintenant, même de sa propre initiative, dit Kollberg.

Mais il se trompait.

– Moi, ça me donne le tournis, tout ça, dit Gunvald Larsson. Et je crois que je n'ai plus rien à faire ici.

Mais il se trompait également.

Au moment où il faisait le premier pas en direction de sa voiture, on entendit claquer un coup de feu et quelqu'un se mit à crier au secours, d'une voix très aiguë et angoissée.

Gunvald Larsson s'arrêta, interdit, et regarda sa montre chronomètre. Elle marquait midi dix.

Kollberg lui aussi dressa aussitôt l'oreille.

Peut-être était-ce ce qu'il attendait?

XXI

– En ce qui concerne Eriksson, dit Melander, en reposant les papiers qu'il tenait à la main, c'est une longue histoire. Vous la connaissez d'ailleurs certainement au moins en partie.

– Fais comme si nous n'en savions rien et reprends-la depuis le début, dit Martin Beck.

Melander se cala dans son fauteuil et se mit à bourrer sa pipe.

– Bon, dit-il. Depuis le début. Åke Eriksson est né à Stockholm en 1935. Il était enfant unique et son père était tourneur. En 1954, il a terminé ses études secondaires et l'année suivante il a fait son service militaire. A la sortie, il est entré dans la police. En même temps qu'il faisait son stage, il a commencé les cours de formation pour devenir officier.

Il alluma soigneusement sa pipe et souffla de petits nuages de fumée par-dessus son bureau. Assis en face de lui, Rönn se mit à tousser ostensiblement. Mais Melander n'y prêta pas attention et continua à fumer. Et à parler :

– Ceci c'est la première moitié de la vie d'Eriksson, relativement peu intéressante. En 1956, il a donc commencé comme gardien de la paix dans le district de Sainte-Catherine. Les années suivantes, il n'y a pas grand-chose à en dire. A ce que j'ai pu comprendre c'était un policier médiocre, ni bon ni mauvais.

Aucune plainte n'a été portée contre lui mais je ne me souviens pas non plus qu'il se soit distingué de quelque façon que ce soit.

– Toujours dans le même district? demanda Martin Beck, debout près de la porte, un bras sur l'armoire de classement.

– Non, dit Melander. Je crois qu'il en a fait trois ou quatre au cours de ses quatre premières années.

Il se tut et fronça les sourcils. Puis il ôta sa pipe de sa bouche et désigna Martin Beck avec le tuyau.

– Autant pour moi! dit-il. J'ai dit qu'il ne s'était pas distingué en quoi que ce soit. C'est une erreur. C'était un tireur remarquable, bien classé dans tous les tournois auxquels il participait.

– C'est vrai, dit Rönn. Je m'en souviens moi-même. Il était très bon au pistolet.

– Il était excellent à distance aussi, dit Melander. Et, pendant ce temps-là, il continuait à suivre les cours de formation. Même pendant les vacances, qu'il passait très souvent dans un camp d'entraînement.

– Tu as dit qu'il avait fait trois ou quatre districts au cours de ces années-là, dit Martin Beck. Lui est-il arrivé de se trouver dans le même que Stig Nyman?

– Pendant un certain temps, oui. A l'automne 57 et pendant toute l'année 58. Puis Nyman a été muté.

– Sais-tu quelque chose de la façon dont Nyman s'est comporté envers Eriksson? Puisqu'il pouvait être tellement vache avec ceux qu'il n'aimait pas.

– Rien ne peut laisser penser qu'il ait été pire avec lui qu'avec les autres jeunes gars. D'ailleurs les plaintes d'Eriksson à l'encontre de Nyman ne visent pas tellement ce qui a pu se passer au cours de ces années-là. Mais, connaissant les méthodes de Nyman quand il s'agissait de « faire des hommes de gars qui n'étaient pas encore sortis des jupes de leur mère », comme il disait, on peut penser qu'Eriksson en a tâté lui aussi.

Jusque-là, Melander s'était surtout adressé à Martin Beck; mais il se tourna alors vers Rönn, qui était affalé dans le fauteuil du visiteur et avait l'air d'être sur le point de s'endormir. Martin Beck suivit son regard et dit :

– Ce ne serait peut-être pas une mauvaise idée de prendre une tasse de café; qu'est-ce que tu en dis, Einar?

Rönn se redressa et marmonna :

– Non, peut-être pas. Je vais en chercher.

Il sortit du bureau d'un pas lourd et Martin Beck le suivit du regard, se demandant s'il avait lui-même l'air aussi pitoyable.

Lorsque Rönn fut revenu avec le café et se fut à nouveau effondré dans le fauteuil, Martin Beck dit :

– Continue, Fredrik.

Melander posa sa pipe et sirota son café d'un air pensif.

– Pouah, dit-il. Quelle lavasse!

Il repoussa le gobelet de plastique et reprit sa très chère pipe.

– Eh bien, au début de 1959 Eriksson s'est marié. Sa femme avait cinq ans de moins que lui et s'appelait Marja. Elle était finlandaise mais elle habitait la Suède depuis quelques années et travaillait comme aide-photographe. Elle ne parlait pas très bien suédois, ce qui n'est pas sans importance pour la suite des événements. Ils ont eu un enfant au mois de décembre de la même année et elle a alors arrêté de travailler et est devenue mère au foyer. Lorsque l'enfant a eu un an et demi, c'est-à-dire au milieu de l'année 61, Marja Eriksson est morte dans des conditions dont vous vous souvenez certainement.

Rönn opina du bonnet, l'air navré. A moins qu'il ne fût en train de s'endormir pour de bon.

– Non, mais ça n'a pas d'importance, dit Martin Beck. Vas-y, raconte.

– Eh bien, dit Melander, c'est peut-être là que

Nyman fait vraiment son apparition dans cette histoire. Ainsi que Harald Hult qui, à l'époque, travaillait dans le district de Nyman. C'est dans leur commissariat qu'est morte Marja Eriksson. Dans une cellule destinée à recevoir des ivrognes, la nuit du 26 au 27 juin 1961.

– Nyman et Hult étaient là, cette nuit-là? demanda Martin Beck.

– Nyman était là lorsqu'on l'a amenée mais ensuite il est rentré chez lui, à une heure qui n'a jamais été très bien établie. Hult était en patrouille, pour sa part, mais il est certain qu'il se trouvait par hasard présent au commissariat lorsqu'ils se sont aperçus qu'elle était morte.

Melander défit une agrafe et s'en servit pour vider le contenu de sa pipe dans un cendrier.

– Il y a naturellement eu une enquête par la suite et les faits ont été établis avec une très grande probabilité de la façon suivante : au cours de la journée du 26 juin, Marja Eriksson était allée avec sa fille voir une amie à Vaxholm. Le photographe pour lequel elle avait travaillé précédemment lui avait demandé de l'aider à effectuer une commande pendant une quinzaine de jours et, au cours de cette période, l'amie en question devait s'occuper de sa fille. A la fin de l'après-midi, Marja Eriksson est rentrée en ville : son mari terminait son travail à sept heures et elle voulait rentrer avant lui. Notez bien qu'à cette époque Eriksson n'était pas dans le district de Nyman.

Martin Beck commençait à avoir mal aux jambes d'être debout, appuyé à l'armoire de classement. Étant donné que les deux sièges du bureau étaient occupés, il alla jusqu'à la fenêtre et s'appuya sur le rebord intérieur de celle-ci. Puis il fit signe à Melander de continuer.

– Marja Eriksson était diabétique et devait se faire des piqûres d'insuline à intervalles réguliers. Peu de gens étaient au courant et son amie de Vaxholm, en particulier, ne l'était pas. Marja Eriksson faisait très attention à ses piqûres et, d'ailleurs, elle ne pouvait pas se permettre de faire autrement. Mais ce jour-là, pour une raison ou pour une autre, elle avait oublié sa seringue chez elle.

Maintenant, Martin Beck et Rönn regardaient attentivement Melander, comme s'ils étaient en train de juger le degré de véracité de la version qu'il donnait des événements.

– Peu après sept heures du soir, Marja Eriksson a été découverte par deux agents du district de Nyman. Elle était assise sur un banc et avait l'air complètement partie. Les agents ont essayé de parler avec elle mais se sont rapidement persuadés qu'elle était droguée ou ivre morte, ils l'ont traînée jusqu'à un taxi et l'ont emmenée au commissariat. Ils ont dit eux-mêmes lors de l'enquête qu'ils ne savaient pas trop quoi faire d'elle en arrivant car elle était absolument sans réactions. Le chauffeur de taxi a déclaré ultérieurement qu'elle avait dit quelque chose dans une langue incompréhensible, en finnois naturellement, et il est possible qu'elle ait été un peu bousculée dans le taxi également. Bien que les deux agents l'aient évidemment nié.

Melander observa une longue pause, très occupé avec sa pipe.

– Enfin, selon les premières déclarations de ces deux agents, Nyman l'aurait regardée et aurait dit de la mettre dans une cellule pour ivrognes en attendant. Nyman a nié avoir jamais vu cette femme et, par la suite, les gars sont revenus sur leurs déclarations et ont affirmé que Nyman était occupé à autre chose lorsqu'ils sont arrivés avec elle. Pour leur propre part, ils ont dit avoir dû repartir aussitôt afin de répondre à un appel d'urgence. Mais, selon l'homme de garde, ils auraient décidé eux-mêmes de la coffrer. Donc, chacun s'est renvoyé la balle. Toujours est-il qu'une fois dans la cellule on ne l'a plus entendue et l'homme de garde a pensé qu'elle dormait. En l'espace de trois heures, il ne s'est pas présenté une seule occasion de la faire transporter au quartier général. Lors de la relève, l'homme qui a pris la garde a ouvert la cellule et l'a trouvée morte. Hult était alors au commissariat, il a appelé une ambulance mais n'a pas pu la faire transporter à l'hôpital, puisqu'elle était déjà morte.

– Quand est-elle morte? demanda Martin Beck.

– Selon les résultats de l'enquête, une heure auparavant.

Rönn se redressa et dit :

– Quand on a le diabète..., je veux dire, est-ce que les diabétiques ne portent pas sur eux une carte ou bien quelque chose qui indique de quoi ils souffrent...

– Si, dit Melander. Et Marja Eriksson en avait bien une dans son sac. Mais, comme tu sais, une partie du mal vient de ce qu'elle n'a pas été fouillée. Il n'y avait pas de personnel féminin sur place et elle aurait donc été fouillée, ici, au quartier général. Si elle y était arrivée.

Martin Beck hocha la tête.

– Lors des interrogatoire, Nyman a dit qu'il n'avait jamais vu cette femme ni son sac et que les responsables étaient les deux agents et l'homme de garde. Autant que je sache ils s'en sont tirés avec un blâme.

– Comment a réagi Åke Eriksson lorsqu'il a appris ce qui s'était passé? demanda Martin Beck.

– Il a reçu un choc et a été mis en congé de maladie pendant deux mois. Il semble qu'il ait sombré dans une sorte d'apathie. Ne voyant pas rentrer sa femme, il avait fini par s'apercevoir qu'elle avait oublié sa seringue à la maison. Il avait d'abord téléphoné à tous les hôpitaux et ensuite pris sa voiture pour partir à sa recherche. Il a donc fallu pas mal de temps avant qu'on puisse l'aviser de sa mort. Je ne crois pas qu'on lui ait dit tout de suite la vérité mais, petit à petit, il a bien dû finir par savoir ce qui s'était passé car c'est au mois de septembre qu'il a déposé sa première plainte contre Nyman et Hult. Mais, à ce moment-là, l'enquête était déjà close.

XXII

Le silence s'abattit sur le bureau de Melander.

Celui-ci avait joint les mains derrière la nuque et regardait le plafond. Martin Beck s'appuyait au cadre de la fenêtre et observait Melander, l'air à la fois pensif et expectatif. Rönn, lui, se contentait d'être assis.

Martin Beck finit par dire :

– Qu'est-ce qui est arrivé à Åke Eriksson après la mort de sa femme? Je ne veux pas dire sur le plan matériel, mais intérieurement, psychiquement.

– Je ne suis pas psychiatre, dit Melander, et nous n'avons pas non plus de diagnostic médical car, autant que je sache, il n'a pas consulté de médecin à la fin de son congé, en septembre 61. Il a peut-être eu tort.

– Mais son comportement a changé, après cela, n'est-ce pas?

– Oui, dit Melander. Il est évident que sa personnalité a connu une sorte de mutation.

Il posa la main sur le tas de papiers que Strömgren avait réunis.

– Vous avez lu tout ça? demanda-t-il.

Rönn secoua la tête et Martin Beck dit :

– Seulement en partie. Ça peut attendre. Je crois que nous comprendrons mieux si c'est toi qui nous résumes la situation.

Il pensa un instant ajouter une sorte de compliment

mais s'en abstint, sachant Melander insensible à la flatterie.

Melander hocha la tête et mordit sa pipe.

– Okay, dit-il. Quand Åke Eriksson a repris le travail, il s'est montré extrêmement renfermé et taciturne et a donné l'impression de ne plus vouloir fréquenter personne. Ses copains ont essayé de lui redonner du courage mais sans succès. Au début, ils ont fait preuve de patience, sachant ce qui lui était arrivé et ayant pitié de lui, mais, comme il n'a plus jamais dit un mot de plus que ce qui était nécessaire pour le service et qu'il n'écoutait pas non plus ce que disaient les autres, ils ont fini par s'efforcer d'éviter de travailler avec lui. Auparavant il avait été très apprécié de ses camarades et ceux-ci espéraient qu'il allait redevenir lui-même une fois passée la période difficile. Mais, au contraire, cela n'a fait qu'empirer, il est devenu de plus en plus grincheux et chicanier et il s'est mis à faire de l'excès de zèle. Il a commencé à expédier des lettres contenant des plaintes, des accusations et des menaces et il a continué ainsi, par périodes, pendant des années. Je suppose que nous en avons tous reçu.

– Pas moi, dit Rönn.

– Tu n'en as peut-être pas reçu personnellement mais tu as bien dû voir ce qu'il a envoyé à la brigade des agressions.

– Oui, dit Rönn.

– Il a commencé par porter plainte contre Nyman et Hult, pour faute professionnelle, auprès de l'*ombudsman*. Il l'a renouvelée à plusieurs reprises. Puis il s'est mis à porter plainte contre tout le monde, même contre le gouverneur général. Il en a bien sûr déposé une contre moi, et contre toi aussi, Martin, n'est-ce pas?

– Bien sûr, dit Martin Beck. Pour ne pas avoir fait procéder à une enquête sur les circonstances de la mort de sa femme. Mais, il y a longtemps de ça et je dois dire que je l'avais oublié.

– Un an après les événements, il s'était rendu tellement impossible dans son district que le commissaire a demandé sa mutation.

– Sais-tu les motifs qu'il a invoqués? demanda Martin Beck.

– Ce commissaire était un chic type et, de toute évidence, il avait fermé les yeux sur pas mal de choses en ce qui concerne Eriksson. Mais il a été obligé de s'y résoudre à cause des autres gars. Il a donc dit qu'Eriksson était la source de nombreuses difficultés dans le service, qu'il était très difficile de collaborer avec lui et qu'il serait préférable pour lui de travailler dans un autre district, où il se sentirait peut-être mieux à l'aise. Ou quelque chose comme ça. En fin de compte, Eriksson a donc été muté au cours de l'été 62. Mais il ne s'est pas rendu populaire non plus dans son nouveau poste et, cette fois, le commissaire n'était plus aussi compréhensif. Ses camarades se sont plaints de lui et il a fait l'objet d'une ou deux réprimandes.

– Pour quelle raison? demanda Martin Beck. Pour violences?

– Non, pas du tout. Il ne s'est jamais montré brutal, au contraire il était plutôt trop gentil, selon beaucoup. Il se comportait de façon très correcte envers tous ceux à qui il avait affaire. Non, ce qu'on lui reprochait surtout, c'était de faire de l'excès de zèle. Il passait des heures sur des points qui pouvaient être réglés en un quart d'heure. Il se perdait dans des détails sans importance et il lui arrivait même de négliger des ordres pour se consacrer à autre chose, à la place, qui lui paraissait plus important. Il sortait de ses prérogatives et se mêlait de ce qui concernait les autres. Il faisait des observations sur la façon dont ses camarades ou ses supérieurs effectuaient leur travail. D'ailleurs, toutes les plaintes et les dénonciations qu'il envoyait ne visaient que des négligences dans le service de la part de membres de la police, depuis le dernier des plantons jusqu'au préfet lui-même. Il a bien dû déposer plainte également contre le ministre de l'Intérieur. A l'époque, c'était lui le responsable de la police en dernière instance.

– Il se trouvait tellement parfait lui-même, sans doute, dit Rönn. La folie des grandeurs.

– Encore une fois, je ne suis pas psychiatre, dit Melander. Mais on aurait dit qu'il n'accusait pas seulement Nyman et ses gens de la mort de sa femme, mais la police tout entière.

Martin Beck retourna près de l'armoire de classement et reprit sa position favorite, le bras posé dessus.

– Tu veux dire qu'il récuse tout simplement une police qui peut laisser arriver des choses pareilles? demanda-t-il.

Melander hocha la tête et tira sur sa pipe en train de s'éteindre.

– Oui, en tout cas on peut penser que c'est à peu près le raisonnement qu'il a fait.

– Est-ce qu'on sait quelque chose de sa vie privée pendant cette période? demanda à nouveau Martin Beck.

– Pas grand-chose. C'était un solitaire et il ne fréquentait personne parmi ses collègues. En se mariant, il avait abandonné l'idée de devenir officier. Il continuait à s'entraîner au tir mais, par ailleurs, il ne participait à aucune des activités sportives de la police.

– Et sur le plan personnel? Il avait une fille, qui doit avoir maintenant... voyons, quel âge?

– Onze ans, dit Rönn.

– Oui, dit Melander. Il s'est occupé d'elle tout seul. Ils ont continué à vivre dans l'appartement que sa femme et lui avaient acheté en se mariant.

Melander n'avait pas d'enfant, mais Rönn et Martin Beck étaient bien placés pour se rendre compte des difficultés que cela impliquait de vouloir élever seul un enfant lorsque l'on est dans la police.

– Il n'avait personne pour s'occuper de l'enfant? demanda Rönn, sceptique. Quand il était au boulot, par exemple?

Le fils de Rönn venait d'avoir sept ans. Au cours de ces sept années, Rönn s'était souvent étonné, en particulier pendant les vacances et les jours de congé, de constater qu'à certaines périodes de son existence un enfant est parfaitement capable d'occuper deux adultes à temps plein, pratiquement vingt-quatre heures sur vingt-quatre.

– Jusqu'en 64 il a mis sa fille à la crèche dans la journée et puis ses parents étaient encore vivants : ils s'occupaient d'elle lorsqu'il était de service le soir ou la nuit.

– Et après, dit Rönn. Après 64?

– Après, on ne sait pratiquement rien de son existence, dit Martin Beck en interrogeant Melander du regard.

– Non, reprit celui-ci. Il a été mis à la porte de la police au mois d'août de cette année-là. Personne ne l'a regretté. Tous ceux qui avaient eu affaire à lui ne demandaient pas mieux que de l'oublier le plus vite possible. Quels qu'aient pu être leurs motifs.

– On ne sait même pas quel genre de travail il a trouvé ensuite? demanda Martin Beck.

– Il a posé sa candidature à un emploi de veilleur de nuit au mois d'octobre de la même année mais je ne sais pas s'il l'a obtenu. Ensuite, il a disparu de notre horizon.

– Quand il a été mis à la porte, dit Rönn, était-ce seulement parce que la mesure était comble?

– Qu'est-ce que tu veux dire?

– Est-ce qu'il avait eu un nombre excessif de réprimandes ou bien est-ce qu'il a fait quelque chose de particulier?

– Naturellement, la mesure était comble, comme tu dis, mais la cause directe de son renvoi a été un manquement à la discipline. Le vendredi 7 août, dans l'après-midi, Åke Eriksson était de garde devant l'ambassade américaine. Cela se passait en 1964, c'est-à-dire avant le début des grandes manifestations anti-américaines à propos de la guerre du Vietnam. A l'époque, on avait seulement un planton de garde là-bas, par pure routine, mais ce n'était pas un boulot très apprécié. Tout le monde trouvait ça ennuyeux de marcher de long en large devant le bâtiment.

– Mais à ce moment-là il n'était pas interdit de jongler avec son bâton, dit Martin Beck.

– Je me souviens particulièrement d'un type, dit Rönn. Il était drôlement fort dans ce genre d'exercice. Si Eriksson était aussi bon, il aurait pu s'engager dans un cirque.

Melander jeta un coup d'œil un peu las à Rönn. Puis il regarda sa montre-bracelet.

– J'ai promis à Saga de rentrer déjeuner, dit-il. Alors, si tu veux bien me laisser parler...

– Excuse-moi, marmonna Rönn, froissé; j'ai simplement pensé à ce type. Continue, je t'en prie.

– Comme je vous disais, Eriksson devait monter la garde devant l'ambassade mais il s'en est moqué complètement. Il est bien allé relever le gars qui était de service avant lui mais ensuite il a tout simplement fichu le camp. Il faut vous dire qu'environ une semaine auparavant, Eriksson avait été appelé d'urgence à Fredrikhofsgatan, où on avait trouvé le concierge d'un immeuble mort dans la cave. Il avait passé une corde autour d'un tuyau de la chaufferie et il s'était pendu. Personne n'avait de raison de douter qu'il s'agissait d'un suicide. Dans un compartiment fermé à clé de la cave on a trouvé tout un trésor d'objets volés : des appareils photo, des postes de radio et de télévision, des meubles, des tapis, des tableaux, enfin tout un tas de choses qui avaient été accumulées au cours de cambriolages commis pendant l'année écoulée. Le concierge servait de receleur et, en l'espace de deux jours, on a en effet arrêté les voleurs qui utilisaient sa cave pour cacher le produit de leurs expéditions. Tout ce qu'Eriksson avait à voir avec ça c'était le fait qu'il avait reçu l'appel lors de la découverte du cadavre et, une fois que son collègue et lui avaient eu interdit l'accès de la cave et fait venir des gens de chez nous, ils n'avaient plus qu'à déposer leur rapport sur le suicide et c'était tout. Mais Eriksson s'était mis dans la tête que l'enquête n'avait pas été menée comme il fallait. Je me souviens que, d'une part, il était d'avis que le concierge avait été assassiné et, d'autre part, il pensait pouvoir mettre la main sur d'autres membres de la bande. Au lieu de retourner à l'ambassade, qu'il n'aurait d'ailleurs jamais dû quitter, il a donc passé l'après-midi à Fredrikhofsgatan, à interroger les locataires et à fureter dans tous les coins. S'il s'était agi d'un jour ordinaire personne ne se serait même aperçu qu'il n'était pas à son poste, mais le sort a voulu que ce soit le jour où a eu lieu l'une des premières manifestations devant l'ambassade américaine. Deux jours plus tôt, le 5 août, les États-Unis avaient attaqué le Vietnam du Nord et déversé des bombes sur toute la côte. Et des centaines de personnes s'étaient réunies pour une marche de protestation contre cette agression. Du fait du caractère inattendu de la manifestation, le personnel chargé de la sécurité de l'ambassade a été totalement pris au dépourvu et comme, en plus, notre ami Eriksson n'était pas à son poste, il a fallu un certain temps avant de pouvoir faire parvenir sur place les renforts nécessaires. La manifestation était pacifique, les gens ont crié des slogans et brandi des pancartes tandis qu'un petit groupe entrait pour remettre une protestation écrite à l'ambassadeur. Mais, comme vous savez, la police chargée du maintien de l'ordre n'avait pas l'habitude des manifestations et s'est comportée comme toujours en cas d'émeute, ce qui a occasionné une véritable échauffourée. Des tas de gens ont été emmenés dans les divers commissariats et beaucoup d'entre eux avaient été singulièrement malmenés. Tout ça a été mis sur le dos d'Åke Eriksson et, du fait qu'il s'était rendu coupable d'un manquement grave à la discipline, il a été immédiatement relevé de ses fonctions et, deux jours après, il était officiellement rayé des cadres. Exit Åke Eriksson.

Melander se leva.

– Et exit Fredrik Melander, ajouta-t-il. Je n'ai pas l'intention de déjeuner par cœur. J'espère que vous n'aurez plus besoin de moi aujourd'hui mais, dans le cas contraire, vous savez où me trouver.

Il mit sa blague à tabac et sa pipe dans sa poche et enfila son manteau. Martin Beck alla s'asseoir dans son fauteuil.

– Vous croyez vraiment que c'est Eriksson qui a abattu Nyman? demanda-t-il sur le pas de la porte.

Rönn haussa les épaules et Martin Beck ne répondit rien.

– Je ne trouve pas ça très vraisemblable, dit Melander. Dans ce cas-là, il aurait dû le faire lorsque sa femme est morte. En dix ans, la haine et le désir de vengeance ont le temps de s'atténuer. Vous n'êtes pas sur la bonne piste. Mais bonne chance quand même. Salut.

Il partit.

Rönn regarda Martin Beck et dit :

– Il a sans doute raison.

Martin Beck ne répondit pas et se contenta de feuilleter au hasard divers papiers posés sur le bureau.

– Je pense à une chose qu'a dite Melander. A propos de ses parents. Ils habitent peut-être toujours là où ils habitaient il y a dix ans.

Il continua à fouiller dans le tas de papiers, mais maintenant avec l'air de savoir ce qu'il cherchait. Rönn ne dit rien mais l'observa sans enthousiasme. Martin Beck finit par trouver ce qu'il cherchait.

– Voici l'adresse : Ancienne route de Södertälje, à Segeltorp.

XXIII

La voiture était une Chrysler noire aux ailes blanches, avec deux lumières bleues sur le toit. Comme si ce n'était pas assez, le mot POLICE était répété quatre fois sur le capot, le coffre et les portes latérales, en grandes lettres blanches particulièrement lisibles.

Bien qu'elle fût immatriculée dans le département de Stockholm, et non pas dans la ville, elle franchissait à ce moment à vive allure la limite nord de celle-ci en direction du centre et s'éloignait donc du commissariat de Solna.

Cette voiture était neuve et équipée de façon très moderne mais son équipage, lui, ne pouvait en aucun cas être amélioré par les derniers perfectionnements de la technique. En effet, il était constitué des gardiens de la paix Karl Kristiansson et Kurt Kvant, deux grands Scaniens blonds dont les activités au cours de ces douze dernières années avaient été marquées par quelques interventions heureuses et un grand nombre de totalement malheureuses.

Or ils semblaient encore bien partis pour s'attirer de nouveaux ennuis.

Cinq minutes plus tôt, Kristiansson s'était en effet vu dans l'obligation d'arrêter Gros-derche. Ce n'était dû ni à la malchance ni à l'excès de zèle. C'était au contraire le résultat d'une provocation particulièrement flagrante et délibérée.

Tout avait commencé lorsque Kvant avait ralenti et était venu s'arrêter près du kiosque à journaux de l'aérogare de Haga. Il avait alors tiré son portefeuille et prêté à Kristiansson un billet de dix couronnes. Ensuite ce dernier était sorti de la voiture.

Kristiansson était perpétuellement à court d'argent. Cela était dû au fait qu'il en perdait beaucoup en pariant sur le résultat des matchs de football. Mais deux personnes seulement étaient au courant de cette funeste habitude. L'une d'entre elles était Kvant, car il est bien difficile de cacher quoi que ce soit à celui qui partage une voiture-radio avec vous. L'autre était la femme de Kristiansson, prénommée Kerstin et affligée du même vice. En fait ils en étaient même venus à négliger leur vie sexuelle car ils passaient presque tous leurs loisirs communs à faire leurs paris et à élaborer les combinaisons les plus complexes possibles, basées à la fois sur des calculs de probabilités et sur le hasard le plus intégral, représenté pour sa part par le résultat des tirages au sort que leurs deux enfants en bas âge réalisaient à l'aide d'un dé spécialement confectionné à cette fin.

Au kiosque, Kristiansson acheta un journal sportif et deux autres publications spécialisées, ainsi que des boules de gomme à l'intention de Kvant. Il ramassa la monnaie de la main droite, étant donné qu'il tenait les journaux de la main gauche, et, tout en se dirigeant vers la voiture, commença à dévorer la première page de l'une de ses acquisitions. Il était totalement absorbé par la pensée du comportement probable de l'équipe de Millvall, qui occupait une position clé dans sa combinaison de la semaine, au cours de son match à l'extérieur contre Portsmouth, lorsqu'il entendit une voix pateline lui dire :

– Vous avez oublié ça, Monsieur le commissaire.

Kristiansson sentit que l'on touchait la manche de sa

veste. Il sortit automatiquement sa main droite de sa poche et referma les doigts sur quelque chose de terriblement froid et gluant. Il sursauta, leva les yeux et, à sa grande épouvante, il vit Gros-derche.

Puis il regarda ce qu'il tenait à la main.

Karl Kristiansson se trouvait dans un endroit public, et même très fréquenté, pendant les heures de service et en uniforme complet, y compris son pistolet et son bâton pendant à sa ceinture dans leur étui respectif. Et il tenait à la main un pied de cochon cuit.

– C'est pour toi. J'espère que tu aimes ça. Sinon, tu peux te le foutre au cul, s'écria l'homme qui le lui avait remis.

Celui-ci était un vagabond et mendiant notoire répondant au surnom de Gros-derche que lui avait valu un postérieur tellement volumineux qu'il éclipsait toutes les autres parties de son corps entre la tête et les pieds. Il ne mesurait pas plus d'un mètre cinquante, c'est-à-dire trente-six centimètres de moins que Kristiansson et Kvant.

Mais ce qui le rendait aussi repoussant c'était cependant moins son aspect physique que son accoutrement.

Gros-derche portait en effet deux manteaux lui tombant jusqu'aux pieds, trois vestes, quatre pantalons et cinq gilets. Ceci représentait donc une cinquantaine de poches et il était connu, entre autres choses, pour porter sur lui des sommes assez coquettes en espèces et toujours en pièces d'une valeur n'excédant pas dix centimes.

Kristiansson et Kvant avaient déjà arrêté Gros-derche onze fois auparavant – pas une de moins, mais ne l'avaient encore conduit que deux fois au commissariat : les deux premières, par manque d'expérience et de jugeote.

La première fois il portait mille deux cent trente pièces d'un centime, deux mille sept cent quatre-vingts pièces de deux centimes, deux mille trente-sept pièces de cinq centimes et une pièce de dix centimes dans toutes ses poches, au nombre de quarante-trois pour leur part. La fouille avait pris trois heures et vingt minutes et, lors de son passage ultérieur devant le tribunal, il est vrai qu'il avait été condamné à une amende de dix couronnes pour outrages à agent et que la tête de porc qu'il avait déposée sur le radiateur de la voiture de police avait été confisquée au profit du ministère public. Mais Kristiansson et Kvant avaient dû se présenter comme témoins et, hélas, en dehors de leurs heures de service.

La deuxième fois, les choses s'étaient moins bien passées. Ce jour-là, Gros-derche n'avait pas moins de trois cent vingt couronnes et quatre-vingt-treize centimes dans ses soixante-deux poches. La fouille avait pris sept heures, pas une de moins et, comble de malheur, il avait ensuite été acquitté par un juge fort peu compréhensif qui ne savait pas apprécier les subtilités phonétiques et linguistiques de l'idiome scanien et ne trouvait rien d'offensant dans les termes dialectaux que l'accusé avait utilisés comme qualificatifs à leur égard. Lorsque, après bien des difficultés, Kvant avait réussi à traduire approximativement l'un d'eux (par : charrette à fumier) le juge avait fait remarquer d'une voix pincée que c'était Kristiansson, et non pas la voiture, qui était le plaignant et que la cour était d'avis qu'il n'est pas légalement possible d'outrager une Plymouth à quatre portes, surtout pas en la comparant à un autre véhicule à fins utilitaires.

Comme Kristiansson et Kvant, Gros-derche était originaire de la plaine du sud du pays et savait choisir ses mots.

Lorsque, par-dessus le marché, Kvant commit l'erreur irréparable de s'adresser à l'accusé sous le nom de Gros-derche et non pas de Carl Fredrik Gustaf Oscar Jönsson-Käck *, la partie fut définitivement per-

* Käck veut dire : gaillard, effronté (*N.d.T.*).

due. La plainte fut rejetée et Kvant se vit même intimer l'ordre d'éviter d'avoir recours, à l'avenir, devant la cour, à des expressions dialectales douteuses et au sens équivoque.

Et voilà que c'était reparti pour un tour.

Kristiansson regarda à la dérobée autour de lui mais ne vit que des visages de concitoyens piqués de curiosité ou même franchement rigolards.

Pour aggraver son cas, Gros-derche sortit un nouveau pied de cochon de l'une de ses nombreuses poches et s'écria :

– Ils m'ont été donnés par l'un de vos parents et collègues qui vient de passer l'arme à gauche. Ses dernières volontés étaient qu'ils soient mangés par un aussi gros porc que lui-même. Et de vous retrouver tous très bientôt dans la grande poêle du diable, pour rôtir ensemble.

Les yeux bleus et perplexes de Kristiansson cherchèrent ceux de Kvant mais celui-ci avait tourné le dos à la scène, afin de bien souligner qu'il n'avait rien à voir avec toute cette histoire.

– Vous êtes pas mal comme ça, commissaire. Mais il vous manque encore un petit quelque chose. Attendez voir, ça va être l'affaire d'une seconde, ajouta Gros-derche en plongeant l'autre main dans sa garde-robe.

Une franche gaieté régnait maintenant partout à la ronde et une personne non identifiée trouva intelligent d'ajouter, à haute et intelligible voix :

– Parfait. C'est comme ça qu'il faut les traiter, ces salauds.

Inquiet de l'attitude perplexe de Kristiansson, Gros-derche se mit soudain à hurler de toutes ses forces :

– Salaud de flic! Enfant de cochon! Bitte de rat!

Un murmure de satisfaction monta alors des rangs du public : les choses se présentaient bien.

Kristiansson tendit la main tenant le pied de cochon afin d'attraper son antagoniste. Mais, en même temps, il cherchait désespérément une façon de se tirer de ce mauvais pas. Il entendait déjà des milliers de pièces de monnaie s'entrechoquer dans des poches bien dissimulées.

– Il met les pattes sur moi, gémit Gros-derche.

Avec un désespoir joliment feint.

– Moi qui ne suis qu'un pauvre invalide. Ce fils de pute porte la main sur un honnête commerçant, tout ça parce que j'ai voulu être gentil avec lui. Bas les pattes, espèce de sale merdeux!

Au moment décisif, Kristiansson se trouva gêné par son pied de cochon et fut donc dans l'impossibilité d'exercer toute la violence dont il avait peut-être l'intention. Mais Gros-derche lui facilita la chose en ouvrant la porte arrière de la voiture et en se jetant de lui-même à l'intérieur avant que le policier ait pu faire usage de son arme assez peu adéquate.

Sans tourner la tête, Kvant dit :

– T'aurais pas pu faire un peu attention, Kalle, et éviter de tomber entre les pattes de Gros-derche? Tout ça, ce sera de ta faute.

Il mit le moteur en marche.

– Bon Dieu, dit Kristiansson, sans se demander à quoi cela servait.

– Où monsieur désire-t-il se rendre? demanda Kvant, fou de rage.

– Au numéro 98 de Solnavägen, je crois que vous savez où ça se trouve, répondit le détenu avec un large sourire.

Gros-derche venait de demander qu'on le conduise au commissariat central du district et se léchait déjà les babines de plaisir à l'idée de voir une nouvelle fois compter toutes les pièces qu'il avait dans ses poches.

– On ne peut pas le faire descendre dans notre district, dit Kvant. C'est trop risqué.

– J'exige d'être conduit au commissariat, dit Gros-derche. Et prévenez-les par radio, afin qu'ils mettent le café à chauffer. J'aurai tout le temps de le prendre, pendant que vous compterez.

Il se mit à sauter sur la banquette arrière.

En effet, quelque menue monnaie tinta dans les profondeurs de ses vêtements et fit passer une sueur froide dans le dos des deux policiers.

La tâche de fouiller Gros-derche revenait normalement à ceux qui avaient été assez idiots pour l'arrêter, c'était une règle absolue dans la police stockholmoise même si personne n'avait encore eu le temps de la formuler par écrit.

– Demande-lui où il veut aller, dit Kvant.

– Tu l'as déjà fait, répondit Kristiansson sans aménité.

– C'est pas moi qui lui ai mis le grappin dessus, rétorqua Kvant. Je l'avais même pas vu avant qu'il rentre dans la voiture.

C'était en effet l'une des spécialités de Kvant que de ne rien voir et de ne rien entendre.

Kristiansson ne connaissait qu'une façon de toucher le point faible de Gros-derche. Il fit sonner les pièces de monnaie qu'il avait lui-même dans sa poche.

– Combien? demanda Gros-derche, d'un air stupide.

Kristiansson sortit ce qu'on venait de lui rendre sur son billet de dix couronnes, en évalua le montant et dit :

– Six couronnes cinquante, au moins.

– Tentative de subornation, gémit le détenu.

Ni Kristiansson ni Kvant n'était très sûr de l'aspect strictement juridique de la chose. Ils savaient ce que c'est que la subornation de fonctionnaire. Mais l'inverse – la subornation de coupable – est-ce que cela existait?

– D'ailleurs, c'est pas assez, six cinquante. Il me faut aussi une bouteille.

Kvant sortit son portefeuille et en tira un nouveau billet de dix couronnes. Gros-derche le prit aussitôt.

– Direction la succursale la plus proche du Monopole, dit-il.

– Pas ici, à Solna, on peut pas prendre le risque, dit Kvant.

– Eh bien alors à celle de Sigtunagatan. On me connaît, là-bas. Et puis j'ai des copains dans le parc Vasa, à côté des pissotières.

– On ne peut quand même pas le faire descendre juste devant le magasin, dit Kristiansson, un peu inquiet.

Ils passaient à ce moment devant la poste de Dalagatan et *la Chope d'étain*. Ils continuèrent donc en direction du sud.

– Je rentre dans le parc ici. On continue un bout et on le vire, dit Kvant.

– Vous m'avez pas payé mes pieds de cochon, gémit Gros-derche.

Ils ne le frappèrent pas. Leur supériorité physique était trop grande et, en outre, ils ne tabassaient jamais les gens. Du moins inutilement.

De plus, ils ne faisaient jamais d'excès de zèle. Kvant rapportait toujours scrupuleusement ce qu'il voyait et entendait. Mais il voyait et entendait si mal. Quant à Kristiansson, c'était un paresseux invétéré qui s'efforçait toujours d'éviter tout ce qui pouvait compliquer le service et leur attirer des ennuis inutiles.

Kvant fit pénétrer la voiture dans le parc tout à côté de l'Institut Eastman. Les arbres étaient dénudés, tout était triste et désert. Il s'arrêta près de l'entrée et dit :

– Descends, Kalle. Moi, je continue un petit bout et je le largue aussi discrètement que possible. Si tu vois quelque chose tu siffles un coup, comme d'habitude.

Comme d'habitude également, il régnait dans la voiture une odeur de pieds et de vomissures anciennes qui ne parvenait cependant pas à chasser les odeurs corporelles et les relents d'alcool du détenu.

Kristiansson approuva d'un signe de tête et sortit de

la voiture. Il laissa ses journaux sur la banquette arrière mais tenait toujours son pied de cochon dans la main droite.

La voiture disparut derrière lui. Il se dirigea vers la rue et ne vit tout d'abord rien d'inquiétant. Mais, d'une certaine façon, il se sentait fébrile au milieu de son flegme et était impatient de voir Kvant revenir avec la voiture, afin de regagner le plus vite possible le calme de leur district. Il lui faudrait certes endurer une fois de plus, jusqu'à la fin de leur service de la journée, le récit des insuffisances de Mme Kvant sur le plan physique ainsi que celui de ses humeurs. Mais il en avait l'habitude. Pour sa part il trouvait sa propre femme très bien, en particulier quant aux pronostics, et en parlait rarement.

Mais Kvant ne revenait toujours pas. Sans doute ne voulait-il pas courir le risque d'être vu. A moins que Gros-derche n'ait encore fait monter les enchères.

Devant le perron de l'Institut Eastman se trouvait une sorte d'espace dégagé au milieu duquel se dressait une fontaine de pierre de forme ronde ou quelque chose d'approchant. De l'autre côté de celle-ci, une Volkswagen noire était garée de façon tellement provocante que le plus flemmard des agents de police ne pouvait manquer de réagir.

En fait, Kristiansson n'avait pas vraiment l'intention de faire quoi que ce soit mais les secondes s'ajoutaient aux secondes et tourner autour de la fontaine ne suffisait pas à les faire passer de façon satisfaisante. Il pouvait donc au moins faire semblant de jeter un coup d'œil à cette voiture, dont le conducteur se croyait peut-être quelque part sur le continent européen alors qu'il se trouvait en plein cœur de la capitale de la Suède, royaume des interdits. Et puis, aller jeter un coup d'œil sur une voiture en stationnement n'engage à rien.

La construction décorative avait à peu près quatre mètres de diamètre et lorsque Kristiansson en eut fait le tour il crut apercevoir le reflet très rapide d'un rayon de soleil dans une vitre, tout en haut du bâtiment situé de l'autre côté de la rue.

Quelques fractions de seconde plus tard il entendit une brève détonation, très sèche, et, au même moment, il se sentit touché au genou droit comme par un coup de marteau. Il eut l'impression que sa jambe se dérobait sous lui, partit en arrière et tomba à la renverse dans le bassin de la fontaine, par-dessus la balustrade de pierre. A cette époque de l'année celui-ci était rempli d'aiguilles de sapin, de feuilles à moitié pourries et autres détritus.

Il tenait toujours son pied de cochon à la main et n'avait pas encore réussi à associer intellectuellement l'éclair qu'il avait vu avec le choc ressenti ni avec la balle qui lui avait fracassé la jambe juste au-dessous du genou.

XXIV

Gunvald Larsson avait toujours les yeux sur l'aiguille des secondes de sa montre-chronomètre lorsqu'il entendit la seconde détonation. Celle-ci fut aussitôt suivie d'un minimum de quatre autres.

Comme la plupart des autres montres du pays, la sienne indiquait l'heure officielle, c'est-à-dire GMT + une heure, et, comme elle était très bien entretenue et ne prenait même pas une seconde de retard ou d'avance en l'espace d'un an, on peut affirmer que ses observations étaient d'une rigueur absolue quant à l'heure qu'il était.

La première détonation retentit exactement à midi dix. Les quatre ou cinq autres suivirent en l'espace de deux secondes, quatre secondes après la première. C'est-à-dire entre midi dix minutes quatre secondes et midi dix minutes six secondes.

Mus par un instinct très louable et par un sens très sûr de la provenance des détonations, tant du point de vue direction que du point de vue distance, Gunvald Larsson et Kollberg agirent de concert au cours des deux minutes qui suivirent.

Ils se précipitèrent à l'intérieur de la voiture la plus proche, qui se trouvait être la BMW rouge du premier.

Celui-ci mit le contact, démarra sur les chapeaux de roue et partit, non pas dans la direction d'où ils étaient venus – c'est-à-dire en faisant le tour du bloc central – mais vers l'ancienne chaufferie. Puis il suivit la voie étroite qui se dirige en zigzag vers Dalagatan, passant entre la maternité et l'Institut Eastman. Enfin il fit demi-tour à gauche sur l'espace pavé devant l'Institut, freina brutalement, dérapa et immobilisa la voiture de façon qu'elle se trouve, légèrement de travers, entre la fontaine et le large perron.

Avant même d'avoir eu le temps d'ouvrir les portes et de sortir, Gunvald Larsson et Kollberg virent qu'un agent de police en uniforme gisait au fond du bassin, au milieu des feuilles mortes. Ils se rendirent également compte qu'il était toujours en vie, bien que blessé, et que plusieurs autres personnes se trouvaient à proximité. Parmi celles-ci, trois étaient allongées sur le sol, blessées, mortes ou cherchant simplement à se protéger, et les autres étaient immobiles, probablement à l'endroit même où elles avaient entendu les détonations. Sur la voie qui débouchait du parc Vasa, une voiture de patrouille avec un agent au volant vint s'immobiliser. Au même moment son conducteur commença à ouvrir la porte avant gauche.

Gunvald Larsson et Kollberg descendirent en même temps, le premier côté gauche, le second côté droit.

Gunvald Larsson n'entendit pas le coup de feu suivant mais il sentit son bonnet de fourrure chinois tomber de sa tête sur les marches du perron et il eut l'impression que quelqu'un venait de lui passer une fourchette brûlante sur le cuir chevelu, depuis la tempe droite jusqu'à un point situé au-dessus de l'oreille. Il n'avait même pas encore eu le temps de se redresser que sa tête était projetée sur le côté et qu'il entendit une détonation et un sifflement aigu et très rapide, un choc très sec et le bruit d'une balle qui ricochait. En deux enjambées il eut escaladé les huit marches du perron et alla se coller contre le mur de gauche, sous le porche subdivisé en trois parties par des piliers rectangulaires. Il porta sa main à sa joue et la retira couverte de sang. La balle lui avait éraflé le crâne, la blessure saignait abondamment et son manteau en peau de chevreau était fichu, une fois pour toutes.

Kollberg réagit tout aussi vite que Gunvald Larsson. Il rentra précipitamment dans la voiture et eut la présence d'esprit de se jeter par-dessus le dossier pour atterrir sur la banquette arrière. Un instant plus tard deux balles percèrent le toit de la voiture et vinrent brûler le capitonnage du siège avant. De l'endroit où il se trouvait il voyait Gunvald Larsson sous le porche, tapi contre le mur de gauche et de toute évidence blessé. Il savait qu'il lui fallait quitter très vite la voiture et grimper le perron. Presque sans y penser, il poussa donc la porte avant droite avec le pied tout en sortant par l'arrière gauche. Trois coups de feu retentirent, tous trois dirigés vers le côté droit de la voiture mais, à ce moment-là, Kollberg était déjà sorti par la gauche, avait empoigné la plus proche des quatre rampes de fer, escaladé les huit marches du perron sans poser le pied sur une seule d'entre elles et atterri avec la tête et l'épaule gauche contre le ventre de Gunvald Larsson.

Puis il respira profondément, se mit debout et resta là, contre le mur, à côté et légèrement en avant de Gunvald Larsson qui gémissait curieusement, sans doute de surprise ou par manque d'air.

Pendant quelques secondes, dix ou quinze peut-être, il ne se passa rien. Apparemment, ils n'étaient pas exposés au feu là où ils se trouvaient.

L'agent blessé gisait toujours dans le bassin et son collègue se tenait près de la voiture-radio, le pistolet à la main droite, regardant tout autour de lui, l'air de ne rien comprendre. Il n'avait dû voir ni Kollberg ni Gunvald Larsson et était très mal placé pour juger l'ensemble de la scène. Par contre, il voyait très bien son camarade, à huit mètres de lui, et commença à se diriger vers lui, le pistolet au poing et l'air toujours aussi perplexe.

– Bon Dieu, qu'est-ce qu'ils font là, ces deux cons-là, grommela Gunvald Larsson.

Et aussitôt après, il hurla :

– Arrête, Kvant! Planque-toi!

Où ça? pensa Kollberg.

En effet il n'y avait pratiquement rien derrière quoi se dissimuler.

Gunvald Larsson parut également s'en rendre compte car il ne dit pas un mot de plus. Et, pendant quelques secondes, il ne se passa rien d'autre qu'un sursaut de surprise de la part de l'agent, qui regarda en direction du porche mais continua à avancer. Sans doute ne parvenait-il pas à distinguer les deux hommes dans l'ombre relative où ils se trouvaient.

Un autobus rouge à impériale passa dans Dalagatan en direction du sud. On entendit un appel au secours hystérique.

L'agent, lui, était arrivé au bord du bassin, avait appuyé l'un des genoux contre celui-ci et s'était penché sur le blessé.

A l'intérieur du cercle de pierre courait une sorte de rebord, probablement destiné aux enfants, pendant l'été, afin qu'ils puissent s'y asseoir et tremper leurs pieds nus dans l'eau. La veste de cuir de l'agent brilla au soleil lorsqu'il posa son pistolet sur ce rebord afin d'avoir les mains libres. Il tourna son large dos vers le haut, vers le ciel, et les deux balles de fusil le touchèrent à moins d'une seconde d'intervalle, la première à la nuque et la seconde juste entre les omoplates.

Kurt Kvant tomba en avant, en travers de son collègue. Il n'émit pas le moindre son. Kristiansson avait eu le temps de voir le trou de sortie de la première balle entre son col de chemise et sa pomme d'Adam. Puis il sentit le poids du corps de son camarade sur ses propres hanches et s'évanouit sous la douleur, la peur et l'hémorragie. Ils dessinaient une sorte de croix sur les feuilles mortes, l'un mort, l'autre ayant perdu connaissance.

– Bordel, grogna Gunvald Larsson. Bordel de merde!

Kollberg, pour sa part, fut envahi par un grand sentiment d'irréel.

Quelques instants auparavant il attendait qu'il se passe quelque chose. Il était servi. Mais il avait maintenant l'impression que cela se déroulait dans une autre dimension que celle dans laquelle il travaillait et vivait encore.

Il se passa également quelque chose d'autre. Quelqu'un bougea et pénétra dans ce carré fatal. C'était un petit garçon portant un blouson vert mousse, des jeans de couleur très voyante dont chacune des jambes était d'un bleu différent et des bottes de cuir munies de bandes réfléchissantes. Il avait des cheveux blonds bouclés et ne pouvait pas avoir plus de cinq ans. Il s'approcha lentement, et comme en hésitant, du bassin.

Kollberg sentit un frisson lui parcourir le corps comme pour le préparer physiquement à bondir jusqu'au bassin et à prendre l'enfant dans ses bras. Gunvald Larsson s'en aperçut car, sans parvenir à détacher les yeux de cette scène macabre, il posa sa grosse main pleine de sang sur la poitrine de Kollberg et dit :

– Attends.

Le petit garçon était maintenant au bord du bassin et se penchait pour regarder les deux corps gisant en croix. Puis il se mit le pouce gauche dans la bouche, porta la main droite au lobe de son oreille gauche et éclata en sanglots.

Il resta là quelques instants, les larmes coulant sur ses joues rondes et la tête penchée de côté. Puis il fit demi-tour et repartit en courant dans la direction d'où il était venu. Il traversa le trottoir et la rue. Il était sorti du carré maudit et avait retrouvé la vie.

Personne n'avait tiré sur lui.

Gunvald Larsson regarda à nouveau sa montre-chronomètre.

Midi douze minutes vingt-sept secondes.

Puis il se dit en lui-même : Deux minutes et vingt-sept secondes.

Et, curieusement, Kollberg se mit à développer cette idée dans sa tête :

En général, deux minutes vingt-sept secondes, ce n'est pas long. Mais, dans certaines circonstances, c'est affreusement long. Un bon sprinter a le temps, au moins théoriquement, de courir quatorze fois le cent mètres. Et cela fait beaucoup.

Deux agents abattus, l'un certainement déjà mort. L'autre probablement aussi.

Gunvald Larsson à cinq millimètres de la fin et lui-même à cinq centimètres.

Et puis ce petit garçon au blouson vert.

Cela aussi, c'est beaucoup.

Lennart Kollberg regarda sa propre montre.

Elle indiquait déjà midi vingt.

C'était un perfectionniste sous certains rapports mais, sous certains autres, pas du tout.

D'un autre côté, cette montre était de fabrication russe, de marque Exakta, et il l'avait payée soixante-trois couronnes. Elle avait marché bien gentiment pendant plus de trois ans et, à condition de la remonter et de la régler à intervalles réguliers, il lui arrivait même de donner l'heure exacte.

Kollberg leva les mains, les regarda, puis les mit en porte-voix devant sa bouche :

– Vous tous qui m'entendez! L'endroit est dangereux! Mettez-vous à l'abri!

Il respira profondément puis reprit :

– Allô, allô! Ici la police! L'endroit est dangereux! Cachez-vous!

Gunvald Larsson tourna la tête et le regarda. L'expression de ses yeux d'un bleu de porcelaine était étrange.

Gunvald Larsson contemplait maintenant la porte qui donnait sur l'intérieur de l'Institut. Naturellement, un samedi à cette heure-là, elle était fermée à clé. Tout ce grand bâtiment était certainement désert. Il s'approcha de la porte et l'enfonça au moyen d'un coup de pied d'une puissance surhumaine.

En principe c'était impossible, mais il y parvint. Kollberg pénétra dans le bâtiment sur ses talons. La porte suivante était en verre et n'était pas fermée à clé. Mais il l'enfonça également et les éclats volèrent alentour.

Ils trouvèrent un téléphone.

Gunvald Larsson décrocha le combiné, composa le numéro de police secours et dit :

– Ici Gunvald Larsson. Je vous signale qu'au numéro 34 de Dalagatan il y a actuellement un fou qui tire à l'arme automatique depuis le toit ou le dernier étage. Dans la fontaine qui se trouve devant l'Institut Eastman il y a deux agents morts. Alarme générale pour tous les districts du centre de la ville. Barrez Dalagatan et Västmannagatan depuis Norra Bantorget jusqu'à Karlbergsvägen et Odengatan depuis Odenplan jusqu'à Sankt-Eriksplan. Et toutes les rues transversales du secteur. Vers l'ouest à partir de Västmannagatan et vers le sud à partir de Karlbergsvägen. Compris? Quoi? Rendre compte en haut lieu? Bien sûr, rendez compte à tous ceux que vous voudrez. Mais attendez une seconde. Surtout pas de voiture de police. Et personne en uniforme. Rassemblement...

Il baissa le combiné et fronça les sourcils.

– A Odenplan, suggéra Kollberg.

– Bonne idée, dit Gunvald Larsson. A Odenplan. Quoi? Je suis dans le bâtiment de l'Institut Eastman. Dans quelques minutes je vais traverser et essayer de lui mettre le grappin dessus.

Il reposa bruyamment le combiné et alla jusqu'au lavabo le plus proche. Là, il humecta une serviette et se l'attacha autour de la tête. Mais le sang perça presque aussitôt ce bandage de fortune.

Puis il déboutonna son manteau de chevreau et son veston. Ensuite il sortit son pistolet de son étui, sur sa hanche droite. Il le regarda d'un air sombre et dit à Kollberg :

– Qu'est-ce que t'as comme flingue?

Kollberg secoua la tête.

– Ah oui, c'est vrai, dit Gunvald Larsson. Tu es du genre pacifiste.

Comme tout ce qu'il possédait, son pistolet était très différent de celui des autres. C'était un Smith & Wesson 38 Master qu'il s'était procuré parce qu'il n'aimait pas du tout l'arme standard de la police suédoise, le Walther 7,65.

– Tu sais, dit Gunvald Larsson. J'ai toujours pensé que tu étais un foutu idiot.

Kollberg fit un signe de tête et dit :

– Comment crois-tu qu'on va traverser la rue?

XXV

On ne pouvait pas vraiment dire que la maison de Segeltorp fût impressionnante; c'était un pavillon en bois qui, à en juger par son allure, avait dû servir de villa un demi-siècle plus tôt, au bas mot. La peinture d'origine avait tellement souffert qu'elle laissait voir en certains endroits le gris du bois mais on pouvait malgré tout en déduire que la maison avait jadis été peinte en jaune clair, avec l'encadrement des fenêtres et l'angle des murs en blanc. Le terrain qui l'entourait paraissait grand en comparaison et la clôture avait été passée au rouge de Falun quelques années auparavant, de même que la rampe du perron, la porte d'entrée et le treillage autour du petit porche en bois.

La maison dominait la route et, comme la barrière était ouverte, Rönn fit monter à la voiture la pente assez raide qui menait à l'arrière du bâtiment.

Martin Beck descendit aussitôt et respira à pleins poumons tout en regardant autour de lui. Il se sentait souvent mal à l'aise en voiture.

Le terrain n'était pas entretenu et donc passablement broussailleux. Une allée à moitié dissimulée par l'herbe menait à un vieux cadran solaire rouillé qui avait l'air pathétique, égaré là sur son socle de ciment entouré de fourrés.

Rönn referma la porte et dit :

– Je commence à avoir faim. Tu crois qu'on aura le temps de casser une petite croûte quand on aura fini ici?

Martin Beck regarda sa montre. Rönn avait l'habitude de prendre son lunch à ce moment de la journée car il était midi dix. Pour sa part, Martin Beck ne faisait pas très attention à ce genre de choses; il ne mangeait guère quand il était en plein travail et préférait prendre son repas principal le soir.

– Bien sûr, dit-il. Allez, viens.

Ils firent le tour de la maison, montèrent le perron et frappèrent à la porte. Un homme d'environ soixante-dix ans l'ouvrit aussitôt.

– Entrez, messieurs, dit-il.

Il resta à les observer d'un œil curieux tandis qu'ils ôtaient leur manteau dans un vestibule assez exigu.

– Entrez, dit-il à nouveau, en s'effaçant pour leur laisser le passage.

Au bout du vestibule se trouvaient deux portes. L'une donnait sur la cuisine par l'intermédiaire d'un petit couloir. Dans celui-ci prenait un escalier qui menait à l'étage supérieur ou bien au grenier. L'autre porte donnait sur la salle de séjour. L'air y était humide, cela sentait le renfermé et l'entrée de la lumière était empêchée par de grandes plantes vertes semblables à des fougères, placées devant les fenêtres.

– Asseyez-vous, je vous en prie, dit l'homme. Ma femme arrive tout de suite. Vous prendrez bien un peu de café.

La pièce était meublée en style paysan suédois : un canapé en pin à dossier droit et au capitonnage rayé ainsi que quatre fauteuils du même type autour d'une table au plateau massif en pin joliment veiné. Martin Beck et Rönn s'assirent chacun à une extrémité du canapé. Tout au fond de la pièce une porte était entrebâillée et ils pouvaient entrevoir une tête de lit fendue en acajou et une armoire avec des glaces ovales sur les portes. L'homme alla fermer cette porte avant de venir s'asseoir sur l'un des fauteuils, de l'autre côté de la table.

Il était maigre et voûté, la peau de son visage et de son crâne chauve était grise et couverte de taches de rousseur. Sur sa chemise de flanelle à carreaux gris et noirs il portait une grosse veste de laine tricotée par sa femme.

– Quand j'ai entendu votre voiture, j'ai dit à ma femme que vous n'aviez pas mis longtemps à venir. J'avais peur de ne pas vous avoir très bien indiqué le chemin.

– Nous n'avons eu aucune difficulté, dit Rönn.

– Non, je suppose que quand on est dans la police on trouve son chemin partout, aussi bien en ville qu'à la campagne. Åke, lui, il connaît la capitale comme sa poche.

Il sortit de sa poche un paquet de John Silver légèrement écrasé et le leur tendit. Martin Beck et Rönn secouèrent tous deux la tête.

– Puisque c'est pour parler d'Åke que vous êtes venus, je ne sais pas exactement quand il est parti d'ici, comme je vous l'ai dit au téléphone. Ma femme et moi nous pensions qu'il allait peut-être dormir ici mais je suppose qu'il est rentré chez lui, en fait. Il lui arrive de coucher ici, de temps en temps. C'est son anniversaire aujourd'hui et nous pensions qu'il allait rester pour se faire servir le café au lit.

– Il a une voiture? demanda Rönn.

– Bien sûr, une Volkswagen. Ah, voici ma femme qui nous apporte le café.

Au moment où sa femme entra, venant de la cuisine, il se leva. Elle portait un plateau qu'elle posa sur la table. Puis elle s'essuya les mains sur son tablier et serra la main des deux visiteurs.

– Madame Eriksson, répondit-elle lorsqu'ils se levèrent et déclinèrent leur identité.

Elle servit le café et posa le plateau par terre avant de s'asseoir, à côté de son mari, les mains dans son giron. Elle avait l'air d'avoir le même âge que lui. Ses cheveux étaient argentés et très bouclés par une permanente mais son visage rond était presque dépourvu de rides et le rouge de ses joues n'avait pas l'air d'être le fait du maquillage. Elle regarda ses mains et, lorsque Martin Beck surprit un coup d'œil effarouché dans sa direction, il se demanda si elle avait peur ou bien si elle était facilement intimidée, tout simplement.

– Nous voudrions vous poser quelques questions à propos de votre fils, madame Eriksson, dit-il. Si j'ai bien compris ce que m'a dit votre mari, il était ici hier soir. Savez-vous quand il est parti?

Elle regarda son mari comme si elle espérait qu'il allait répondre à sa place mais celui-ci se contenta de remuer son café sans rien dire.

– Non, dit-elle d'une voix hésitante. Je ne sais pas. Il a dû partir après que nous nous soyons couchés.

– A quelle heure était-ce?

Elle regarda à nouveau son mari.

– A quelle heure, Otto?

– Dix heures et demie. Onze heures, peut-être. D'habitude nous nous couchons plus tôt mais comme Åke était là... Probablement dix heures et demie.

– Vous ne l'avez donc pas entendu partir?

– Non, dit l'homme. Mais pourquoi me demandez-vous ça? Il ne lui est rien arrivé?

– Non, dit Martin Beck, pas que nous sachions. Simples questions de routine. Dites-moi : que fait votre fils maintenant?

La femme s'était à nouveau plongée dans la contemplation de ses mains et ce fut l'homme qui répondit :

– Il est toujours installateur d'ascenseurs. Cela fait un an maintenant.

– Et auparavant?

– Oh! il a fait un peu de tout! Pendant un certain

temps il a travaillé dans une firme qui fabrique des tuyaux, puis il a fait le taxi et il a été gardien de nuit. Avant sa place actuelle il a été chauffeur de camion. Tout en suivant des cours de formation professionnelle dans les ascenseurs.

– Hier soir, dit Martin Beck, vous a-t-il paru dans son état normal? De quoi a-t-il parlé?

L'homme ne répondit pas aussitôt et la femme prit un gâteau, qu'elle se mit à émietter sur la soucoupe qui se trouvait devant elle. L'homme finit par dire :

– Il était à peu près comme d'habitude. Il n'a pas beaucoup parlé mais il ne parle plus beaucoup maintenant. Il se faisait des soucis pour son loyer et puis à cause de Malin, bien sûr.

– Malin? interrogea Rönn.

– La petite. Ils la lui ont enlevée. Et maintenant ils vont certainement lui prendre son appartement.

– Excusez-moi, dit Martin Beck. Je n'ai pas très bien compris. Qui lui a enlevé sa fille? C'est bien de sa fille que vous parlez?

– Oui, Malin, dit l'homme en caressant le bras de sa femme. Comme sa grand-mère. Je croyais que vous le saviez. C'est la Protection de l'enfance qui lui a retiré Malin.

– Pourquoi? demanda Martin Beck.

– Pourquoi la police a-t-elle assassiné sa femme?

– Répondez à ma question, dit Martin Beck. Pourquoi lui ont-ils retiré sa fille?

– Oh, ce n'est pas la première fois qu'ils essaient mais ils ont quand même fini par obtenir une attestation comme quoi il n'est pas capable de s'occuper d'elle. Nous avons naturellement proposé de la prendre ici, chez nous, mais ils ont dit que nous sommes trop vieux. Et que la maison ne lui convient pas.

La femme observait Martin Beck mais lorsque leurs regards se rencontrèrent il plongea rapidement le sien dans sa tasse à café. A voix basse mais indignée, elle ajouta :

– C'est sans doute meilleur pour elle d'aller vivre chez des étrangers. Et puis elle serait tout de même mieux ici qu'en ville.

– Vous l'avez déjà eue chez vous auparavant, n'est-ce pas?

– Oh oui, bien des fois, dit la femme. Elle couche dans la mansarde quand elle est ici. C'est l'ancienne chambre d'Åke.

– Du fait de son travail, Åke n'a pas toujours pu s'occuper d'elle lui-même, dit l'homme. Ils ont dit qu'il était instable, je ne sais pas trop pourquoi. Je suppose qu'ils font allusion au fait qu'il a souvent changé de métier. Mais ça ne devient pas facile, de nos jours, avec le chômage qui augmente sans arrêt. Pourtant, il a toujours été très gentil avec Malin.

– Quand est-ce que ça s'est produit? demanda Martin Beck.

– Pour Malin? Ils sont venus la chercher avant-hier.

– Est-ce qu'il en a été très affecté? demanda Rönn.

– Oh! certainement, bien qu'il n'ait pas dit grand-chose. Et puis il y avait le loyer et nous, on ne peut pas l'aider, avec notre petite retraite.

– Il ne pouvait pas payer son loyer?

– Non, et il va sans doute être mis à la porte, dit-il. On se demande d'ailleurs qui peut bien avoir les moyens de payer des loyers aussi élevés.

– Où habite-t-il?

– Dalagatan. Dans un immeuble neuf. Il n'a rien pu trouver d'autre quand ils ont abattu la maison où il logeait avant. Et puis, à cette époque, il gagnait plus que maintenant alors il a cru qu'il y arriverait. Mais ce n'est pas ça le pire. Le pire, c'est la petite.

– J'aimerais en savoir un peu plus sur cette affaire, dit Martin Beck. On n'enlève pas un enfant à son père comme ça.

– Vous croyez?

– Il paraît qu'on procède d'abord à des enquêtes approfondies.

– Oui, je suppose. Il y a quelqu'un qui est venu nous poser des questions, à ma femme et à moi. Il a inspecté la maison et il nous a demandé toutes sortes de choses sur Åke. Il n'était pas gai, ça non, surtout depuis la mort de Marja, mais vous pouvez peut-être le comprendre, Monsieur le commissaire. Ils ont dit qu'il était dépressif et que son humeur très sombre avait une influence néfaste sur le psychisme de l'enfant. Je me rappelle encore des mots parce qu'ils parlent toujours très bien. Ils ont dit aussi que ses heures de travail n'étaient pas bonnes pour elle. Et puis ses difficultés d'argent, le loyer qu'il n'arrivait pas à payer. Je crois qu'il y a des voisins qui se sont plaints qu'il laissait Malin seule la nuit et qu'il ne lui donnait pas assez à manger.

– Savez-vous si la Protection de l'enfance a parlé à quelqu'un d'autre?

– Ils sont allés trouver son employeur. Je crois qu'ils essayaient de voir tous les supérieurs qu'il a eus.

– Dans la police aussi?

– Bien sûr. Celui-là, c'est le plus important, il me semble bien.

– Et il n'a rien dit de bon sur votre fils, je suppose.

– Non, Åke nous a dit qu'il y a un an, quand ils ont commencé à fouiller dans sa vie privée, il a fait un rapport qui lui enlevait toutes chances de garder Malin.

– Savez-vous qui est l'auteur de ce rapport?

– Oui. C'est le commissaire Nyman, le même qui a laissé sa femme mourir sans lever le petit doigt.

Martin Beck et Rönn échangèrent un rapide coup d'œil.

Mme Eriksson regarda d'abord son mari puis les deux visiteurs, inquiète à l'idée de ce qu'ils allaient penser des nouvelles accusations de son mari. Car elles visaient en fait un de leurs collègues directs. Elle tendit le plat tout d'abord à Rönn, qui prit une bonne tranche de gâteau de Savoie, puis à Martin Beck, qui secoua la tête.

– Votre fils a-t-il parlé du commissaire Nyman hier soir?

– Il a simplement dit que c'était de sa faute si on lui a enlevé Malin. C'est tout. Il n'est plus très bavard, notre gars, mais hier il a encore moins parlé que d'habitude, n'est-ce pas Malin?

– Oui, dit sa femme en mangeant les miettes de son assiette.

– Qu'est-ce qu'il a fait hier soir, alors? demanda Martin Beck.

– Il a mangé avec nous. Il a regardé la télévision pendant un moment. Et puis il est monté dans sa chambre et nous sommes allés nous coucher.

Martin Beck avait remarqué le téléphone qui se trouvait dans l'entrée.

– A-t-il utilisé le téléphone au cours de la soirée?

– Pourquoi nous demandez-vous ça? Est-ce qu'il a fait quelque chose?

– Je suis obligé de vous demander de répondre d'abord à nos questions, dit Martin Beck. A-t-il téléphoné d'ici hier soir?

Le couple resta muet pendant quelques instants. Puis l'homme dit :

– Peut-être. Je ne sais pas. Il peut s'en servir quand il le désire.

– Vous ne l'avez donc pas entendu utiliser le téléphone?

– Non. D'ailleurs nous regardions la télévision. Je me souviens qu'il est sorti à un moment et qu'il a refermé la porte derrière lui. Il ne le fait pas d'habitude s'il va simplement aux toilettes. Le téléphone est dans l'entrée et, quand la télévision marche, il vaut mieux fermer la porte pour ne pas être dérangé. Et puis nous n'entendons plus très bien et nous mettons en général le son assez fort.

– A quelle heure était-ce? Je veux dire : quand il est sorti de la pièce?

– Je ne me souviens pas. Mais nous regardions le film et c'était à peu près au milieu. Vers neuf heures, peut-être. Pourquoi voulez-vous savoir ça?

Martin Beck ne répondit pas. Rönn, qui avait fini de dévorer son gâteau, demanda soudain :

– Votre fils est un excellent tireur, je crois. Il était parmi les meilleurs de la police à l'époque. Savez-vous s'il possède encore des armes?

La femme regarda Rönn avec une expression nouvelle dans les yeux et l'homme se redressa fièrement. Ils n'avaient sans doute pas eu beaucoup d'occasions d'entendre des propos aussi flatteurs sur leur fils au cours des dix dernières années.

– Oui, dit l'homme. Åke a remporté pas mal de concours mais, malheureusement, ses coupes ne sont pas ici. Elles sont dans son appartement de Dalagatan. En ce qui concerne ses armes...

– Il devrait les vendre, interrompit la femme. Ça vaut cher et il a besoin d'argent.

– Savez-vous de quelles armes il s'agit? demanda Rönn.

– Oui, dit l'homme. Je le sais bien. Je me suis moi-même beaucoup intéressé au tir dans ma jeunesse. Åke a surtout les armes de la défense civile, comme on dit maintenant. Il est officier de la défense civile à titre volontaire. Ce n'est pas mal, si je peux me permettre.

– Savez-vous de quelles armes il s'agit? s'obstina Rönn.

– Surtout son mauser. Et puis il a son pistolet; c'est avec lui qu'il a remporté ses plus beaux titres, il y a déjà bien longtemps de ça.

– Quelle marque?

– Hammerli International. Il me l'a montré. Et puis il a...

– Qu'est-ce qu'il a?

L'homme hésita.

– Je ne sais pas, oh naturellement il a un permis pour ces deux-là, vous vous doutez bien...

– Je peux vous assurer que nous n'avons pas l'intention d'arrêter votre fils pour port d'arme illégal, dit Martin Beck. Qu'est-ce qu'il a d'autre?

– Un fusil automatique américain. Un Johnson. Mais il doit bien avoir un permis pour celui-là aussi, parce que je sais qu'il a également participé à des concours avec.

– C'est assez impressionnant comme arsenal, marmonna Martin Beck.

– Et encore? demanda Rönn.

– Sa vieille carabine de la défense civile. Mais elle ne vaut pas grand-chose. Elle doit d'ailleurs être ici, dans la penderie. Mais le canon est un peu usé et puis ça n'a jamais très bien tiré, ces engins-là. Tout le reste n'est certainement pas ici.

– Non, bien sûr, c'est dans son appartement de Dalagatan, dit Rönn.

– Oui, je crois bien, dit l'homme. Il a bien sa chambre, là-haut, mais tout ce à quoi il tient il l'a chez lui, naturellement. S'il ne peut plus rester là-bas, il va pourtant bien falloir qu'il emménage ici jusqu'à ce qu'il trouve autre chose. Parce que la mansarde n'est pas grande.

– Avez-vous des objections à ce que nous allions y jeter un coup d'œil? demanda Martin Beck.

L'homme le regarda d'un air dubitatif.

– Non, vous pouvez y aller. Mais il n'y a pas grand-chose à voir.

La femme se leva et fit tomber d'un geste de la main les miettes de gâteau qui se trouvaient sur sa jupe.

– Oh! dit-elle. Je ne suis pas encore montée aujourd'hui. C'est peut-être un peu en désordre.

– Non, dit son mari, ça va. J'y suis allé ce matin pour voir si Åke avait couché là. Mais c'est parfaitement en ordre. Åke a de bonnes habitudes.

L'homme détourna le regard et ajouta à voix basse :

– Åke est un bon garçon. Ce n'est pas de sa faute s'il a eu des moments difficiles. Nous avons travaillé toute notre vie et nous avons essayé de lui donner la meilleure éducation possible. Mais tout est allé de travers, aussi bien pour lui que pour nous. Quand j'étais jeune, j'avais des idées et je croyais que tout irait mieux. Maintenant je suis vieux, tout le monde se fiche pas mal de moi et tout marche de travers. Si j'avais su comment la société évoluerait, je n'aurais jamais eu d'enfants. On nous a roulés dans la farine.

– Qui ça? demanda Rönn.

– Les politiciens. Les grands chefs. Tous ceux qu'on croyait être des nôtres. Ce n'est rien qu'une bande de gangsters.

– Si vous voulez nous montrer sa chambre, dit Martin Beck.

– Oui, dit l'homme.

Il sortit devant eux dans le couloir et ils montèrent un escalier en bois assez raide aux marches qui craquaient. En face de l'escalier se trouvait une porte qu'il ouvrit.

– Voilà, c'est la chambre d'Åke. Bien sûr, c'était mieux quand il était petit et qu'il habitait ici. Quand il s'est marié il a emporté la plupart de ses meubles. Et maintenant il vient très rarement.

Il s'arrêta à l'endroit où il se trouvait et tint la porte ouverte. Martin Beck et Rönn pénétrèrent dans la petite chambre. Les murs étaient recouverts de papier à fleurs défraîchi et une fenêtre ouvrait sur le toit. Sur l'un des côtés se trouvait une porte tapissée comme le reste du mur, sans doute une penderie ou bien un cagibi. Un petit lit de fer, avec une couverture militaire grise en guise de couvre-pieds, était poussé contre l'autre mur. Au plafond pendait un abat-jour jaune pâle aux longues franges assez sales.

Au-dessus du lit était accroché un petit cadre dont

le verre était cassé. Il contenait le portrait d'une petite fille aux boucles blondes assise sur l'herbe d'un pré et tenant dans ses bras un agneau. Au pied du lit se trouvait un vase de nuit en plastique rose.

Un hebdomadaire était ouvert sur la table, à côté d'un stylo-bille, et un essuie-mains ordinaire, à carreaux rouges et blancs, était jeté sur le dossier de la chaise.

C'est tout ce qu'il y avait dans la pièce.

Martin Beck prit l'essuie-mains. Il avait été usé par un nombre répété de lessives et était légèrement taché. Il l'observa à contre-jour. Les taches étaient jaunes et rappelaient un peu la graisse que l'on trouve autour des morceaux de pâté de foie gras. La forme de ces taches incitait à penser que l'on avait essuyé un couteau avec. Cette graisse jaune rendait le tissu presque transparent et Martin Beck le tâta d'un air pensif, avant de le porter à son nez et de renifler. Au moment même où il comprenait ce que c'était que ces taches et ce qui les avait causées, Rönn s'exclama :

– Regarde, Martin.

Il était debout près de la table et montrait le journal. Martin Beck se pencha et vit qu'il y avait quelque chose d'écrit au stylo à bille dans la marge supérieure, au-dessus des mots croisés qui figuraient sur la droite. Il y avait neuf noms répartis en trois colonnes.

Ils étaient écrits en capitales repassées plusieurs fois. Le regard de Martin Beck s'arrêta sur la première colonne :

STIG OSCAR NYMAN †
PALMON HARALD HULT †
MARTIN BECK †

Il eut le temps de remarquer que, parmi les autres noms, se trouvaient ceux de Melander, du sous-directeur à la Sûreté publique et du directeur général de la police nationale. Ainsi que celui de Kollberg.

Puis il se tourna vers l'homme qui se tenait toujours

sur le pas de la porte. Il avait la main sur la poignée et les regardait d'un air perplexe.

– A quel numéro de Dalagatan habite votre fils? demanda Martin Beck.

– Au numéro 34, répondit l'homme. Mais...

– Allez retrouver votre femme, dit Martin Beck. Nous arrivons tout de suite.

L'homme descendit lentement l'escalier. Arrivé à la dernière marche il se retourna et regarda Martin Beck, l'air intrigué, mais celui-ci lui fit signe de continuer jusqu'à la salle de séjour. Puis il se tourna vers Rönn.

– Appelle Strömgren ou celui qui est de service. Donne-lui le numéro d'ici et dis-lui de prendre immédiatement contact avec Kollberg à Sabbatsberg pour qu'il nous appelle dès que possible. Tu as de quoi relever des empreintes, dans la voiture?

– Bien sûr, dit Rönn.

– Bon, va le chercher. Mais téléphone d'abord.

Martin Beck regarda tout autour de lui dans cette mansarde bien peu luxueuse. Puis il regarda sa montre. Une heure moins dix. C'est alors qu'il entendit Rönn remonter l'escalier quatre à quatre.

A la vue de ses joues blêmes et de ses yeux écarquillés, il comprit que la catastrophe qu'il attendait depuis la veille était arrivée.

XXVI

Kollberg et Gunvald Larsson étaient toujours au rez-de-chaussée de l'Institut Eastman lorsque les sirènes commencèrent à se faire entendre. Ce fut tout d'abord celle d'un véhicule isolé qui semblait venir de Kungsholmen et franchir le pont Saint-Eric. Mais, peu à peu, dans diverses parties de la ville, d'autres voitures joignirent leur voix à ce chœur et un vacarme assourdissant qui semblait provenir de tous les côtés à la fois envahit l'espace sans pourtant jamais arriver près d'eux.

Ils se trouvaient au centre d'un cercle de silence. Un peu comme lorsque l'on pénètre dans un pré, par une nuit d'été, ce qui fait instantanément taire les cigales autour de vous, mais uniquement à cet endroit, pensa Kollberg.

Il venait d'observer par une fenêtre ce qui se passait du côté de Dalagatan et de constater que rien n'avait empiré et que certaines choses avaient même évolué dans un sens favorable. Les deux agents gisaient toujours dans le bassin circulaire mais il n'y avait pas d'autres morts ni d'autres blessés dans la rue. Les gens qui se trouvaient là auparavant avaient disparu, même ceux qui étaient allongés sur le sol. Ils n'avaient donc probablement pas été atteints.

Gunvald Larsson n'avait pas encore répondu à la

question que venait de lui poser Kollberg sur la façon dont ils allaient pouvoir traverser la rue. Au lieu de cela, il se mordait la lèvre, l'air pensif, et regardait en direction d'une série de blouses de dentistes pendues à des portemanteaux le long du mur, sans voir Kollberg qui se trouvait pourtant sur la trajectoire.

Le choix qui leur était offert était manifeste.

Traverser le carré pavé puis la rue, ou bien sortir par une fenêtre donnant sur le parc et faire le tour.

Ni l'une ni l'autre de ces deux solutions n'était très enthousiasmante. La première possédait toutes les apparences d'une tentative de suicide, la seconde représentait une perte de temps considérable.

Kollberg regarda à nouveau par la fenêtre, mais très prudemment et en prenant bien soin de ne pas toucher au rideau.

Il désigna de la tête la fontaine, avec son décor presque surnaturel consistant en un globe terrestre avec un enfant à genoux sur la Scandinavie et deux agents de police gisant en croix.

Et il dit :

– Tu les connaissais, ces deux-là?

– Oui, dit Gunvald Larsson. Des gars de Solna. Kristiansson et Kvant.

Puis, au bout d'un instant de silence :

– Qu'est-ce qu'ils fichaient là?

Kollberg, pour sa part, posa une question encore plus intéressante :

– Qui pouvait bien avoir envie de les descendre?

– Et pourquoi essayer de nous descendre, nous?

Ça aussi, c'était une bonne question.

Mais, apparemment, quelqu'un avait de bonnes raisons pour cela. Quelqu'un qui était équipé d'un fusil automatique et qui n'avait pas seulement abattu deux agents en uniforme mais aussi fait de son mieux pour tuer Kollberg et Gunvald Larsson. Et dont on aurait également dit qu'il ne voulait pas braquer son arme sur qui que ce soit d'autre, bien que les cibles vivantes n'aient pas manqué.

Pourquoi?

Il y avait une réponse assez tentante. A savoir que la personne qui tirait avait reconnu Kollberg et Gunvald Larsson. Cette personne savait de qui il s'agissait et désirait vraiment les tuer.

Mais cette personne avait-elle également reconnu Kristiansson et Kvant? Pas nécessairement, mais leur uniforme les signalait à l'attention. En tant que quoi?

– On dirait quelqu'un qui n'aime pas particulièrement la police, marmonna Kollberg.

– Mmm, dit Gunvald Larsson.

Il soupesa son pistolet dans sa grosse main et demanda :

– As-tu vu si ce salaud se trouve sur le toit ou bien dans l'un des appartements?

– Non. Je n'ai pas eu le temps de faire attention.

Soudain il se passa quelque chose dans la rue. Quelque chose d'assez prosaïque et pourtant de remarquable.

Une ambulance arriva en provenance du sud. Elle s'arrêta, fit marche arrière en direction de la fontaine et s'arrêta à nouveau. Deux hommes en blouse blanche en descendirent, ouvrirent les portes arrière et sortirent deux civières. Ils se déplaçaient sans hâte excessive. L'un d'entre eux leva même la tête en direction de l'immeuble de neuf étages qui se trouvait de l'autre côté de la rue mais il ne se passa toujours rien.

Kollberg fit la grimace.

– Voilà notre chance, dit Gunvald Larsson.

– Tu parles d'une chance, rétorqua Kollberg.

Il ne se sentait pas particulièrement séduit mais Gunvald Larsson, pour sa part, avait déjà ôté sa veste et fouillait énergiquement parmi les blouses blanches.

– Tant pis, je prends celle-là. Ça m'a l'air d'être la plus grande.

– Tu sais, il n'y a que trois tailles, dit Kollberg.

Gunvald Larsson hocha la tête, remit son pistolet dans son étui et enfila la blouse. Le moins que l'on pût dire c'était qu'elle le serrait un peu aux épaules.

Kollberg secoua la tête et tendit le bras vers la plus grande des blouses qui se trouvaient devant lui. La sienne le bridait sur le ventre.

On aurait dit deux comiques dans un vieux film muet.

– Ça marchera peut-être, dit Gunvald Larsson.

– Faut bien espérer, dit Kollberg.

– Okay?

– Okay.

Ils descendirent le perron, traversèrent l'espace pavé et passèrent tout près des ambulanciers, qui venaient de déposer Kvant sur la première des deux civières.

Kollberg jeta un coup d'œil sur le mort. Il le reconnaissait. Il l'avait vu plusieurs fois, à intervalles très espacés, et il lui semblait se rappeler qu'en l'une de ces occasions il avait même fait quelque chose de remarquable. Quoi au juste? Arrêté un dangereux maniaque sexuel*? Quelque chose comme ça.

Gunvald Larsson avait déjà traversé la moitié de la rue. Il avait une allure plutôt étrange dans cette blouse blanche beaucoup trop petite pour lui et avec son bonnet blanc sur la tête. Les deux infirmiers le regardèrent avec de grands yeux.

Une détonation retentit.

Kollberg traversa la rue en courant à toute vitesse.

Mais cette fois la balle n'était pas pour lui.

Un minibus de la police passait dans Odengatan, en direction de l'est, sirène bloquée. Le premier coup de feu retentit au moment où il se trouvait à la hauteur de Sigtunagatan mais il fut suivi de beaucoup d'autres. Gunvald Larsson fit un ou deux pas vers le bord du

* Voir *l'Homme au balcon*, 10/18 nº 1717 (*N.d.T.*).

trottoir pour mieux voir. Le bus prit d'abord de la vitesse mais se mit ensuite à zigzaguer. Lorsqu'il franchit le croisement de Dalagatan et d'Odengatan, avant de disparaître, le feu cessa. Mais juste après on entendit un bruit de tôles froissées qui ne présageait rien de bon.

– Bande d'idiots! s'exclama Gunvald Larsson.

Il alla retrouver Kollberg près de la porte d'entrée de l'immeuble, déboutonna sa blouse blanche, sortit son pistolet et dit :

– Il est sur le toit, c'est certain. On va voir ça.

– Il était sur le toit tout de suite, fit observer Kollberg.

– Qu'est-ce que tu veux dire?

– Je ne crois pas qu'il y était quand il a commencé à tirer.

– On va voir, répéta Gunvald Larsson.

Le bâtiment avait deux entrées sur la rue. Celle où ils se trouvaient était la plus au nord. Ils la prirent pour commencer. L'ascenseur ne fonctionnait pas et quelques locataires plutôt effrayés se tenaient dans l'escalier du premier étage.

La vue de Gunvald Larsson la blouse ouverte, un bandeau sanguinolent autour de la tête et le pistolet au poing n'avait pas vraiment de quoi les rassurer. La plaque de Kollberg était dans son veston, lequel était resté de l'autre côté de la rue. Et si Gunvald Larsson avait des papiers sur lui il se garda bien de les montrer.

– Poussez-vous de là, se contenta-t-il de grogner.

– Rassemblez-vous quelque part au rez-de-chaussée, suggéra Kollberg.

Il ne fut pas facile de calmer ces personnes, trois femmes, un enfant et un vieillard, qui avaient dû voir de leur fenêtre ce qui se passait de l'autre côté de la rue.

– Ne vous affolez pas, dit Kollberg. Il n'y a pas de danger.

Il n'eut pas plutôt dit cela qu'il partit d'un rire un peu creux.

– Non, c'est vrai, la police est là, ajouta Gunvald Larsson par-dessus son épaule.

L'ascenseur se trouvait à peu près au sixième. Sur le palier du dessus la porte de la cage était ouverte et ils purent plonger le regard dans celle-ci. L'appareil avait l'air totalement inutilisable. Quelqu'un l'avait soigneusement saboté pour l'empêcher de fonctionner. Ce quelqu'un était probablement l'homme qui se trouvait sur le toit. Ils en savaient donc un peu plus sur son compte, maintenant. Il tirait bien, il les connaissait de vue et il s'y connaissait en ascenseurs.

C'est toujours cela, pensa Kollberg.

Un étage plus haut, ils furent arrêtés par une porte en fer. Celle-ci était fermée à clé et probablement barricadée de l'autre côté, même s'il n'était pas facile de deviner de quelle façon.

Par contre, il n'était pas difficile de deviner qu'elle serait impossible à ouvrir par les moyens ordinaires.

Gunvald fronça ses sourcils blonds et broussailleux.

– Inutile de se mettre à taper dessus, dit Kollberg, on ne pourra jamais l'enfoncer.

– On pourrait enfoncer celle de l'un des appartements du dessous, dit Gunvald Larsson, sortir par la fenêtre et essayer de monter par l'extérieur.

– Sans échelle ni corde?

– C'est vrai, dit Gunvald Larsson, c'est pas possible.

Il réfléchit quelques secondes et ajouta :

– Qu'est-ce que tu irais faire sur le toit, d'ailleurs? Sans arme?

Kollberg ne répondit pas.

– C'est certainement pareil dans l'autre cage d'escalier, soupira Gunvald Larsson d'une voix amère.

C'était en effet pareil dans l'autre cage d'escalier, mis à part la présence d'un homme fort affairé, se disant capitaine en retraite, qui veillait sur les quelques personnes rassemblées.

– J'ai l'intention de mettre tous les civils à l'abri dans la cave, dit-il.

– Parfait, mon capitaine, dit Gunvald Larsson. Allons-y.

Mais le reste était la sinistre répétition de la situation régnant dans l'autre escalier : porte d'ascenseur ouverte, machinerie hors d'usage, porte de fer bouclée à double tour. Possibilités de passer : néant.

Gunvald Larsson, perplexe, se frotta le menton avec le canon de son pistolet.

Kollberg regarda l'arme, mal à l'aise. C'était un beau pistolet, bien entretenu et astiqué, avec une poignée en noyer rayé. Le cran de sûreté était mis. Il n'avait jamais remarqué que la tendance à tirer à tout bout de champ fît partie des nombreux défauts de Gunvald Larsson. Soudain il demanda :

– Tu as déjà tué quelqu'un?

– Non. Pourquoi me demandes-tu ça?

– Je ne sais pas.

– Qu'est-ce qu'on fait maintenant?

– Je crois que le mieux est de nous replier sur Odenplan, dit Kollberg.

– Peut-être bien.

– Nous sommes les seuls à être exactement au courant de la situation. Ou, tout du moins, à savoir ce qui s'est passé.

La proposition n'avait pas l'air d'enchanter Gunvald Larsson. Il s'arracha un poil de la narine gauche et le contempla d'un air distrait.

– Je voudrais bien faire descendre ce type de ce toit, dit-il.

– Mais, nous, on ne peut pas y monter.

– Exact.

Ils redescendirent au rez-de-chaussée. Au moment où ils s'apprêtaient à quitter la maison, ils entendirent quatre nouveaux coups de feu.

– Sur quoi tire-t-il? demanda Kollberg.

– Sur la voiture-radio, répondit Gunvald Larsson. Il s'entraîne.

Kollberg regarda la voiture de police vide et vit que le projecteur se trouvant sur le toit et les clignotants étaient détruits.

Ils sortirent de l'immeuble en rasant les murs et tournèrent aussitôt à gauche dans Observatoriegatan. Personne en vue.

Dès qu'ils eurent franchi le coin de la rue ils jetèrent leur blouse blanche sur le trottoir.

Ils entendirent au-dessus d'eux le bruit d'un hélicoptère, sans pouvoir le voir.

Le vent s'était légèrement levé et il était maintenant glacial, malgré le soleil trompeur qui régnait.

– As-tu pensé à relever le nom de ceux qui habitent là-haut? demanda Gunvald Larsson.

Kollberg fit signe que oui de la tête.

– Apparemment il y a deux ateliers d'artiste mais l'un d'eux est vide pour l'instant.

– Et dans l'autre?

– C'est un certain Eriksson qui y habite. Un homme seul avec sa fille, d'après ce que j'ai compris.

– Ah bon.

En résumé : quelqu'un qui tirait bien, qui avait à sa disposition un fusil automatique, qui connaissait Kollberg et Gunvald Larsson, qui n'aimait pas la police, qui s'y connaissait en ascenseurs et qui s'appelait peut-être Eriksson.

Ils marchèrent d'un bon pas.

De tous les côtés leur parvenaient des bruits de sirènes.

– Il va falloir passer par l'extérieur, dit Kollberg.

Gunvald Larsson n'eut pas l'air convaincu.

– Peut-être, dit-il.

Si Dalagatan et les environs immédiats étaient déserts, il n'y avait que plus de monde à Odenplan. La place triangulaire grouillait véritablement de voitures de police et d'agents en uniforme et, comme on pouvait s'y attendre, cet afflux de forces de l'ordre avait attiré un certain nombre de curieux. Les barrages hâtivement mis en place avaient causé des embouteillages spectaculaires qui commençaient déjà à se propager dans tout le centre de la ville. Odengatan était remplie, jusqu'à Valhallavägen, de véhicules immobilisés, une dizaine d'autobus étaient pris dans la confusion qui régnait sur la place elle-même et les nombreux taxis qui se trouvaient sur les lieux à ce moment-là n'arrangeaient pas la situation. Leurs chauffeurs étaient tous descendus de voiture et allés se mêler à la foule des agents et des badauds.

Tout le monde se demandait bien de quoi il retournait au juste.

Et la foule ne cessait d'affluer de tous côtés, en particulier de la bouche du métro. Le tableau était complété par une foule de policiers à moto, deux voitures de pompiers et un hélicoptère de surveillance. Çà et là, des groupes de policiers en uniforme s'efforçaient de se faire un peu de place, dans la plus grande improvisation.

Cela n'aurait pas pu être pire si feu le commissaire Nyman en personne avait dirigé la manœuvre, se dit Kollberg, tandis que, suivi par Gunvald Larsson, il tentait de se frayer un chemin en direction de la bouche de métro, près de laquelle semblait se concentrer toute cette activité.

En effet, ils trouvèrent là quelqu'un avec qui il pouvait être utile de parler, à savoir Hansson-du-cinquième. Plus respectueusement le commissaire principal Norman Hansson, un vieux de la vieille qui connaissait le quartier comme sa poche.

– C'est toi qui commandes ici? demanda Kollberg.

– Oh non, Dieu merci.

Hansson regarda tout autour de lui, apparemment fort inquiet.

– Alors qui est-ce?

– Je crois qu'il y a pas mal de candidats mais j'ai vu Malm il y a un instant. Il est dans la camionnette, là-bas.

Ils réussirent à approcher de la voiture en question.

Malm était un homme élégant et soigné de sa personne, d'environ quarante-cinq ans, au joli sourire et aux cheveux frisés. Les mauvaises langues disaient qu'il entretenait sa forme en faisant du cheval à Djurgården. Sa loyauté politique était au-dessus de tout soupçon et ses diplômes de toute première qualité. Ses compétences professionnelles, elles, étaient plus discutables. Certains en niaient même résolument l'existence.

– Dans quel état tu es, Larsson, dit-il.

– Où est Beck? demanda Kollberg.

– Je n'ai pas réussi à le toucher. De toute façon, c'est une affaire de spécialistes.

– Spécialistes de quoi?

– Du maintien de l'ordre, bien sûr, répliqua Malm, froissé. Mais le préfet de police est absent et le directeur de la sûreté urbaine est en congé. Heureusement, j'ai pu entrer en contact avec le directeur de la police nationale. Il se trouve à Stocksund et...

– Parfait, dit Gunvald Larsson.

– Qu'est-ce que tu veux dire? demanda Malm, méfiant.

– Il est hors de portée des projectiles, dit Gunvald Larsson avec son air le plus innocent.

– Quoi? Enfin, bref, c'est moi qui commande l'opération. Vous venez du lieu du crime, il me semble. Comment jugez-vous la situation?

– Il y a un fou armé d'un fusil automatique qui est posté sur le toit et qui tire sur tous les agents de police qu'il voit, dit Gunvald Larsson.

Malm le regarda, l'air d'attendre la suite; mais celle-ci ne vint pas.

Gunvald Larsson se frappa les bras contre le corps pour se réchauffer.

– Il est très bien retranché, ajouta Kollberg. Les toits qui se trouvent à proximité sont situés plus bas. Et, de là où il est, il peut aller se poster dans les ateliers situés en haut de l'immeuble. On n'a pas encore réussi à voir le bout de son nez. Autrement dit, il va peut-être être difficile à épingler.

– Il y a pas mal de moyens, dit Malm, d'un air supérieur. Nous ne manquons pas de ressources.

Kollberg se tourna vers Hansson.

– Et cette voiture qui s'est fait canarder dans Odengatan, quel est le bilan?

– Plutôt moche, dit Hansson, l'air sombre. Deux hommes de blessés, l'un au bras, l'autre à la jambe. Puis-je me permettre une suggestion?

– Laquelle? demanda Gunvald Larsson.

– Nous en aller d'ici et gagner un endroit situé à l'intérieur du barrage. Par exemple le terrain de l'usine à gaz sur Torsgatan.

– Là où se trouvait l'ancien gazomètre, précisa Kollberg.

– Exactement. Il a été détruit. Pour laisser la place à un échangeur.

Kollberg poussa un soupir. Ce vieux gazomètre en briques était un bâtiment unique en son genre et certaines personnes avisées avaient mené une campagne pour sa préservation. Mais celle-ci avait échoué, naturellement. Priorité à la circulation.

Kollberg secoua la tête. Pourquoi fallait-il qu'il pense toujours à des choses qui n'avaient rien à voir avec ce dont il s'agissait? Il devait être en train de perdre la boule.

– Est-ce que les hélicoptères peuvent y atterrir? demanda Malm.

– Oui.

Malm jeta un regard à Gunvald Larsson et dit :

– Est-ce... à portée de projectiles?

– Non. Sauf si ce salaud-là a aussi un lance-grenades.

Malm observa un long silence. Puis il regarda ses collaborateurs et dit d'une voix nette et tranchante :

– Messieurs, j'ai une idée. Nous allons nous rendre séparément à l'usine à gaz de Torsgatan. Rassemblement là-bas...

Il regarda sa montre.

– Dans dix minutes.

XXVII

Lorsque Martin Beck et Rönn arrivèrent à Torsgatan il était une heure et demie et la police semblait maintenant avoir la situation un peu plus en main.

Malm avait établi son Q.G. dans l'ancienne loge du concierge de l'hôpital, à l'entrée ouest, et il était entouré non seulement de ressources matérielles considérables mais également de la plupart des policiers qui avaient jusque-là joué un rôle dans ce drame. Hult lui-même se trouvait là et Martin Beck lui dit aussitôt :

– J'ai cherché à te joindre.

– Ah bon. Pourquoi?

– Ça n'a plus d'importance maintenant. Mais il se trouve qu'Åke Eriksson s'est servi de ton nom pour téléphoner chez Nyman hier.

– Åke Eriksson?

– Oui.

– Åke Reinhold Eriksson?

– Oui.

– C'est lui qui a assassiné Nyman?

– C'est assez probable.

– Et c'est lui qui est là-haut en ce moment?

– On peut le penser.

Hult se tut et ne laissa rien paraître sur son visage mais il serra ses gros poings rouges tellement fort que ses phalanges firent l'effet de taches blanches sous sa peau.

A ce que l'on avait pu comprendre, l'homme qui se trouvait sur le toit ne s'était plus manifesté depuis qu'il avait tiré sur la voiture-radio vide, une heure auparavant.

Bien que l'on ait scruté l'immeuble à la jumelle, on ne savait même pas s'il était encore en vie. Et la police n'avait pas encore fait usage de ses armes.

– Mais l'étau se resserre, dit Malm, l'air très satisfait.

L'expression était tellement éculée que personne n'eut la force de sourire, même intérieurement. En outre, elle donnait pour une fois une idée assez exacte de la situation.

Tout le pâté dans lequel se trouvait l'immeuble grouillait de policiers. La plupart étaient équipés de walkies-talkies et se tenaient en contact les uns avec les autres et avec la voiture-relais, garée près de la loge du concierge de l'hôpital. Des spécialistes des gaz lacrymogènes étaient postés dans le grenier des maisons avoisinantes et des tireurs d'élite en position à des endroits jugés stratégiques.

– Il n'y a que deux endroits qui le soient vraiment, dit Gunvald Larsson. Le toit de l'immeuble Bonnier et le lanternon de la coupole de l'église Gustave-Vasa. Vous pensez que le curé va nous autoriser à y faire monter un tireur d'élite?

A vrai dire, personne ne faisait attention à ce qu'il disait.

Un plan avait été élaboré pour la suite immédiate des opérations. On allait d'abord laisser au tireur fou une chance de se rendre. Sinon on s'emparerait de lui par la force et, en dernière hypothèse, on l'abattrait. Mais on n'allait pas risquer d'autres vies humaines. On donnerait l'assaut par l'extérieur.

Des voitures de pompiers étaient déjà postées dans Observatoriegatan et Odengatan, prêtes à intervenir si la situation semblait l'exiger. Elles étaient occupées par certains de leurs légitimes occupants, car il fallait quand même bien que quelqu'un sache faire fonctionner l'échelle, mais également par des policiers en tenue de pompiers.

Martin Beck et Rönn apportèrent quelques utiles informations. A savoir qu'Eriksson, si toutefois c'était bien lui, était armé d'un fusil automatique américain de marque Johnson et d'un fusil à répétition d'un modèle ordinairement en usage dans l'armée suédoise, les deux probablement munis de lunette. Il disposait en outre d'un pistolet de compétition de marque Hammerli.

– Un Johnson Automatic, dit Gunvald Larsson. Merde alors. Ça pèse moins de sept kilos, c'est très facile à manier et ça tire comme une mitrailleuse. Presque pas de recul et ça vous balance cent soixante coups à la minute.

Le seul qui l'écoutait était Rönn, qui dit gravement :

– Hm, hm.

Puis il bâilla. La nature prend toujours le dessus.

– Et avec son mauser il peut toucher un pou sur une carte de visite à six cents mètres. Avec un peu de chance et une bonne visibilité il abat un homme à plus de mille mètres.

Kollberg, penché sur le plan de la ville, opina du chef.

– Il peut en faire des choses, si l'envie lui en prend, conclut Gunvald Larsson.

Il avait eu le temps de s'amuser à calculer certaines distances. Du toit en haut duquel il était retranché, Eriksson n'était qu'à cent cinquante mètres du carrefour Odengatan-Hälsingegatan, à deux cent cinquante mètres du bloc central de l'hôpital de Sabbatsberg, à trois cents de l'église Gustave-Vasa, à cinq cents de l'immeuble Bonnier, à mille du premier gratte-ciel de Hötorget et à onze cents du Palais de Justice.

Malm écarta ces réflexions d'un geste supérieur de la main et dit, avec un certain agacement :

– Bon, bon. Ne pense pas à ça maintenant.

Le seul qui ne pensât pas tellement aux gaz lacrymogènes, aux hélicoptères, aux canons à eau et aux walkies-talkies était Martin Beck.

Il se tenait dans son coin sans rien dire, mais pas seulement à cause de sa claustrophobie bien connue et de son aversion envers les attroupements en tout genre. Il pensait à Åke Eriksson et aux circonstances qui avaient conduit cet homme dans la situation absurde et désespérée dans laquelle il se trouvait maintenant. Peut-être avait-il totalement perdu la raison et était-il hors de toute possibilité de communication avec un autre être humain, mais ce n'était pas sûr. Quelqu'un était responsable de cela. Non pas Nyman, puisqu'il ignorait ce que c'était, exactement, que la responsabilité envers ses semblables et même qu'il existât quelque chose portant ce nom. Naturellement pas Malm non plus, pour qui Eriksson n'était jamais qu'un fou dangereux posté sur un toit et dont les seuls liens avec la police résidaient dans le fait que celle-ci était chargée de le mettre hors d'état de nuire d'une façon ou d'une autre.

Pour sa part, Martin Beck sentait quelque chose grandir dans sa conscience. Un sentiment de culpabilité, une culpabilité qu'il lui appartenait peut-être de racheter, dans une certaine mesure.

Dix minutes plus tard, l'homme qui se trouvait sur le toit abattit un agent de police qui se trouvait au coin d'Odengatan et de Torsgatan, à cinq cents mètres de la fenêtre d'où était apparemment parti le coup de feu. Le plus étonnant n'était cependant pas la distance mais le fait que le tireur avait réussi à atteindre sa cible malgré l'obstacle que constituaient les branches dénudées des arbres du parc.

Pourtant, la balle avait atteint son but et touché l'agent à l'épaule. Heureusement il était revêtu d'un gilet pare-balles et la blessure ne paraissait pas très grave, ou tout du moins pas mortelle.

Eriksson n'avait tiré que ce seul coup de feu, peut-être à titre de démonstration de force ou bien par réflexe. Pour prouver qu'il tirerait sur tous les agents de police qu'il verrait.

– Vous croyez qu'il a sa fille avec lui comme otage, là-haut? demanda soudain Kollberg.

Rönn secoua la tête.

Non, non, la fillette était en sécurité.

En sécurité par rapport à son père. Mais avait-il jamais constitué un danger pour elle?

Peu après, tout fut prêt pour l'opération finale.

Malm passa en revue les policiers spécialement entraînés qui allaient appréhender le dément. Ou bien le liquider, s'il le fallait absolument. Et il était fort probable qu'il le faudrait absolument. Personne ne croyait sérieusement que l'homme se rendrait. Mais ce n'était pas totalement impossible. En de nombreuses circonstances analogues, le desperado – type dans les rangs duquel on classait généralement les personnes du genre d'Eriksson – s'était soudain lassé et avait cédé devant le nombre.

Les spécialistes qui devaient mettre fin à cet acte de terrorisme – autre expression que l'on semblait ne pas pouvoir éviter – étaient deux jeunes agents spécialement entraînés au combat rapproché et à l'attaque par surprise.

Martin Beck alla également leur parler.

L'un d'entre eux était roux et s'appelait Lenn Axelsson. Il souriait avec une assurance un peu forcée qui le rendait sympathique. L'autre était blond et plus grave mais il inspirait tout autant la confiance. Tous deux étaient volontaires mais le service particulier auquel ils appartenaient impliquait qu'ils effectuent promptement et de façon volontaire les tâches les plus délicates.

Tous deux avaient l'air malin et sympathique et la

confiance qu'ils affichaient face à leur mission était presque contagieuse. C'étaient des hommes sûrs, possédant une formation de tout premier ordre. Il n'y avait pas tellement de gens de ce calibre dans la police : capables, sans peur, et bien plus intelligents que la moyenne. Ils savaient parfaitement, à la fois de façon théorique et du fait de nombreux exercices en situation, ce qui les attendait. D'une certaine façon, on aurait dit que tout cela allait se dérouler très facilement et sans grandes complications. Ces deux garçons connaissaient leur domaine et étaient très sûrs d'eux-mêmes. Axelsson plaisantait et raconta même à Martin Beck un épisode datant de la période où il était aspirant : il avait fait des offres de service à Martin Beck, sans succès, et en riait maintenant. Celui-çi, pour sa part, n'avait aucun souvenir de la chose mais rit également, pour plus de sûreté, bien que de façon un peu pâlotte.

Les deux hommes étaient très bien équipés. Ils étaient revêtus, de haut en bas, d'une tunique pare-balles. Ils portaient des casques en acier à visière en plexiglas et des masques à gaz. Ils étaient principalement armés de pistolets-mitrailleurs très efficaces. Mais, pour faire face à toute éventualité, ils disposaient également de grenades lacrymogènes et leur entraînement garantissait qu'en cas de corps à corps ils pourraient, même isolément, venir aisément à bout d'un homme comme Åke Eriksson.

La tactique adoptée était d'une simplicité émouvante. On allait d'abord mettre l'adversaire hors d'état de se défendre en déversant sur lui une pluie de cartouches et de grenades lacrymogènes, puis les hélicoptères survoleraient le toit à basse altitude et déposeraient les deux membres du commando de chaque côté du forcené. Pris en tenaille et déjà affaibli par les gaz il n'aurait pas grande chance de s'en tirer.

Seul Gunvald Larsson était opposé à ce plan, sans

cependant pouvoir ni vouloir émettre d'autres objections que celle d'avoir plus confiance en un assaut donné par l'intérieur de l'immeuble.

– On va faire ce que j'ai dit, trancha Malm. Nous ne voulons pas risquer d'autres vies humaines. Ces gars-là sont entraînés pour ce genre de situations. Nous savons qu'ils ont quatre-vingt-dix chances sur cent de réussite. Et cent pour cent de chances, ou à peu près, qu'au moins l'un d'eux s'en sorte indemne.

– Compris, dit Gunvald Larsson. *Heil Hitler!*

Malm sursauta comme si quelqu'un venait de lui enfoncer un clou brûlant dans le corps.

– Je ne suis pas près d'oublier ça, dit-il. Tu peux me faire confiance.

Tous les autres regardèrent également Gunvald Larsson d'un air de reproche et Rönn, qui se trouvait juste à côté de lui, murmura :

– Tu aurais mieux fait de te taire.

– Tu trouves? dit sèchement Gunvald Larsson.

Et l'opération fut déclenchée, méthodiquement et avec calme. Une voiture transportant un haut-parleur traversa l'hôpital, presque en vue du toit où se trouvait l'homme. Mais pas tout à fait. Le haut-parleur fut braqué dans la bonne direction et la voix de Malm retentit vers l'immeuble assiégé. Il dit exactement ce que l'on pouvait attendre de lui :

– Allô, allô, ici le contrôleur général Malm. Je ne vous connais pas, Monsieur Eriksson, et vous ne me connaissez pas. Mais je peux vous donner ma parole d'honneur que vous n'avez aucune chance. Vous êtes encerclé et nos moyens sont illimités. Mais nous ne voulons pas avoir inutilement recours à la violence et nous pensons en particulier aux femmes, aux enfants et aux autres citoyens innocents qui pourraient se trouver dans la zone dangereuse. Vous avez causé assez de souffrances comme cela, Eriksson. Je vous donne dix minutes pour vous rendre. En homme d'honneur. Je fais appel à vous, pour votre propre bien. Faites preuve d'humanité et acceptez celle que nous vous offrons.

C'était très beau.

Mais personne ne répondit. Même pas par un coup de feu.

– Je me demande s'il n'a pas pris les devants, dit Malm à Martin Beck.

Malm avait vraiment un certain talent pour les clichés.

Dix minutes plus tard, très exactement, les hélicoptères décollèrent.

Dans leur bourdonnement caractéristique ils décrivirent deux grands arcs de cercle, tout d'abord assez haut; mais ensuite ils s'approchèrent de plus en plus de l'immeuble, chacun de son côté.

Au même moment, une pluie de projectiles lacrymogènes commença à s'abattre, venant de toutes les directions possibles. Certains d'entre eux brisèrent les fenêtres et allèrent éclater à l'intérieur des appartements mais la plupart atterrirent sur le toit ou sur les balcons destinés à l'époussetage des tapis.

Gunvald Larsson était peut-être celui qui était le mieux placé pour suivre la phase finale des événements. Il était monté sur le toit de l'immeuble Bonnier et s'était dissimulé derrière la balustrade. Lorsqu'il entendit le bruit des détonations et vit s'élever les volutes de fumée, il se dressa et porta ses jumelles à ses yeux.

Les hélicoptères étaient en train d'effectuer impeccablement leur manœuvre en tenaille. Celui qui arrivait du sud était légèrement en avance sur l'autre mais c'était prévu ainsi dans le plan d'attaque.

L'appareil était maintenant assez bas au-dessus de la partie sud du toit. On vit le capot de plexiglas s'ouvrir et l'un des membres du commando commencer à descendre au bout d'une corde. C'était Axelsson, le rouquin, et il avait l'air très impressionnant dans sa tunique à l'épreuve des balles et son pistolet-mitrailleur bien fermement en main. Il avait également des grenades lacrymogènes accrochées à la ceinture.

A cinquante centimètres au-dessus du sol il releva la visière de son casque et commença à fixer son masque à gaz. Il approchait de plus en plus du toit, le pistolet-mitrailleur dans la pliure du bras droit, prêt à tirer.

A ce moment, Eriksson – si c'était bien lui – aurait dû sortir en vacillant du nuage de gaz et jeter ses armes.

Mais lorsque les pieds du sympathique rouquin dénommé Axelsson furent à vingt centimètres au-dessus du toit, on entendit claquer un coup de feu, un seul. Les tuniques pare-balles, c'est parfait mais ça ne couvre tout de même pas le visage.

Malgré la distance, Gunvald Larsson put voir tous les détails : le corps qui tressaillit avant de se mettre à pendre comme un pantin, et même l'orifice de la balle entre les yeux.

L'hélicoptère fit un brusque mouvement vers le haut, s'immobilisa quelques secondes puis partit en rase-mottes au-dessus des toits, en direction du terrain de l'hôpital, avec le policier mort qui pendait au bout de sa corde. Le pistolet-mitrailleur était toujours accroché à ses courroies et les bras et les jambes du cadavre flottaient au gré du courant d'air.

Il n'avait eu le temps d'enfiler son masque à gaz qu'à moitié.

A ce moment Gunvald Larsson entrevit pour la première fois l'homme sur le toit sous la forme d'une grande silhouette, revêtue d'un survêtement, qui changeait rapidement de position à proximité de la cheminée. Il n'arriva pas à distinguer son armement mais il vit nettement que l'homme portait un masque à gaz.

L'autre hélicoptère avait terminé sa propre manœuvre, par le nord, et s'était immobilisé à quelques mètres au-dessus du toit, le capot de plexiglas déjà relevé. Le commando numéro deux était prêt à sauter.

C'est alors que se déversa une averse de feu. L'homme avait repris son Johnson Automatic et, en moins d'une minute, tira au minimum une centaine de balles. On ne voyait pas le tireur mais la distance qui le séparait de sa cible était si faible que chaque projectile était presque obligé de faire mouche.

L'hélicoptère partit en direction du parc Vasa, perdant de l'altitude et apparemment désemparé. Il ne passa qu'à quelques mètres du toit de l'institut Eastman, tenta désespérément de se redresser mais se coucha au contraire sur le côté et alla s'écraser sur le sol au milieu du parc. Et il resta là, semblable à un corbeau blessé.

L'autre hélicoptère était déjà revenu à son point de départ, avec son cadavre pendant entre ses patins. Il se posa sur le terrain de l'usine à gaz. Axelsson toucha terre avec un bruit sourd et fut traîné sur le sol pendant quelques mètres.

Puis les moteurs se turent.

Alors éclata une fusillade tenant lieu de vengeance impossible. Des centaines d'armes de tous calibres se mirent à déverser leurs munitions sur l'immeuble de Dalagatan. Presque toutes sans être véritablement dirigées vers un objectif précis et absolument toutes en vain.

La police ouvrait le feu de façon absurde, sans doute surtout pour se redonner du courage. Elle tirait dans les angles les plus impossibles et à des distances invraisemblables.

Mais personne ne tirait du haut de l'immeuble Bonnier ni de l'église Gustave-Vasa.

Il fallut plusieurs minutes avant que la cadence du feu ralentisse et qu'il finisse par cesser.

Il paraissait totalement exclu que quiconque ait réussi à toucher Eriksson (si c'était bien lui).

XXVIII

Le quartier général était installé dans une fort jolie maison en bois jaune, au toit de tôle noir, avec un porche en bois et un grand chapeau sur la cheminée.

Vingt minutes après cette malheureuse tentative de débarquement aérien, la plupart des personnes réunies là étaient encore sous le choc.

– Il a abattu l'hélicoptère, répéta Malm, au moins pour la dixième fois mais l'air toujours aussi peu convaincu de ce qu'il disait.

– Ah bon, c'est la conclusion que tu as tirée, dit Gunvald Larsson, qui revenait juste de son poste d'observation.

– Il va falloir faire donner l'armée, dit Malm.

– Bah, dit Kollberg.

– Si, dit Malm, c'est la seule solution.

La seule solution afin de faire endosser la responsabilité par quelqu'un d'autre sans que son prestige personnel eût trop à en souffrir, pensa Kollberg. Qu'est-ce que l'armée pourrait faire de plus?

– Que peut faire l'armée? demanda justement Martin Beck.

– Bombarder l'immeuble, répondit Gunvald Larsson. Faire raser le quartier par l'artillerie, ou bien...

Martin Beck le regarda et dit :

– Ou bien?

– Faire donner les parachutistes. Il n'est peut-être même pas nécessaire d'avoir recours à des êtres humains. On pourrait envoyer une douzaine de chiens policiers parachutés.

– Assez de sarcasmes comme ça pour aujourd'hui, dit Martin Beck.

Gunvald Larsson se tut. Celui qui parla soudain à sa place ce fut Rönn, qui, pour une raison ou pour une autre, avait choisi ce moment pour compulser ses notes.

– Tiens, dit-il, Eriksson fête justement ses trente-six ans aujourd'hui.

– Tu parles d'une façon de fêter son anniversaire, ricana Gunvald Larsson. Au fait, on pourrait peut-être faire venir l'orchestre de la police pour lui jouer *Happy Birthday to You.* Ça lui adoucirait peut-être les mœurs. Et puis on lui ferait parvenir un gâteau d'anniversaire empoisonné avec trente-six bougies. Par la voie des airs, naturellement.

– Tais-toi, Gunvald, dit Martin Beck.

– Nous n'avons pas encore eu recours aux pompiers, marmonna Malm.

– Non, dit Kollberg. Il est vrai que ce ne sont pas les pompiers qui ont tué la femme d'Eriksson. Mais il voit clair et quand il se rendra compte qu'il y a des membres de la police déguisés parmi les pompiers, je peux vous jurer...

Il s'interrompit.

Malm reprit alors :

– Qu'est-ce que la femme d'Eriksson a à voir là-dedans?

– Pas mal de choses, dit Kollberg.

– Bah, cette vieille histoire, dit Malm. Mais ça me donne une idée. Si on faisait appel à quelqu'un de proche pour le convaincre de se rendre? Sa petite amie, par exemple.

– Il n'en a pas.

– Bon, eh bien sa fille ou ses parents.

Kollberg eut une sorte de frisson. Il sentait monter en lui la conviction de plus en plus ferme que Malm tirait toute son expérience en matière de police de la vision d'un certain nombre de films – et pas des meilleurs.

Malm se leva et se dirigea vers les voitures.

Kollberg observa longuement Martin Beck, cherchant à percer ses pensées. Mais celui-ci évita son regard. Il avait l'air navré et comme absent, debout près du mur de cette ancienne loge de concierge.

Il est vrai que la situation n'incitait guère à l'optimisme.

Il y avait déjà trois morts : Nyman, Kvant et Axelsson, et l'accident de l'hélicoptère avait fait monter le nombre des blessés à sept. Joli bilan. Kollberg n'avait pas eu le temps d'éprouver quoi que ce soit de particulier lorsqu'il avait frôlé la mort peu de temps auparavant mais maintenant il avait peur. D'une part il avait peur que d'autres mesures irréfléchies ne coûtent encore des vies humaines à la police mais surtout il avait peur qu'Eriksson ne change d'idée et cesse de tirer exclusivement sur les membres de celle-ci. Dans ce cas-là, la catastrophe prendrait des proportions véritablement impossibles à prévoir. Il ne manquait pas de cibles humaines alentour et à portée de fusil, sur le terrain de l'hôpital et dans les maisons le long d'Odengatan. Que faire? S'il fallait agir vite il n'y avait qu'une seule solution : prendre le toit d'assaut, d'une façon ou d'une autre. Combien de victimes cela coûterait-il?

Kollberg se demanda à quoi pensait Martin Beck. Il n'avait pas l'habitude de se poser ce genre de question et cela l'irritait de devoir le faire maintenant. Heureusement, le retour de Malm mit fin à cette douloureuse incertitude car Martin Beck leva la tête et dit :

– C'est l'affaire d'un homme seul.

– Et de qui?

– Moi.

– Je ne peux pas autoriser cela, dit aussitôt Malm.

– Si tu veux bien, c'est à moi seul de décider.

– Un instant, interrompit Kollberg. Qu'est-ce qui te fait suggérer ça? Des raisons techniques? Ou bien morales?

Martin Beck le regarda mais ne répondit rien.

Mais Kollberg était assez grand pour déduire lui-même la réponse : les deux.

Et si Martin Beck était parvenu de lui-même à cette conclusion, ce n'était pas Kollberg qui pouvait y changer grand-chose. Ils se connaissaient trop bien et depuis trop longtemps.

– Comment comptes-tu faire? demanda alors Gunvald Larsson.

– Pénétrer dans l'un des appartements juste au-dessous et sortir par l'une des fenêtres donnant sur la cour. Celle qui se trouve au-dessous du balcon à tapis, côté nord. Et grimper à l'aide d'une échelle métallique.

– Oui, c'est possible, dit Gunvald Larsson.

– Où désires-tu que se trouve Eriksson? demanda Kollberg.

– Du côté de la rue et, si possible, sur la partie supérieure du toit. Au-dessus de l'atelier nord.

Le front de Kollberg se creusa de profondes rides et il resta immobile, le pouce gauche sur la lèvre inférieure.

– Ça ne va pas être facile, dit Gunvald Larsson. Il se rend bien compte qu'il est plus exposé de ce côté-là.

– Attends un peu, dit Kollberg. Si je comprends bien la configuration des lieux, les deux ateliers sont des sortes de boîtes posées sur le toit de l'immeuble, en fait. Ils sont en retrait d'environ deux mètres par rapport à la rue et, entre le revêtement du toit de l'atelier et le cadre extérieur il y a une paroi de verre oblique, en pente vers l'intérieur. Cela forme donc une sorte de creux.

Martin Beck le regarda.

– Oui, c'est bien ça, dit Kollberg, et j'ai le sentiment que c'est à cet endroit-là qu'il se trouvait quand il a tiré sur la voiture dans Odengatan.

– Mais, à ce moment-là, il ne risquait pas encore de se faire tirer dessus, objecta Gunvald Larsson. Maintenant un tireur d'élite posté sur le toit de l'immeuble Bonnier ou dans le lanternon de l'église... non, c'est vrai, du haut de chez Bonnier ce n'est pas possible.

– Quant à l'église, il n'y a pas pensé, dit Kollberg. Il n'y a d'ailleurs personne.

– Non, dit Gunvald Larsson. On a été assez stupides pour ça.

– Okay. Alors, pour l'obliger à se rendre à cet endroit, ou tout du moins sur la partie supérieure du toit, il faut faire quelque chose qui attire son attention.

Kollberg réfléchit à nouveau tandis que les autres se taisaient.

– L'immeuble est légèrement en retrait sur la rue par rapport aux autres. A peu près de deux mètres. Donc, si nous faisons quelque chose au coin de l'immeuble, dans l'angle des murs, il va falloir qu'il monte sur la partie supérieure du toit afin de voir ce qui se passe. Il ne va pas oser se pencher par-dessus la balustrade de la partie inférieure. On pourrait utiliser une voiture de pompiers...

– Je ne veux pas que les pompiers soient mêlés à ça, dit Martin Beck.

– On peut utiliser les gens de chez nous qui sont déjà en tenue de pompiers. De plus, s'ils restent bien contre le mur, il ne peut pratiquement rien contre eux.

– A supposer qu'il n'ait pas de grenades à main, dit Gunvald Larsson, toujours aussi optimiste.

– Et qu'est-ce qu'il faudrait qu'ils fassent, alors? demanda Martin Beck.

– Du bruit, dit Kollberg. Ça suffira. Je vais m'occuper de ça. Mais toi, par contre, il ne faudra pas que tu en fasses.

Martin Beck opina.

– Bien sûr, dit Kollberg. Tu sais.

Malm regarda Martin Beck, la perplexité inscrite sur son visage. Il finit par dire :

– Dois-je considérer que tu es volontaire pour ce genre d'opération?

– Oui.

– Je dois dire que je t'admire, dit Malm. Mais, franchement, je ne te comprends pas.

Martin Beck ne répondit rien à cela.

Quinze minutes plus tard il pénétrait dans l'immeuble de Dalagatan. Il avait longé le mur, portant sous le bras une échelle démontable en métal ultra-léger.

En même temps, une voiture de pompiers tourna le coin d'Observatoriegatan en actionnant sa sirène.

Martin Beck portait un walkie-talkie sous son manteau et son Walther 7,65 dans son holster. Il repoussa du geste l'un des agents en civil qui était entré par la chaufferie et montait lentement l'escalier.

Une fois arrivé en haut il ouvrit la porte de l'appartement avec le passe-partout que lui avait procuré Kollberg, puis il entra et enleva son manteau et sa veste dans le vestibule.

Par habitude, il examina l'appartement, qui était coquettement meublé, et se demanda en passant qui pouvait bien habiter là.

Pendant tout ce temps, le hurlement de la sirène de la voiture de pompiers ne cessa de retentir.

Martin Beck se sentait calme et détendu. Il ouvrit les fenêtres donnant sur la cour afin de choisir celle qui convenait le mieux. Il était maintenant juste au-dessous du balcon à tapis situé au nord. Il monta rapidement l'échelle, la passa par la fenêtre et l'accrocha à la balustrade du balcon, trois mètres cinquante plus haut.

Puis il redescendit de la fenêtre, rentra dans l'appartement et mit son walkie-talkie en marche. Il entra immédiatement en communication avec Rönn.

De l'endroit qu'il occupait en haut de l'immeuble Bonnier, à une vingtaine d'étages au-dessus du sol et à cinq cents mètres en direction du sud-ouest, Einar Rönn voyait l'immeuble de Dalagatan par-dessus l'hôpital. La fraîcheur du vent lui faisait venir les larmes aux yeux mais il voyait très nettement le point qu'il était chargé d'observer, c'est-à-dire le toit de l'atelier nord.

– Rien, dit-il à la radio. Toujours rien.

Il entendit la voiture de pompiers klaxonner et vit alors une ombre qui rampait sur la partie du toit éclairée par le soleil. Il porta alors l'appareil tout près de sa bouche et dit, non sans fièvre :

– Si. Ça y est. Il est là-haut. De ce côté-ci. A plat ventre.

Vingt-cinq secondes plus tard, les sirènes se turent. Pour Rönn, qui se trouvait à un demi-kilomètre de là, cela ne changeait pas grand-chose. Mais, l'instant d'après, il aperçut à nouveau l'ombre sur le toit, tout là-bas, et il distingua une silhouette qui se mettait debout. Il dit alors :

– Vas-y, Martin!

Sa voix était maintenant très fiévreuse. Personne ne répondit.

Si Rönn avait été un tireur d'élite, ce qui n'était pas le cas, et s'il avait disposé d'un fusil à lunette, ce qui n'était pas le cas non plus, il aurait eu une bonne chance de toucher la silhouette qu'il entrevoyait. S'il avait osé tirer, ce dont il n'était pas très sûr. A ce moment précis, l'homme en question pouvait très bien être Martin Beck.

Pour Einar Rönn cela n'avait pas grande importance qu'un fusible de la voiture de pompiers ait lâché et que ses sirènes se soient tues.

Mais pour Martin Beck, cela en avait beaucoup.

Au moment où il avait reçu le signal de Rönn, il avait lâché l'appareil, était monté sur la fenêtre et, en l'espace d'un instant, avait escaladé l'échelle jusqu'au balcon. Droit devant lui, il avait le mur aveugle de l'atelier, sur lequel courait une petite échelle de métal rouillé.

Lorsque le bruit qui le protégeait s'arrêta soudain, il se trouvait à mi-hauteur de cette échelle, le pistolet dans la main droite.

Après un vacarme aussi assourdissant, il eut l'impression d'être plongé dans un silence total.

Le canon de son pistolet cogna alors contre le bord droit de l'échelle avec un léger bruit de métal qui se propagea en écho.

Martin Beck se hissa sur le toit. Il avait déjà passé la tête et les épaules par-dessus le bord de celui-ci.

A deux mètres de lui, les jambes écartées et le pistolet de compétition braqué sur sa poitrine, il vit Eriksson.

Pour sa part, Martin Beck tenait toujours son Walther braqué légèrement vers le haut et de côté car il se trouvait au milieu d'un mouvement.

Qu'est-ce qui lui passa par la tête en cet instant?

Qu'il était trop tard.

Qu'il reconnaissait Eriksson beaucoup mieux qu'il ne l'aurait cru, avec ses moustaches blondes et ses cheveux peignés en arrière. Et son masque à gaz rejeté sur sa nuque.

Voilà ce qu'il eut le temps de voir. Ainsi que ce Hammerli à la forme curieuse, avec sa grosse crosse et le bleu acier de son canon carré. Le pistolet braquait sur lui l'œil noir de la mort.

Ça, il l'avait lu quelque part.

Mais il pensa surtout qu'il était trop tard.

Eriksson tira. Juste à ce centième de seconde, il vit ses yeux bleus.

Et l'éclair qui sortait du canon.

La balle le frappa en pleine poitrine. Comme un coup de masse.

XXIX

Le balcon à tapis mesurait à peu près deux mètres sur trois. Une petite échelle de métal rouillé était fixée sur le mur intérieur, crépi en jaune. Elle menait sur le toit de tôle noire. Dans chacun des murs de la largeur se trouvait une porte fermée. Du côté de la cour, de grosses plaques de verre opaque formaient écran et, au-dessus, une poutrelle reliait le bord extrême des deux murs latéraux. Sur le balcon lui-même, dont le sol était fait de carreaux de terre cuite vernis, se trouvait un cadre métallique déplié, destiné à battre les tapis.

Martin Beck gisait, sur le dos, sur ce treillis assez lâche de tubes de fer galvanisé. Sa tête était penchée en arrière et sa nuque reposait sur le tube un peu plus gros qui courait tout autour de ce cadre.

Il reprit lentement ses esprits, ouvrit les yeux et les leva vers ce ciel d'un grand bleu. Mais son regard se brouilla et il ferma à nouveau les yeux.

Il se rappelait encore – ou plutôt il ressentait toujours – cet affreux choc qu'il avait éprouvé dans la poitrine, ainsi que sa chute, mais il n'avait aucune idée de l'endroit où il avait atterri. Était-il tombé jusque dans la cour, du haut de l'immeuble? Est-il possible de survivre à une pareille chute?

Martin Beck essaya de lever la tête afin de regarder

autour de lui mais ce geste lui occasionna une telle douleur qu'il perdit à nouveau conscience quelques instants. Il ne renouvela pas cette tentative et essaya donc de s'orienter en bougeant simplement les yeux sous ses paupières mi-closes. Il vit l'échelle, le rebord de tôle noire du toit et comprit qu'il n'avait pas dû tomber de plus de deux ou trois mètres.

Il ferma les yeux. Puis il essaya de bouger bras et jambes à tour de rôle mais la douleur le clouait à nouveau dès qu'il bougeait un muscle. Il comprit qu'il avait été touché au moins par une balle à la poitrine et s'étonna, dans ces conditions, d'être encore en vie. Par contre il n'éprouva absolument pas cet immense sentiment de bonheur que sont censés éprouver les héros de roman en pareille circonstance. Fort curieusement, il n'avait même pas peur.

Il se demanda combien de temps s'était écoulé depuis sa chute et s'il avait été touché ailleurs depuis qu'il avait perdu conscience. L'homme était-il toujours sur le toit? Il n'entendait pas tirer.

Martin Beck avait vu son visage, qui était à la fois celui d'un enfant et d'un vieillard. Comment était-ce possible? Et ses yeux : des yeux fous de peur, de haine ou de désespoir, à moins qu'ils ne fussent tout simplement absolument vides.

D'une certaine façon, Martin Beck s'était persuadé qu'il comprenait cet homme, qu'il avait sa part de responsabilité dans ce qui était arrivé et qu'il devait essayer de l'aider. Mais il était en fait dans l'incapacité de recevoir une aide quelconque. A un certain moment de ces dernières vingt-quatre heures il avait effectué le pas décisif qui lui avait fait franchir la ligne de non-retour, celle de la folie, la frontière d'un monde où il n'existait rien d'autre que la vengeance, la violence et la haine.

Je suis peut-être en train de mourir, pensa Martin Beck, et quelle faute vais-je bien pouvoir racheter ainsi?

Aucune.

Cette pensée l'effraya et soudain il eut l'impression d'être là, immobile, depuis une éternité. Peut-être l'homme était-il mort ou capturé, peut-être tout était-il terminé et l'avait-on oublié, lui, le laissant mourir seul sur ce balcon?

Martin Beck essaya d'appeler mais tout ce qu'il réussit à produire ce fut une sorte de gargouillis qui lui amena un goût de sang à la bouche.

Il resta donc sans bouger, se demandant d'où pouvait bien provenir le bruissement assez puissant qu'il entendait. On aurait dit un vent violent soufflant dans la cime des arbres ou les vagues sur une plage, ou bien encore un appareil de conditionnement d'air se trouvant à proximité.

Martin Beck se sentit sombrer dans une obscurité silencieuse et douce dans laquelle ce bruit disparaissait lentement et il n'eut pas le courage de résister. Il émergea à nouveau, retrouva le bruit, ainsi qu'un éclair phosphorescent qui trouait la lumière rouge sang baignant ses paupières et, avant de sombrer à nouveau, il comprit que ce bruissement provenait de lui-même.

Il perdit ainsi conscience plusieurs fois de suite, comme s'il avait été ballotté par de grandes vagues au rythme assez lent, et son cerveau fut traversé par des visions et des fragments de pensées qu'il n'était plus capable de maîtriser. Il entendit des bruits confus, au loin, ainsi que des voix au milieu de ce bruissement sans cesse plus fort, mais plus rien de tout cela ne le concernait.

Il tomba dans un grand puits obscur, tout bourdonnant de bruits.

XXX

Kollberg tapait nerveusement avec ses phalanges sur son walkie-talkie.

– Qu'est-ce qui s'est passé?

Il entendit l'appareil grésiller faiblement mais rien d'autre.

– Qu'est-ce qui s'est passé? répéta-t-il.

Gunvald Larsson approchait justement à grands pas.

– Pour la voiture de pompiers? Un court-circuit.

– Mais non, pas pour la voiture de pompiers, dit Kollberg. Pour Martin. Oui, allô. Allô. Parle.

Un nouveau grésillement se fit entendre, un peu plus puissant cette fois, puis il entendit la voix de Rönn, une voix très vague et mal assurée qui disait :

– Qu'est-ce qui s'est passé?

– Je n'en sais rien, cria Kollberg. Qu'est-ce que tu vois?

– En ce moment rien du tout.

– Et avant?

– Difficile à dire. Je crois que j'ai vu Eriksson. Il s'est approché du bord du toit et j'ai donné le signal à Martin. Et puis...

– Et puis quoi, dit Kollberg d'une voix pressante. Dépêche-toi.

– Eh bien, ensuite la sirène s'est arrêtée et immédiatement après Eriksson s'est levé. Il m'a semblé, en tout cas. Il me tournait le dos.

– As-tu vu Martin?

– Non, à aucun moment.

– Et maintenant?

– Rien du tout, répéta Rönn. Il n'y a personne.

– Merde, dit Kollberg, en laissant retomber la main qui tenait le walkie-talkie.

Gunvald Larsson poussa un grognement de colère.

Ils se trouvaient dans Observatoriegatan, tout près du coin de Dalagatan et à moins de cent mètres de la maison. Malm était également là et il n'était pas le seul.

Un officier de pompiers s'approcha pour demander :

– Vous désirez que la voiture reste là-bas?

Malm regarda Kollberg et Gunvald Larsson. Il n'avait plus l'air aussi désireux de jouer les grands chefs.

– Non, dit Kollberg. Qu'elle rentre au garage. Ça ne sert à rien d'exposer les gars plus longtemps qu'il ne faut.

– Eh bien, dit Gunvald Larsson, on dirait que Beck a tourné de l'œil, là-haut?

– Oui, dit Kollberg d'une voix sourde. On le dirait.

– Une seconde, dit quelqu'un. Écoutez ça.

C'était Norman Hansson. Il dit quelque chose dans son walkie-talkie puis se tourna vers Kollberg.

– J'ai envoyé quelqu'un en haut de l'église. Il croit qu'il voit Beck.

– Ah? Où ça?

– Il est allongé sur le balcon nord, côté cour.

Hansson regarda Kollberg, l'air grave, et ajouta :

– Il a l'air d'être blessé.

– Blessé. Est-ce qu'il bouge?

– Plus maintenant. Mais il croit l'avoir vu bouger il y a une minute environ.

Cela pouvait fort bien être vrai. Du haut de l'immeuble Bonnier, Rönn ne pouvait pas voir la partie de l'immeuble donnant sur la cour. L'église, par contre, était située au nord et, en outre, elle était plus proche d'environ deux cents mètres.

– Il faut le tirer de là, marmonna Kollberg.

– Il faut en finir une fois pour toutes avec ce grand-guignol, oui, dit Gunvald Larsson d'une voix sombre.

Et, quelques secondes après, il ajouta :

– Il a eu tort d'y aller seul. Bougrement tort.

– Se taire devant les gens et l'ouvrir dans leur dos, dit Kollberg. Tu sais comment ça s'appelle, Larsson?

Gunvald Larsson le dévisagea longuement. Puis il dit d'une voix très tranchante qui ne lui était pas habituelle :

– On n'est pas à Moscou ou à Pékin, ici. Ici, les conducteurs d'engins ne lisent pas Gorki et les flics ne citent pas Lénine. C'est la capitale démente d'un pays de fous. Et là-haut il y en a un de la plus belle espèce qu'il est grand temps d'aller chercher.

– Tout à fait vrai, dit Kollberg. Mais tu te trompes, la citation n'est pas de Lénine.

– Je sais.

– De quoi parlez-vous, bon sang? demanda Malm, très nerveux.

Aucun des deux hommes ne lui fit l'aumône d'un regard.

– Okay, dit Gunvald Larsson. Tu vas chercher ton ami Beck et moi je m'occupe de l'autre.

Kollberg accepta le marché d'un signe de tête.

Il se retourna comme pour aller retrouver les pompiers mais s'arrêta net et dit :

– Tu sais combien de chances je t'accorde de redescendre vivant de ce toit? Avec ta méthode?

– A peu de choses près, dit Gunvald Larsson.

Puis il fit des yeux le tour de ceux qui se trouvaient près de lui et dit d'une voix forte :

– Je vais enfoncer les portes et donner l'assaut par l'intérieur. J'ai besoin d'un gars pour m'aider. Deux au maximum.

Quatre ou cinq jeunes policiers et un pompier levèrent la main et, tout près de lui, une voix dit :

– Moi.

– Pas de malentendu, dit Gunvald Larsson. Je ne veux pas de quelqu'un qui se dit que c'est son devoir ni de quelqu'un qui veut montrer de quoi il est capable. Vous avez beaucoup plus de chances d'y rester que vous ne le pensez tous.

– Qu'est-ce que tu veux dire? soupira Malm. Qui est-ce qu'il te faut, alors?

– Je ne veux que quelqu'un qui est vraiment prêt à se faire tuer. Qui trouve ça drôle.

– Moi, répéta la voix.

Gunvald Larsson se retourna pour voir qui parlait.

– Ah, c'est toi, Hult. Parfait. Tu es l'homme de la situation, en effet.

– Hep, dit l'un des hommes qui se trouvaient sur le trottoir. Je voudrais en être.

C'était un homme d'une trentaine d'années, assez mince, blond, vêtu d'un blouson et d'une paire de jeans.

– Qui êtes-vous?

– Je m'appelle Bohlin.

– Je ne connais pas ce nom-là dans la police.

– Non, je suis ouvrier du bâtiment.

– Qu'est-ce que vous faites ici?

– J'habite là.

Gunvald Larsson l'examina attentivement pendant un instant. Puis il dit :

– C'est bon. Donnez-lui un pistolet.

Norman Hansson sortit aussitôt son arme de service, qu'il portait tout simplement dans la poche de son manteau, mais Bohlin dit :

– Si vous n'y voyez pas d'inconvénient, je préfère

utiliser le mien. J'en ai pour une minute à aller le chercher.

Gunvald Larsson approuva d'un signe de tête. L'homme partit et Malm dit :

– En fait, c'est illégal. C'est... inadmissible.

– Oui, dit Gunvald Larsson. Tout à fait inadmissible. Mais le plus inadmissible c'est qu'il y ait quelqu'un qui ait un pistolet à prêter.

Une minute ne s'était pas écoulée que Bohlin revenait déjà, son arme à la main. C'était un Colt Huntsman 22 long rifle, avec chargeur de dix balles.

– Bon, alors on y va, dit Gunvald Larsson.

Il observa une pause et regarda dans la direction de Kollberg, qui tournait déjà le coin de la rue avec une grande corde entourée autour du bras.

– On laisse Kollberg monter le premier et ramener Beck, poursuivit-il. Toi, Hansson, rassemble quelques types qui sachent percer et poser une charge dans une porte.

Hansson acquiesça d'un simple signe de tête et partit.

Au bout d'un moment Gunvald Larsson dit :

– Okay.

Il tourna le coin de la rue, suivi par les deux autres. Une fois arrivé devant l'immeuble, il reprit :

– Vous prenez l'escalier sud et moi l'escalier nord. Une fois que vous aurez allumé le cordon, vous descendez un étage à toute vitesse. Deux si possible. Ça ira, Hult?

– Oui.

– Parfait. Une dernière chose. Si l'un de vous tue l'homme qui se trouve là-haut, il en sera personnellement responsable.

– Même si c'est en état de légitime défense? demanda Hult.

– Exactement. Même en état de légitime défense. Maintenant, on règle nos montres.

Lennart Kollberg posa la main sur la poignée de la porte. Celle-ci était fermée à clé mais il avait déjà le passe-partout à la main et il l'ouvrit donc rapidement. Avant de s'enfoncer dans l'appartement, il vit les vêtements de Martin Beck dans le hall et le walkie-talkie posé sur une table, dans la salle de séjour. Il remarqua aussitôt la fenêtre ouverte et le bas de l'échelle métallique. Celle-ci paraissait très fragile et, pour sa part, il avait pris quelques kilos depuis la dernière fois qu'il avait escaladé une telle échelle. Mais il savait qu'elle était faite pour porter des corps encore plus lourds que le sien et c'est donc sans hésitation qu'il monta sur la fenêtre.

Il veilla à ce que les deux rouleaux de corde qu'il portait en croix sur ses épaules et sur sa poitrine ne le gênent pas dans ses mouvements et commença lentement son ascension vers le balcon situé au-dessus de lui.

Depuis que Rönn lui avait dit ce qu'il avait vu à la jumelle, Kollberg s'était persuadé que le pire était arrivé et il se croyait donc prêt à tout. Mais lorsqu'il se hissa afin de passer par-dessus la balustrade et vit Martin Beck gisant inanimé et ensanglanté à un mètre de lui, il eut le souffle coupé.

Il enjamba très vite la balustrade et se pencha sur le visage blême et jaunâtre de Martin Beck, tourné vers le ciel.

– Martin, murmura-t-il d'une voix rauque. Martin, Bon Dieu...

Au même moment il vit la carotide de Martin Beck bouger sur son cou tendu. Il y posa prudemment le bout des doigts afin de sentir son pouls. Celui-ci battait mais très faiblement.

Il observa son camarade. D'après ce qu'il voyait, Martin Beck avait été touché par une seule balle, en pleine poitrine. Elle avait fait un tout petit trou sur le devant de sa chemise. D'un geste rapide, Kollberg ouvrit celle-ci, qui était trempée de sang. A en juger d'après la forme ovale de la blessure, la balle avait touché le sternum légèrement de biais et poursuivi sa course dans la partie droite de la cage thoracique. Mais il n'aurait su dire si elle s'y trouvait encore ou bien si elle était ressortie.

Il regarda sur le sol, sous le cadre à tapis. Une flaque de sang s'était formée mais elle n'était pas très grande et il semblait que l'hémorragie fût presque arrêtée.

Kollberg enleva ses rouleaux de corde, accrocha l'un d'entre eux à la barre longitudinale supérieure du cadre à tapis et resta immobile, tenant l'autre à la main et prêtant l'oreille. Aucun bruit ne lui parvenait depuis le toit. Il déroula la corde et en fit prudemment passer l'une des extrémités sous le corps de Martin Beck. Il procéda rapidement en silence et, lorsqu'il eut terminé, il s'assura que la corde était bien passée comme il fallait autour du corps et que les nœuds tenaient bon. Puis il fouilla dans les poches du blessé, trouva un mouchoir propre et sortit le sien, qui était un peu moins propre, de la poche de son pantalon.

Ensuite il ôta son foulard de cachemire, l'attacha autour de la poitrine de Martin Beck et mit les deux mouchoirs pliés ensemble entre le nœud et la blessure.

Il n'entendait toujours rien.

Maintenant il ne restait plus que le plus difficile.

Kollberg se pencha par-dessus la balustrade et regarda la fenêtre ouverte au-dessous de lui. Il déplaça l'échelle métallique de façon à la faire passer juste à côté de celle-ci. Puis il fit lentement glisser le cadre à tapis contre la balustrade, saisit la corde qu'il avait attachée autour de Martin Beck, la fit passer deux fois autour de la balustrade, à l'endroit où se trouvait précédemment l'échelle, et en noua l'autre extrémité autour de sa taille.

Il fit prudemment basculer le corps par-dessus le bord du balcon, tout en faisant contrepoids avec le sien, afin que la corde se tende. Une fois Martin Beck suspendu dans le vide de l'autre côté de la paroi vitrée, il commença à défaire de la main droite le nœud qu'il avait devant lui, tout en retenant son camarade avec la main gauche. Puis il le laissa glisser lentement. Il serrait la corde très fort de ses deux mains, tout en s'efforçant de deviner, sans regarder par-dessus la balustrade, combien de corde il lui fallait encore laisser aller.

Lorsqu'il estima que Martin Beck devait se trouver à hauteur de la fenêtre ouverte, il se pencha par-dessus le bord du balcon. Il laissa encore aller quelques décimètres puis attacha la corde à la poutrelle qui se trouvait au-dessus des plaques de verre.

Ensuite il décrocha l'autre rouleau de corde du cadre à tapis, le posa sur son épaule, descendit rapidement l'échelle et pénétra dans la pièce par la fenêtre.

Martin Beck était suspendu, apparemment inerte, à cinquante centimètres au-dessous de la fenêtre. Sa tête était penchée en avant et son corps oscillait, légèrement de côté, au bout de la corde.

Kollberg s'assura d'une bonne prise de pieds et se pencha par-dessus le rebord de la fenêtre. Il saisit la corde à deux mains et commença à la tirer vers lui. Puis il lâcha une main et attrapa la partie de la corde qui était passée sous les aisselles de Martin Beck, souleva celui-ci, le prit sous les bras et le fit passer par la fenêtre.

Après l'avoir débarrassé de la corde et posé sur le sol, sous la fenêtre, il remonta à l'échelle, alla dénouer l'autre extrémité et laissa tomber le tout dans la cour. Une fois redescendu, il décrocha l'échelle.

Puis il hissa Martin Beck sur son dos et commença à descendre l'escalier.

Gunvald Larsson n'avait plus que six secondes devant lui lorsqu'il s'aperçut qu'il avait commis le plus grave oubli de sa vie, probablement. Il se trouvait devant la porte de fer et regardait la mèche qu'il allait devoir allumer. C'est alors qu'il s'aperçut qu'il n'avait pas d'allumettes. Comme il ne fumait pas, il n'avait pas non plus de briquet sur lui. Parfois, lorsqu'il allait passer une soirée au restaurant, il lui arrivait de mettre dans sa poche une petite pochette réclame. Mais il avait changé de veste bien des fois depuis sa dernière sortie.

Il se tapota le menton, comme on dit, toujours bouche bée de stupéfaction, puis sortit son pistolet, ôta le cran de sûreté, mit le bout du canon tout près de la charge en prenant bien soin de le diriger de biais vers la plaque de fer, afin que la balle ne vienne pas le toucher à un endroit désagréable, par exemple le ventre, en ricochant et appuya sur la détente. Il entendit la balle heurter à tour de rôle les murs de l'escalier comme une guêpe enfermée mais la mèche prit feu, avec de belles flammes bleues qui dansaient gaiement, et il se précipita vers le bas. Il avait parcouru un étage et demi lorsqu'il sentit l'immeuble trembler sous le coup de l'explosion dans l'autre escalier. Puis ce fut le tour de la charge posée dans le sien mais quatre secondes trop tard.

Mais il courait plus vite que Hult et sans doute aussi que Bohlin et regagna donc une ou deux secondes sur eux en montant l'escalier. La porte de fer avait disparu, ou plutôt elle gisait comme il fallait sur le palier et, un demi-étage plus haut, se trouvait une porte comportant une vitre de verre armé.

Il l'enfonça d'un coup de pied et se retrouva sur le toit. Plus exactement entre les deux ateliers et tout près de la cheminée.

Il vit aussitôt Eriksson sur la partie supérieure du toit, jambes écartées et son fameux fusil Johnson entre les mains. Mais Eriksson ne remarqua pas immédiatement Gunvald Larsson. Son attention avait été totalement accaparée par la première explosion et il surveillait la partie sud de l'immeuble.

Gunvald Larsson posa le pied sur le garde-fou qui surplombait la rue, prit son élan et se retrouva sur la partie supérieure du toit. Eriksson tourna la tête et le regarda.

Ils n'étaient pas à plus de quatre mètres l'un de l'autre et la chose était réglée. Gunvald Larsson tenait l'homme en respect, le doigt-sur la détente.

Mais Eriksson ne s'en soucia pas; il continua à se tourner et fit pivoter son fusil automatique en direction de l'assaillant. Pourtant, Gunvald Larsson ne tira pas.

Il resta immobile, le pistolet braqué vers la poitrine d'Eriksson, tandis que le canon du fusil continuait à pivoter.

C'est à ce moment que Bohlin tira. Un coup magistralement ajusté. Il était partiellement masqué par Gunvald Larsson et pourtant il logea avec une précision incroyable une balle dans l'épaule gauche d'Eriksson, à plus de vingt mètres de distance.

Le fusil automatique tomba sur les tôles du toit avec un grand bruit, Eriksson fit un demi-tour sur lui-même et tomba à quatre pattes.

Hult bondit et alla lui assener un coup sur la nuque avec le plat de son pistolet. On entendit le bruit très désagréable de l'impact.

L'homme gisait maintenant, immobile, le sang lui coulant à flots de la tête.

Hult respira lourdement et leva à nouveau son arme.

– Arrête, dit Gunvald Larsson. Il a plus que son compte.

Il remit son pistolet dans son holster puis son bonnet en place d'un geste de la main et ôta d'une pichenette de son index droit un gros flocon de suie, très gras, qui était venu se poser sur sa chemise.

Bohlin se hissa à son tour sur la partie supérieure du toit, regarda autour de lui et dit :

– Mais, bon sang, pourquoi est-ce que tu n'as pas tiré? Je ne comprends pas...

– Il n'y a personne qui vous le demande non plus, coupa Gunvald Larsson. Et puis d'abord, avez-vous une autorisation pour ce pistolet?

Bohlin secoua la tête.

– Alors, vous allez avoir des ennuis, dit Gunvald Larsson. Venez m'aider, on va le transporter.

LA COMPOSITION, L'IMPRESSION ET LE BROCHAGE DE CE LIVRE
ONT ÉTÉ EFFECTUÉS PAR LA SOCIÉTÉ NOUVELLE FIRMIN-DIDOT
POUR LE COMPTE DES ÉDITIONS U.G.E.
ACHEVÉ D'IMPRIMER LE 16 JANVIER 1987

Imprimé en France
Dépôt légal : janvier 1987
N° d'édition : 1738 – N° d'impression : 5695